불완전한 파트너

불완전한 파트너

1판 1쇄 찍음 2017년 11월 1일
1판 1쇄 펴냄 2017년 11월 8일

지은이 | 수증기
펴낸이 | 고운숙
펴낸곳 | 봄 미디어

기획·편집 | 김민지, 김지우, 홍주희, 김현주
표지 디자인 | 김수지

출판등록 | 2014년 08월 25일 (제387-2014-000040호)
주소 | 경기도 부천시 원미구 길주로 64, 1303(굿모닝 오피스텔)
영업부 | 070-5015-0818 편집부 | 070-5015-0817 팩스 | 032-712-2815
E-mail | bommedia@naver.com
소식창 | http://blog.naver.com/bommedia

값 9,000원

ISBN 979-11-5810-400-9 03810

불완전한 파트너

An imperfect partner

수증기 장편 소설

CONTENTS

1. ISLAND

서준은 17년을 도시 외곽에서 살았다. 서울에서 근간을 잃은 사람들이 모여든 조그만 마을에서 17년을.

얼떨결에 이웃으로 묶인 사람들은 서로의 없는 살림을 살펴 주며 돕고 살았지만, 이따금 땅이 갈라질 정도로 쾅쾅대며 싸우기도 했다. 부식된 벽과 벽 사이에서 팔과 다리가 부서지도록 치고받는 사람들을 보며 서준은 그런 생각을 했었다.

참 가관이다.

그는 가파른 계단을 한참이나 올라야 있는 자신의 좁은 집을 때때로 섬이라 부르기도 했다. 외딴집보다는 외딴섬이라고 말하는 것이 더 멋져 보인다는 이유였다.

그가 조그만 외딴섬에서 어느 휴양지의 섬처럼 큰 집에 들어오게 된 것이 불과 세 달 전이었다. 그것도 한국에서 열 손가락에 들어가는 기업 중 하나인 명온 그룹의 유일무이한 손자로.

이전의 생활을 빨리 잊으라던 안주인의 명령 같은 조언에 서준은 지난 세 달 동안 자신만의 외딴섬을 생각하지 않았다.

금방이라도 잊을 수 있다고 스스로 자부하던 어느 날, 그는 자신의 눈앞에서 펼쳐지는 풍경을 보며 생각했다.

참 가관이다.

그런 '가관'은 이전에 살던 곳에서나 일어나는 거라고 생각했다. 낮만 해도 점잖게 조문객들을 맞이하며 고고함을 유지하던 사람들이 밤이 되자 취객 못지않게 패악질을 부렸다. 조근조근 속삭였던 목소리가 아니라, 감칠맛이 느껴질 정도로 차진 욕설이 마구 터져 나왔다. 과거에 있던 곳을 생각하지 않으려야 않을 수가 없었다.

"네년이 여기가 어디라고, 어디라고!"

"죽기를 바랐지! 불쌍한 우리 언니, 죽자마자 뻔뻔하게 얼굴을 들이밀어!"

"아직 염도 제대로 못 했는데 어딜 기어들어 와!"

옷을 단정하게 차려입은, 아니 입고 있었던 여자가 그 중심에 있었다. 단추가 다 뜯겨져 안이 다 보이는 데다가 머리카락마저 뜯기는 상황에서도 여자는 소리 한번 내지 않았다.

"아프겠다."

"저런 거 보지 마세요."

"보이는데요."

난장판에 섞여 들지 않은 사람은 서준과 그 옆을 지키고 있던 지혁이 유일했다. 뻔히 보이는데 보지 말라는 지혁의 말이 어딘지 우스워 서준은 웃음을 터트렸다.

숨죽이지 못한 그의 웃음소리에 난장판을 구경하고 있던 조문객들 몇몇이 뒤를 돌아봤다. 지혁이 서준을 가리듯 서서 속삭였다.

"회장님이랑 사모님 모시고 나갈 테니 나가 계세요."

아예 자리를 뜨란 소리였다. 서준은 어깨를 으쓱이며 대꾸했다.

"차 있는 데로 가 있으면 돼요?"

"뒷문 주차장에 정 기사님이 계실 거예요."

서준은 곧장 뒷문으로 향했다. 더 보고 있기에는 몸에 딱 맞는 옷이 불편했다.

밖으로 나가는 짧은 사이에 그는 검은색 재킷을 벗고, 팔과 목을 죄고 있는 단추를 풀었다.

한층 느슨해진 옷차림으로 밖에 나오자마자 자신이 타고 왔던 차를 찾았다. 여기 어디에 주차해 놨을 텐데 막상 오니 잘 보이지 않았다. 색과 모양이 비슷한 차들이 빼곡하게 있었고, 어두운 저녁이어서 찾기가 쉽지 않았다.

서준은 가장 끝에 있던 화단에 걸터앉아 목을 길게 뺐다. 기억이 날 듯 말 듯한 차 번호를 속으로 헤아렸지만 아무리 생각해도 숫자 하나 떠오르지 않았다. 그는 어쩔 수 없이 휴대폰을 꺼내 주소록을 뒤적였다.

정 기사의 번호를 막 찾은 그가 통화 버튼으로 손가락을 옮길 때였다.

"오지 말고 거기 있어."

낯선 목소리에 서준이 어둠 속을 두리번거렸다. 차와 차 사이에 낯익은 여자가 서 있었다.

산발인 머리를 겨우 묶었는지 머리카락이 이리저리 삐죽 나와 있었고, 머리만큼 헝클어진 옷을 겨우 여민 채로 어딘가를 향해 차게 말하고 있었다. 그녀의 눈이 유독 뾰족하게 보였다.

"네 아버지는 허락했어. 데리고 가겠다고 약속도 했고. 오지 말고 거기 있어."

"엄마."

"아버지라고 불러. 죽기 살기로 붙어살아."

서준은 호기심 어린 표정으로 여자의 눈길이 닿는 곳을 좇았다. 그의 시선에 닿은 것은 검은색 원피스를 입고 있는 또래의 여자애였다.

"그만 가!"

불현듯 여자가 소리를 지르자 거리를 좁혀 오던 아이는 발을 멈췄다.

"엄마."

"엄마 소리 그만해. 나, 너 키우면서 지긋지긋했어. 엄마 소리 징그럽고 끔찍하다고!"

"나를……."

표정이 잘 보이진 않았지만 서준은 확신했다. 여자애는 울고 있을 것이라고. 물기 어린 목소리가 형편없이 갈라져 있었다.

"어떻게 오늘 버리냐."

뚝뚝 떨어지는 눈물이 보이는 것도 같았다.

"어떻게 오늘…… 나를 여기에 버리냐고."

"……."

"엄마."

여자가 돌아서 가는데도 여자애는 그 자리에 박힌 듯 서 있었다.

서준은 그 장면에서 눈을 떼지 않았다. 우두커니 서 있는 그 여자애는 가지가 얇은 나무 같기도 했고, 검게 물든 바다 어딘가에 잠겨 드는 섬 같기도 했다. 주먹을 말아 쥐고 바들바들 떨고 있는 여자애는 땅이 유난하게 무른 섬처럼 보였다.

서준은 오랫동안 그 모습을 지켜보았다. 아이를 두고 돌아선 여자가 완전히 보이지 않을 때까지.

얼마 지나지 않아 차분해 보이는 중년 여성이 여자애의 근처를 서성였다. 무어라 말을 건네는 듯했다. 여자애는 고개를 저을 뿐 그 자리에서 움직이지 않았다. 난처해 보이는 여성의 뒤로 낯선 남자가 걸어왔다.

"도연아."

도연아.

그 이름에 여자애가 고개를 들었다. 서준은 고개를 든 여자애, 도연에게 무어라 말하는 남자의 모습을 가만히 보고만 있었다.

그때였다.

"서준 학생!"

갑작스럽게 울리는 그의 이름에 여자애와 함께 있던 두 사람이 서준에게로 고개를 돌렸다.

서준은 몰래 숨어 있다가 들킨 사람처럼 무안한 얼굴로 화단에서 엉덩이를 뗐다. 애써 모르는 척 앞만 보며 자신을 부른 정 기사에게 다가갔다.

"왜 이쪽에 있었어? 차는 저 건너편에 주차했는데."

"주차장이 이쪽이라서 여기에 있는 줄 알았어요."

"아유, 여긴 너무 복잡해서 저기다 댔지. 가자. 회장님은 벌써 타고 계셔."

정 기사의 뒤를 졸졸 쫓아 걷던 서준은 무심코 고개를 돌렸다. 가까이서 여자애를 보니 눈이 빨갰다. 얼굴엔 눈물 자국도 언뜻 보였다.

"도연아, 가자."

여자애는 남자의 등에 가려져 더 이상 보이지 않았지만 서준은 끝까지 시선을 떼지 않았다. 한참 앞서가던 정 기사가 다시 돌아와서 그를 재촉하기 전까지.

불필요한 기억은 남기지 말라고 지혁이 말했지만, 서준은 그날의 일을 묻어 두지 않았다.

서준은 본의 아니게 장례식장에서 보았던 두 여자에 대해서 금방 알 수 있었다. 그때의 가관을 잊지 못한 방문객이 그의 집에서 호들갑을 떠는 통에 모를 수가 없었다.

여자애를 두고 돌아섰던 여자는 십몇 년 전에 데뷔했던 배우라고 했다. 하지만 TV에 출연한 지 얼마 되지 않아 유부남이었던 켄트 호텔 오너와 바람이 나 소리 소문 없이 사라졌고, 그날 장례식장에서 돌아가던 길에 사고를 당해 생을 마감했다고 한다.

여자애는 켄트 호텔 오너와 여배우의 불륜으로 태어난 아이였다. 방문객은 그 아이를 반쪽짜리라고 불렀다.

그 후로 몇 달이 지났지만 서준은 때때로 도연을 떠올렸다. 녹음이 울창해진 나무를 볼 때면, 드넓은 앞마당 구석에 홀로 핀 이름 모를 꽃을 볼 때면 유독 그 여자애의 얼굴이 또

렷하게 떠올랐다.

서도연, 여자애.

반쪽짜리, 섬 같았던.

그 여자애를 다시 보게 된 것은 그로부터 반년이 지난 어느 초여름이었다.

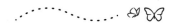

도연은 고개를 움직이며 주변을 살폈다. 한눈에 다 담기도 힘든 큰 정원에 즐비한 원형 테이블과 그곳을 휘젓고 다니는 사람들.

생경한 광경을 뚫어져라 보던 도연은 귀를 기울였다. 부드러운 클래식 선율과 사람들의 웃음소리, 사박사박 풀을 밟고 지나가는 소리.

"얘는 도대체 왜 데리고 온 거야?"

바짝 날이 선 목소리.

순간적으로 도연의 어깨가 앞으로 툭 고꾸라졌다. 그녀는 부딪힌 어깨를 괘념치 않았다. 목을 죄는 리본 끝을 만지작대며 눈을 깜빡일 뿐이었다.

제일 울창하게 자란 나무 옆엔 이제 막 새싹을 틔운 낮은 꽃나무들이 즐비했다. 이 집의 안주인이 관엽 식물을 좋아한다는 것을 모를 리 없는 손님들이 가지고 온 게 분명했다.

바로 코앞에서 자신을 죽일 듯 노려보고 있는 눈빛을 느끼면서도 도연은 딴생각을 했다.

동환은 그 담담함이 마음에 들지 않아 눈에서 힘을 풀지 않았지만, 도연의 한쪽 입꼬리는 보란 듯이 올라갔다. 미세한 움직임이었지만 그의 신경을 긁기에는 충분했다.

"웃어? 이게 진짜······!"

"서동환!"

동환의 손이 허공에서 멈췄다. 그의 이름을 호통치듯 부른 사람은 동환의 아버지이자 도연의 친부이기도 했다.

도연은 동환과 아버지라는 남자를 번갈아 보았다. 같은 집에 산 지 반년이나 지났는데도 여전히 낯설었다.

"아빠도 정말 너무하신 거 아니에요? 저년 때문에 우리 엄마가······!"

"보는 눈이 많다. 듣는 귀도 많고."

"아빠!"

"서동환."

강압적인 목소리가 동환의 입을 다물게 했다.

"서혁수 사장!"

때마침 생소한 목소리가 두 사람의 아버지를 불렀다. 동환을 노려보던 눈이 삽시간에 풀렸다. 돌아서는 얼굴엔 미소까지 번져 있었다.

도연은 그런 아버지를 보며 생각했다. 사실 저 사람도 배우가 아니었을까.

"동환아, 도연이 데리고 먼저 회장님 찾아뵈렴."

무언으로 압박하는 아버지의 눈빛에 동환은 불만이 가득한 얼굴을 숨기지 못하고 고개를 홱 돌렸다. 혁수가 억지로 미소를 지으며 도연에게도 말했다.

"도연아. 오빠 잘 따라가."

"네."

거칠게 풀을 짓밟는 구두 뒤로 분홍색 단화가 종종종 움직였다. 동환은 입안으로 욕지거릴 하며 눈을 돌렸다. 도연이 무표정하게 걷고 있었다.

"야. 너 우리 집에 빌붙어 살 생각 추호도 하지 마."

"……."

"엄마만 생각하면 지금이라도 널 죽이고 싶어."

도연은 다시 입꼬리를 올렸다. 누가 들을세라 눈치를 살피며 속삭이는 폭언은 우스울 뿐이었다.

"내가 빌붙어 산 게 반년이 넘었는데 아직도 말뿐이네."

그녀가 나긋이 대답하자 동환의 걸음이 멈췄다.

"이 정도면 못 쫓아내는 거지. 참는 게 아니고."

도연의 무신경한 눈이 그를 직시했다. 동환은 성질을 이기지 못하고 그녀의 어깨를 움켜잡았다.

"그래. 못 쫓아내. 그 대신 네가 제풀에 지쳐 나갈 때까지 가만 안 둘 거니까 각오해. 앞으론 진짜야."

도연은 그의 팔을 가볍게 쳐냈다. 주변 시선을 의식한 탓인지 동환은 쉽게 손을 뗐다. 대신 도연이 팔을 들어 그의 어깨를 가볍게 쳤다.

"힘내. 머리도 좀 쓰고. 그래야 네 발길에 채어 나가든 말든 할 거 아냐."

도연은 동환의 구겨진 미간에 눈을 고정한 채 턱짓했다.

"앞장서."

도연은 여유롭게 웃기까지 했다. 썩어들어 가는 동환의 얼굴은 아버지의 집에서 살게 된 이후부터 지금까지 유일한 즐거움이었다.

"표정 풀어. 누구 오네."

굳어 있던 동환이 인기척에 얼른 표정을 가다듬었다.

"동환이 맞지?"

"아, 네. 안녕하세요."

"서 사장님은?"

"잠깐 다른 분이랑 얘기하고 계세요. 회장님한테 먼저 인사드리라고 하셔서요."

"저쪽에 계셔. 나도 막 인사하고 나온 참인데."

머리를 단단하게 틀어 올린 여자가 가리키는 쪽을 바라보며 눈을 가늘게 떴다.

"옆에는……."

여자가 머뭇거리며 눈짓하자 도연이 차분하게 대답했다.

"처음 뵙겠습니다. 서도연이라고 합니다."

도연의 담담함에 외려 놀란 여자가 떨떠름하게 웃으며 한 발 물러섰다.

"으응, 그래."

"저, 그럼 회장님한테 인사드리러 갈게요."

동환은 도연의 팔을 잡고 우악스럽게 이끌었다.

여자는 둘의 모습이 사라지기도 전에 구석에 있는 한 무리로 가 입을 달싹이기 시작했다.

도연이 뒤를 돌아 그들을 보았다. 자신을 힐긋거리며 속닥대는 사람들을.

"듣기론 엄마를 빼닮았대요."

"서 사장이 홀랑 넘어간 걸 보면 대단한 미인이었겠지. 그 덕에 빛도 못 보고 그대로 묻혔다며. 지 어미 닮아 꽤 예쁘긴 하네."

"그럼 뭐 해. 보니까 눈빛이 보통이 아냐. 엄마보다 더하면 더했지, 덜할 것 같진 않아."

본 적도 없는 사람을 두고 이러쿵저러쿵 떠드는 재주가 특출 나서 부자인 건가.

시답지 않은 생각에 빠져 있던 도연은 몸이 내팽개쳐지는 느낌에 다시 고개를 돌렸다. 동환이 자신의 팔을 내던지다시피 놓고 숨을 고르고 있었다.

"동환아."

어느새 뒤를 쫓아온 혁수가 동환과 도연의 사이를 파고들었다.

"저기 계시네. 가자. 도연이 너도."

"네."

세 사람이 도착한 원형 테이블에는 일가족으로 보이는 여러 명의 사람들이 앉아 있었다. 도연은 눈을 살짝 내리깐 채 눈동자만 굴렸다.

"오랜만에 뵙습니다. 회장님, 사모님."

"그래. 혁수야."

현 명온 그룹 한화섭 회장에게 혁수가 깍듯이 인사했다. 도연이 보기엔 공원에서 흔히 볼 수 있는 할아버지일 뿐이었다. 희끗희끗한 머리와 어울리지 않게 허리가 굽지 않은 것만 빼면.

한 회장은 혁수에게 있어 친아버지와 다름없는 사람이라고 했다. 어린 시절부터 지금까지 성공할 수 있게 도와주셨던 은인이라고, 앞으로 볼 일이 많을 테니 잘 보이라며 귀에 딱지가 앉도록 들었던 조금 전을 떠올렸다.

"둘은 처음 보겠구나. 여긴 내 아들, 태범이."

한 회장이 손짓하자 혁수의 몸이 살짝 돌아갔다. 그 앞에 일어선 중년의 남자가 혁수에게 먼저 손을 뻗었다.

"한태범입니다."

"반갑습니다. 서혁수입니다."

"둘은 앞으로 자주 볼 테니 인사들 잘 나누고."

한 회장이 동환 쪽으로 느긋하게 고개를 돌렸다.

"동환이는 그새 많이 자랐구나."

"안녕하세요, 회장님. 사모님, 생신 축하드립니다."

"그래. 유학 준비는 잘되어 가고?"

"네. 이번 학기만 마치고 갈 예정입니다."

"그래. 그리고……."

도연은 자신에게로 쏠리는 눈길들에 맞서듯 허리를 빳빳하게 세웠다.

"제 딸아이입니다, 회장님."

"안녕하세요."

도연이 고개 숙여 인사하자 한 회장이 작게 고개를 끄덕였다.

"예쁘네. 나이가 몇이랬지?"

"열……."

"열일곱입니다."

도연이 혁수의 대답을 막으며 한 발 앞으로 나섰다.

"친모가 빛은 못 봤어도 꽤 예쁜 배우였다니, 그 씨가 어딜 가겠어요."

자신을 할퀴려 작정한 날카로운 말에도 도연은 굴하지 않았다.

"너도 네 엄마 같은 재주가 있니?"

"글쎄요."

눈꼬리를 접으며 웃기까지 하는 도연을 향해 다시 질문이 돌아왔다.

"글쎄요?"

"아마 없을 거예요. 엄마 닮았다는 소리 별로 못 들었거든요."

"하."

어디선가 짧은 웃음이 터졌다. 도연은 여유 있게 웃으며 긴 쇼핑백을 테이블 위에 올려놓았다.

"사모님, 생신 선물이요. 팥꽃나무 화분이에요."

도연이 꺼내 놓은 화분에는 손가락 한 마디만 한 삽수 몇 개가 전부였다.

"직접 했니?"

"네. 직접 삽목했어요. 잘 돌보시면 한 달 뒤엔 새순이 날 거예요."

"돌봐?"

"네."

"꽃나무를 주면서 돌보라는 사람은 네가 처음이구나."

"좋아하신다고 하셔서요. 정성껏 돌보고 나면 보는 재미가 더 있으실 거예요."

도연이 쇼핑백에 화분을 조심이 넣자 날카롭던 여자의 눈매에 호기심이 일었다.

"새순이 나고 시간이 조금 더 지나면 뿌리가 단단해져요. 그때 분갈이를 해 주셔야 해요."

"내가?"

"네."

"직접 할 이유가 있니? 우리 집에 정원사도, 가정부도 없을까 봐서?"

"말씀드렸잖아요. 정성껏 돌보고 난 뒤에 보는 재미가 더 있으실 거라고. 그리고……."

도연은 입매를 올리며 말을 덧붙였다.

"씨를 뿌린 사람이 책임을 져야죠."

당돌한 도연의 말에 모두가 놀란 표정으로 서로를 살폈다. 얼마 지나지 않아 고요했던 테이블 위로 웃음소리가 퍼져 갔다.

"내 아내가 받은 선물 중에 가장 마음에 드는구나."

잠자코 도연을 보고 있던 한 회장이 제일 크게 너털웃음을 터트렸다.

"안에 가져다 놓고 오겠습니다."

어떤 여자가 뒤에서 다가왔지만 사모는 고개를 저으며 단호히 말했다.

"아니. 내가 가져갈 테니 신경 쓰지 말게."

날카로웠던 목소리는 한결 풀어져 있었다.

"이름이 뭐랬지?"

"서도연입니다."

"도연이. 내 손주와 나이가 같구나."

한 회장이 가리키는 쪽으로 도연의 눈이 자연스레 향했다.

가장 먼저 보이는 것은 비스듬하게 올라간 입매였다. 이내 테이블 위에서 두 사람의 시선이 한 치의 틈도 없이 부딪쳤다.

눈썹 위로 단정하게 내려앉은 밤색 머리카락, 가로로 긴 눈, 눈에 띄게 흰 피부. 소년을 천천히 훑어보던 그녀의 눈이 순간 딱딱하게 굳었다.

비틀린 입가는 비웃고 있었다. 아주 분명하게.

"친구처럼 지내면 좋을 것 같은데."

혁수가 얼른 앞으로 치고 나오며 말을 이었다.

"서준이도 못 본 새 많이 컸네요."

서준.

도연은 입안으로 소년의 이름을 중얼거렸다. 어디선가 들어본 듯한 이름이었다.

도연은 다시 한번 익숙한 이름을 중얼거렸다.

"서준이는 지난달부터 명온 고등학교에 다니는데, 도연이는……."

"아, 도연이는 검정고시를 볼 예정입니다. 집에서 과외를 하기로 했고요."

"그래?"

그 뒤로 의미 없는 말들이 이어졌다. 한 회장의 손짓에 자리를 잡기 전, 혁수가 도연과 동환에게 살짝 눈치를 줬다. 그러자 동환은 가볍게 묵례를 하며 돌아섰고, 도연 역시 짧게 인사한 뒤 물러났다.

도연은 마치 길을 아는 사람처럼 오른쪽을 빙 돌아 걸었다. 풀숲에 잠긴 신발은 소리 없이 발자국만 남겼다.

동환은 들리는 말소리가 잦아들 때까지 조용히 걷다가 우뚝 멈췄다.

"난 친구들 만나고 올 테니까 너 먼저……."

말을 끝맺지 못한 동환이 눈을 동그랗게 떴다. 뒤에서 따라오고 있을 줄 알았던 도연이 온데간데없이 사라져 있었다.

"아이씨."

도연은 작게 욕을 뱉곤 주변을 살폈다. 말없이 빠져나와 걸어온 곳은 한참 구석에 있는 풀밭이었다.

그 자리에 풀썩 주저앉자 그녀의 발을 감싸고 있던 분홍색 단화가 힘없이 벗겨졌다. 도연은 신발을 들어 안쪽 구석을 살폈다.

"아, 나 250이라니까."

도연은 245라고 새겨져 있는 숫자를 원망스럽게 보다가 신경질적으로 단화를 내팽개쳤다.

땅으로 처박히듯 던져진 단화는 몇 바퀴 굴러가더니 남색

운동화 앞에서 멈추었다.

도연이 앉은 그대로 고개를 들었다.

"서도연?"

조금 전 비웃음을 보였던 입술이 자신을 불렀다. 도연은 눈을 가늘게 뜬 채 그를 올려다보았다. 방금 마주쳤을 때보다 더 선명한 얼굴이 나타났다.

"네 이름 맞지? 서도연."

툭. 도연의 발끝에 단화 한쪽이 닿았다.

"한서준."

도연이 기억에서 끄집어낸 이름을 낮게 읊조렸다. 그와 동시에 서준의 발에 걷어차인 나머지 단화 한쪽이 도연의 발 옆에 닿았다.

"손으로 주워 주는 건 좀 간지러워서."

도연은 대답 없이 서준을 바라보았다. 눈을 크게 굴리며 이상하게 낯이 익은 그의 얼굴을 샅샅이 살폈다.

혁수의 집으로 들어간 지 반년이 채 되지 않았고, 그의 딸로 소개되는 자리는 오늘이 처음이었다. 명온 그룹 손자의 얼굴이나 이름을 접했을 일이 전혀 없는데도, 마냥 낯선 느낌이 아니었다.

"할머니가 너 마음에 들었나 봐. 너 찾아서 데리고 오래."

도연은 입술을 달싹였다.

"한서준."

"서준 학생!"

도연은 고집스럽게 기억을 더듬은 것을 후회했다. 가장 최악의 날이었던 하필 그때, 그 모습을 관전하고 있던, 화단에 앉아 멀뚱히 자신을 보고 있던 그 남자애였다.

도연은 엉덩이를 가볍게 털며 맞지 않는 단화에 억지로 발을 넣었다. 자연스럽게 오그라든 발가락들이 고통을 호소했다.

"난 너 초면 아닌데."

도연이 어렵게 발을 뗄 때, 그녀를 붙잡듯 서준이 가벼운 어조로 말했다.

"우리 어쩌다 한 번 봤어. 넌 기억 못 할지도 모르지만."

서준의 입가에 웃음기가 맺혀 있었다. 마치 어렸을 때의 그리운 추억을 말하는 듯한 그의 태도에 도연은 헛웃음을 쳤다.

이 새끼 뭐지.

"아니다. 나만 본 것 같으니까 넌 아예 기억도 없겠네."

"……"

서준은 대답 없는 도연을 가만히 보다가 몸을 돌렸다. 느긋이 걸어가는 그를 도연이 빠르게 뒤따라가 서준의 오른쪽 신발 뒤축을 밟았다.

"어!"

균형을 잃은 서준이 앞으로 고꾸라지더니 신발이 쑥 벗겨졌다. 주인을 잃은 신발이 그녀의 발에 채여 앞으로 붕 날아갔다.

형편없는 자세로 넘어진 서준은 황당한 표정으로 눈을 치켜떴다. 도연이 그를 내려다보고 있었다.

"아는 척하지 마. 걷어차이고 싶지 싫으면."

"뭐? 야."

벌떡 일어난 서준이 어이가 없다는 듯 헛웃음을 터트렸다. 그를 지나쳐 가는 도연의 고개가 꼿꼿이 서 있었다.

"야!"

제 목소리가 들리지 않는 것처럼 걸어가는 도연을 보며 서준이 중얼거렸다.

"뭐야, 저 계집애?"

도연이 '이 새끼'를, 서준이 '저 계집애'를 다시 만난 것은 바람이 선선해지던 어느 날이었다.

"서준 학생. 먼저 들어가."

차에서 내린 서준이 으리으리한 철문 앞에 서자 시간을 맞춰 놓기라도 한 것처럼 대문이 큰 소리를 내며 활짝 열렸다.

그는 널따란 마당을 가로지르며 주변을 살폈다.

"다녀왔습니다."

"서준 학생 왔어요?"

주변을 둘러보기 무섭게 한쪽에서 중년의 여성이 걸어 나왔다. 안주인을 모시는 정아였다.

유난히 식물을 좋아하는 안주인 덕에 하루의 반을 정원에서 보내기도 해서 서준은 정아를 정원사님, 하고 장난스럽게 부르기도 했다. 살갑게 농담을 주고받을 정도로 대화를 가장 많이 나누는 사람이었다.

"모의고사는 잘 봤어요?"

"그냥저냥…… 사실 잘 못 봤어요."

서준은 화제를 돌리기 위해 정아 쪽으로 손을 뻗었다.

"화분 주세요. 제가 들게요."

"아니에요. 그보다 얼른 들어가 봐요."

"무슨 일 있어요?"

"도연 학생이 와 있어요."

의아하게 깜빡이던 서준의 눈이 삽시간에 커졌다. 정아는 짓궂게 웃으며 속삭이듯 말했다.

"보고 싶어 했잖아요."

"……네?"

"사모님 생신 이후로 몇 번씩 얘기했잖아요."

서준의 눈에 혼란스러운 감정이 스쳤다.

보고 싶어 하다니. 내가 누구를?

"오늘 사모님이랑 같이 분갈이했어요. 지금 다 정리됐으니까 얼른 들어가 봐요."

정아는 멍하게 있는 서준을 보며 미소를 지었다. 마치 소꿉장난하는 어린애들을 바라보는 웃음이었다.

서준은 정아를 돌아보다가 열려 있는 현관 쪽으로 고개를 돌렸다.

그 계집애가 집에 왔는지 몇 번 물어본 것은 사실이다. 모의고사를 보기 전에도 물었던 사실을 부정할 생각은 없지만, 정아의 마지막 말이 은근히 거슬렸다.

처음 만났을 땐 길가에 버려진 아이가 되어 울고 있었으면서, 다시 만났을 땐 모두가 어려워하는 할머니에게 아무렇지 않은 얼굴로 당돌하게 굴어 흥미가 일었다. 신발을 걷어차며 자신을 내려다보는 두 눈에 호기심이 붙었다.

그 여자애는 어색해하지도 않았고, 눈치를 살피지도 않았다.

"아는 척하지 마. 걷어차이고 싶지 싫으면."

그저 자신을 잘라 낼 뿐이었다. 그 차분한 얼굴이 눈엣가시처럼 사라지지 않았다.

"그래서 몇 번 물은 것뿐인데."

서준이 현관에서 신발을 벗을 때 집의 안주인이자 그의 할머니이기도 한 미선의 웃음소리가 그를 거실로 이끌었다. 좁은 복도를 지나 오른쪽으로 꺾은 서준이 우뚝 멈췄다.

"서준이 왔구나."

"어머, 서준이구나."

"오랜만에 보네."

미선의 곁에 있는 사람은 한 명이 아니었다. 늘 그녀의 곁에서 아양을 부리느라 매일같이 집에 들락거리는 아주머니들도 함께였다.

서준은 질색하는 얼굴을 감추고 눈을 굴렸다. 도연은 미선과 가장 가까운 곳에 앉아 얌전하게 눈을 내리깔고 있었다.

"둘이 서로 얼굴은 알지?"

서준은 고개를 드는 도연을 직시하며 느리게 말했다.

"이름도 알아요."

"앞으로 친하게 지내."

"네."

대답한 것은 도연이었다. 흘긋 스치고 지나가는 도연의 눈길에 서준은 묘한 이질감을 느꼈다. 말 한마디라도 걸면 가만두지 않을 것처럼 굴 때는 언제고, 지금은 고분고분하게 고개를 끄덕이고 있었다.

"참, 2층에 네 공부방 좀 도연이한테 보여 줘."

"제 방을…… 왜요?"

"다음 주부터 과외 같이할 거야."

"같이요?"

"너 과외 붙여 주려고 했던 선생이 마침 도연이 과외를 해 주고 있더라고. 같이할 수 있겠느냐 물었더니 괜찮다고 해서."

서준은 할머니의 말씀에 입을 다물 수가 없었다. 수순인 것처럼 차분히 일어서는 도연을 보고도 그는 눈만 끔뻑거렸다.

"혼자보다는 둘이 나을 거 아냐. 서로 자극도 되고."

"아유, 사모님. 진작 말씀해 주시지. 저희 아들도 이번에 과외 붙이려고……."

"저희 딸 기억나세요? 이제 중3인데, 서준이 과외 하는 거 알았으면 진작에……."

"올라가."

미선의 칼 같은 어조에 순간 모두가 입을 다물었다. 움직이는 것은 사뿐사뿐한 도연의 발뿐이었다.

어느새 바로 앞까지 온 도연을 보며 서준은 헛웃음을 터트렸다. 지난번과 다르게 얌전한 그녀를 어떻게 대해야 할지 감을 잡을 수가 없었다.

"도연이 계속 세워 둘 거니?"

도연이라며 부르는 미선의 목소리가 퍽 다정했다.

"……아니요. 올라가요."

서준이 어색하게 손짓하자 도연은 말없이 그의 뒤를 따랐다.

계단을 꾹꾹 밟고 올라온 서준은 자신의 방문 앞에서 뒤를 흘긋 바라보았다. 아래를 향해 숙이고 있던 도연의 고개가 곧게 세워져 있었다.

서준은 문을 여는 대신 그 앞을 막고 서서 그녀를 바라보았다.

"너 뭐야? 나랑 말 한마디 안 섞을 것처럼 굴더니."

쓱 올라가는 도연의 눈썹을 보며 서준은 입꼬리를 올렸다.

"넌 공부하면서도 주절거리나 보네."

"뭐?"

그의 입꼬리가 더 올라가지 못하고 굳었다.

"여전히 말 섞을 생각 없으니까 시비 걸지 마."

"야, 너……."

"말도 걸지 말고."

허. 서준의 입에서 다시 헛웃음이 나왔다. 그는 느긋하게 어깨를 돌리는 도연 쪽으로 불현듯 다리를 내밀었다.

쿵!

바닥에 무언가 부딪히는 둔탁한 소리가 났다. 손으로 바닥을 짚고 허리를 세우는 도연을 보며 서준이 얄궂게 웃었다.

"발은 걸어도 되나 해서."

감정 없이 메말라 보였던 그녀의 얼굴에 순간 노여움이 끼쳤다. 화가 난 기색을 본 뒤에야 서준은 한결 후련해진 얼굴로 돌아섰다.

"아!"

서준이 한 걸음 떼기도 전에 다시 쿵 소리가 울렸다. 계단 바로 앞에서 중심을 잃은 그가 무릎을 꿇고 바닥에 손을 짚으며 반사적으로 뒤를 돌았다. 쭉 뻗었던 다리를 세우며 도연이 일어서고 있었다.

"야."

손을 툭툭 털며 일어서는 도연을 보면서 서준은 생각했다.

죽어도 이 계집애랑은 친구 비슷한 것도 될 수 없겠구나.

도연과 서준은 사소한 것 하나 맞는 구석이 없었다. 좌식을 편해하는 그와 달리 도연은 의자에 앉는 걸 좋아했고, 서준은 수업하는 동안 간식을 꼭 챙겨 먹는 반면, 그녀는 물 한 모금조차 마실까 말까였다.

또 서준은 모르는 것이 있으면 그때그때 묻고 넘어가야 했는데, 도연은 수업의 흐름이 끊기는 것을 좋아하지 않았다. '불만 있으면 너도 그때그때 물어봐'라고 한 서준에게 도연은 '난 너처럼 모르는 게 많지 않아서 다 끝나고 물어보는 게 좋아' 라고 받아치며 그의 화를 부추겼다. 중간에 낀 선생이 두 사람의 기 싸움에 땀을 뻘뻘 흘릴 정도였다.

살면서 이렇게까지 어긋나는 사람이 있다니. 하다못해 그는 오른손잡이였고 도연은 왼손잡이였다. 모든 것이 상극이었다.

"오늘은 모의고사 문제를 실전처럼 풀어 볼까?"

서준은 얌전히 시험지를 받아드는 도연을 보며 이죽거렸다.

"고등학교도 다니다 말았는데 실전을 아나?"

"말 걸지 말랬지."

"할 말 없으니까 괜히."

말이 끝나기가 무섭게 서준이 쥐고 있던 샤프가 도연의 연필에 맞았다. 힘을 풀고 있던 그의 손에서 찰나로 샤프가 빠져나와 시험지 위를 나뒹굴었다.

서준은 샤프를 도로 잡으며 눈을 치켜떴다.

"나 검정고시 합격했는데."

"뭐?"

"모르는 것 많아서 힘들겠다."

빈정거리는 그녀의 어조에 서준이 샤프를 꽉 쥐었다.

"야, 네가 말을 안 했……!"

"지금부터 풀까요?"

오늘도 어쩔 줄 몰라 하며 진땀을 빼는 역할은 둘 사이에

긴 선생의 몫이었다.

"어…… 실전처럼 풀기는 하는데, 취약한 과목 먼저 풀자. 스톱워치 들고 따로따로. 집중하려면 그게 좋겠지?"

"네."

대답하던 서준은 도연을 흘겼다.

선생의 말에 대꾸하는 것조차 상극이었다. 서준이 늘 '네, 아니요, 모르겠어요' 하며 말하는 데 비해 도연은 고개를 작게 끄덕이는 것으로 대답을 대신했다.

"서준이는 뭐 먼저 풀래?"

"저는 수리요."

"그래. 도연이는?"

눈을 느리게 깜빡이는 지금처럼.

보다 못한 서준이 그녀를 툭 건드리듯 말했다.

"과목 말하는 게 그렇게 어렵냐?"

"어려운 게 없어서."

벽을 쳐 놓은 것처럼, 그의 목소리가 들린 적도 없다는 평온한 얼굴로 도연은 선생을 바라보았다.

"언어 먼저 풀게요."

"잘난 척하기는."

"4등급은 말 좀 걸지 말라고 전해 주세요."

"수리만 4등급이거든!"

"그래. 그럼 도연이는 언어 먼저 하고, 일단 자리를 따로 앉아서…….”

“4등급이 옮기라고 해 주세요.”

“야!”

지난 모의고사 성적표를 들킨 것이 천추의 한이었다. 서준은 스톱워치와 시험지를 챙겨 벌떡 일어서며 도연을 노려보았다.

“너는 뭐 점수 얼마나 잘 나온다고.”

“서준아, 도연이는…….”

“점수 내기할래?”

동시에 말을 멈춘 서준과 선생이 도연을 바라보았다. 그녀는 여유롭게 손가락에 낀 연필을 돌리며 서준과 시선을 부딪쳤다.

“내가 너랑 그딴 걸 왜 해?”

“하기 싫으면 주제 파악하고 자리나 옮겨. 4등급.”

가뜩이나 울화가 치미는 서준에게 도연은 마지막 단어를 힘주어 말하며 기름을 부었다.

“해.”

서준은 반듯하게 앉아 있는 도연을 보며 말을 이었다.

“저도 똑같이 언어 먼저 풀게요. 언어, 수리, 외국어 순으로 풀면 되죠.”

“저기, 얘들아. 이건 그냥 실전 감각을 쌓으려고…….”

“선생님이 심판이고 증인이에요.”

반대쪽 벽으로 간 서준은 의자에 앉아 허리를 반듯이 세웠다.

"지면 뭐 할 거야?"

그의 질문에 곧바로 대답이 돌아왔다.

"시키는 건 무조건 다 하기. 진 사람이."

말이 끝남과 동시에 두 사람의 고개가 숙여졌다.

방 안은 가끔 종이를 넘기는 소리만 들릴 뿐 한참 동안 고요했다. 두 사람은 점심도 거른 채 시험을 이어 갔다.

"채점 다…… 했는데."

양손에 시험지를 든 선생이 눈을 양옆으로 굴렸다.

"누구 것 먼저 보여 줄까?"

"제 거 먼저요."

도연은 별반 긴장하지 않은 얼굴이었다. 얼떨결에 이 내기의 심판이자 증인이 된 선생은 왼손에 들고 있던 시험지를 그대로 펼쳤다.

"도연이는 290점."

서준은 저도 모르게 입을 벌렸다. 세 과목 총합 300점 중에 고작 10점이 빠진 점수였다.

그의 얼굴에 급속도로 긴장감이 맴돌았다. 도연이 자신의 점수를 아는 것과 달리 자신은 그녀의 점수를 알지 못했다. 그저 좀 하나 보네, 하고 넘겨짚었을 뿐이었다.

"그리고 서준이는……."

선생의 오른손에 들려 있던 종이 뭉치가 아래로 떨어졌다.

"272점."

두 사람의 얼굴에 희비가 엇갈렸다. 충격에 입을 벙긋거리던 서준이 벌떡 일어나 고개를 가로저었다.

"야, 이건…… 네가 이렇게까지……."

"잘하는지 몰랐다고?"

태연하게 가방에 짐을 챙겨 넣은 도연이 언제나처럼 차분한 얼굴로 일어섰다.

"이제라도 알았으면 앞으로 적당히 까불어."

아직도 충격이 가시지 않은 서준을 두고 도연은 선생을 향해 허리를 숙였다.

"오늘도 감사했습니다. 선생님."

"둘 다 시험 보느라 수고했어. 다음 주에 보자."

"네. 저 먼저 가 볼게요."

도연은 서준을 보지도 않고 그에게 자신의 가방을 내던졌다.

얼떨결에 가방을 품에 안은 서준은 벽돌 몇 개가 들어 있는 듯한 무게에 놀라 눈을 크게 떴다.

"뭐야. 네 가방을 왜……."

"들어."

싱긋 웃곤 깃털처럼 가볍게 나서는 도연을 뒤따르며 서준은 이를 악물었다.

사실 그는 승부욕이라곤 손톱만큼도 없는 성격이었다. 학교 친구들끼리 팀을 나눠 축구나 농구를 할 때에도 졌다는 결과에 기분 나빠 하지 않았다. 오히려 장난으로 시작한 가벼운 내기에 감정이 상한 친구들을 다독이는 것이 서준의 몫이었다. 평소대로라면 내기 따위에 졌다고 기분이 상해서는 안 됐다.

그런데 기분이 상하다 못해 짜증까지 치밀었다. 진다는 것이 이렇게 기분 나쁜 건가 새롭게 느낄 정도였다.

"야."

"말도 걸지 말고."

도연은 뒤로 손을 휘저으며 말을 이었다.

"너무 따라붙지도 말고, 열 걸음은 떨어져서."

물이 끓듯 속이 끓었다. 도연을 따라 걷던 서준은 이 집이 얼마나 넓은지 다시 한번 실감했다. 한참을 걸었는데도 아직 마당이었다.

겨우 대문 앞에 주차되어 있는 차에 도착하자 정 기사가 두 사람을 보며 흐뭇하게 미소 지었다.

"서준 학생이 가방 들어 주는 거야? 둘이 많이 친해졌나 보네."

속 편하게 말하는 정 기사를 속으로 원망하던 서준은 뒷좌석에 도연의 가방을 내팽개치듯 집어 던졌다.

"너 다음에, 다음에는……."

"중얼거리지 말고 이거나 가져가."

도연은 가방에서 무언가를 꺼내 그에게 내밀었다.

"안 가져가? 네 거야."

"이거……."

분이 안 풀려 씩씩대던 서준이 눈을 휘둥그레 떴다. 도연이 내민 것은 두꺼운 사전과 그 못지않게 묵직한 수학 문제집이었다. 그녀의 손에서 사전과 문제집을 낚아챈 그의 얼굴이 새빨갛게 익어 갔다.

서준이 책을 가로채자마자 도연은 잠깐의 틈도 없이 차 문을 닫았다.

태평한 그녀의 옆얼굴이 보이는 것도 잠시, 시동이 걸린 차가 빠르게 사라졌다.

"야! 서도연!"

그 자리에 남은 것은 머리끝까지 화가 치민 서준의 고함 소리였다.

쿵쾅거리며 다시 공부방으로 들어간 서준은 자진해서 책과 시험지를 펼쳤다.

오늘처럼 틀린 문제 하나하나가 뼈저리게 아쉬운 적이 없었다. 오답을 체크하는 그의 눈에서 불길이 튀고 있었다. 손가락 마디가 아플 정도로 샤프를 꽉 쥔 채 서준은 이를 악물었다.

다음에는 무조건 이겨야지. 하는 마음으로 시작된 혼자만의 보충은 저녁이 한참 지나도록 이어졌다.

10년간 이어진 유구한 원수의 역사가 시작된 날이었다.

2. 원수는 선 자리에서 만난다

"들어."

서준은 휙 날아오는 도연의 가방을 한 손으로 낚아챘다. 몇 년째, 몇 번째 지고 있는 건지 헤아리는 것은 오래전에 포기한 상태였다.

그는 손바닥보다 조금 큰 핸드백을 어깨에 대충 걸치곤 로비 안으로 들어서는 도연의 뒤를 쫓았다. 오늘은 내기나 싸우는 과정 없이 그녀에게 한 수 지고 들어가야 했다. 지난주 그녀의 미술관에 전시되었던 유화 작품을 서준의 아버지가 마음에 들어 한 탓이었다.

"그냥 달라는 것도 아니고 산다니까. 너도 팔라고 걸어 둔 거잖아. 왜 안 팔아?"

"그냥 안 파는 거 아닌데."

"그럼 뭐, 문제 있어?"

"고객이 마음에 안 들어서."

서준의 눈썹이 위로 향했다.

"돈다발 들고 와서 비싸게 팔라고 하는 고객이 왜 마음에 안 들어?"

"그냥 너한테 팔기 싫어."

도연은 그의 어깨에 아무렇게나 걸쳐져 있던 자신의 핸드백을 빼 들었다.

"내가 아니라 우리 아빠가 마음에 들어 한다니까."

"그럼 사고 싶은 사람이 직접 와야지. 이 작품이 어떻게 마음에 들고, 어디에 걸고 싶은지 말을 해야 팔든 말든 할 거 아냐."

"내가 대리로……."

"그림 그린 작가한테도 예의가 아니고."

"다음 주에 우리 아빠 생일인 거 알잖아. 내가 아빠 선물 좀 챙겨 주겠다는데……."

"감정에 호소하지 마. 안 먹혀."

무미건조한 도연의 대꾸에 서준은 입을 다물었다. 일이 바빠 얼마간 보지 않았다고 그녀의 성질을 잠시 잊고 있었다. 적어도 그가 알고 있는 서도연은 돈이나 감정에 흔들릴 인물이 아니었다. 그런 사람에게 호소하려 한 자신의 잘못이라며, 서준은 애써 스스로를 합리화했다.

"그럼 뭘 원해?"

도연은 앞을 가로막고 서 있는 서준에게 단호히 말했다.

"감상문이라도 써 와. 그럼 생각 좀 해 볼게."

"……감상문?"

"싫으면 나도 싫어. 억을 줘도 안 팔아."

서준은 전시장 안으로 들어가는 도연의 뒷모습을 멀거니 바라보다 뒷머리를 흐트리며 인상을 구겼다. 언제나 그렇듯이 뒤 한 번 돌아보지 않는 그녀가 오늘따라 유독 매정해 보였다.

다음 주면 태범의 생일이었다. 매해 돌아오는 생일 때마다 덤덤했던 전과 달리 올해는 받고 싶은 선물이 있다고 했다. 공부나 열심히 해라, 사고나 치지 마라, 네 일이나 잘하라며 못을 박았던 전과는 다른 태도였다.

처음으로 선물을 요구한 아버지에게 원하는 것을 주고 싶은 마음이 컸지만 서준의 능력으로 구하기가 어렵다는 게 문제였다.

태범이 가지고 싶다고 한 것은 창문만 한 크기의 그림이었다. 그것도 하필이면 도연의 미술관에서 전시된, 그녀가 작가에게 요청해 직접 사서 걸어 놓은 그림 하나. 차라리 100대 한정으로 나온 자동차를 모조리 구매하는 게 더 쉬울 정도였다.

서준은 도연에게서 연필 한 자루조차 가져와 본 적이 없었다. 크고 작은 내기에서 이겨 본 적 역시 없었고, 도연이 딱 잘라 거절한 것을 긍정적으로 바꿔 본 적도 없었다.

"아이씨."

투명한 유리문 너머로 태범이 원하는 그림이 미술관 한가운데에 걸려 있었다. 말 그대로 그림의 떡이었다.

진짜 감상문이라도 써야 하나.

서준은 로비에 선 채 한참이나 고민했다.

늦은 오후, 서준은 네모반듯하게 접힌 종이 한 장을 들고 위풍당당하게 미술관을 다시 찾았다.

노크도 없이 사무실 문을 벌컥 열고 들어가는데도 도연은 놀라는 기색 하나 없었다. 자신을 보는 둥 마는 둥 하며 블라우스 소매 단추를 채우는 그녀에게 서준이 대뜸 종이를 내밀었다.

"자."

"뭐야?"

"써 오라며."

도연은 별다른 말없이 종이를 받아들어 심드렁하게 바라보았다.

그림 한 번 보랴, 감상문 한 줄 쓰랴. 30분이 넘도록 쓴 감상문이었지만 도연은 10초도 채 넘기지 않고 읽는 것을 관두었다.

서준은 종이를 휙 넘기는 그녀를 향해 말했다.

"팔 거지?"

"이거 갖고 나가."

굳이 따져 묻지 않아도 완벽한 거절이었다. 서준이 억울한 얼굴로 말을 이었다.

"감상문까지 썼는데 왜."

미술에 미음도, 그림에 기역도 모르는 사람치고는 나쁘지 않게 썼다고 자부했지만, 도연은 그 자부심을 아무렇지도 않게 부쉈다.

"수준 미달."

서준은 종이를 주워 들며 그녀를 흘겨보았다. 노골적으로 노려보는데도 도연은 무심한 얼굴로 가방을 챙겼다.

"안 나가?"

도연은 그를 놀리듯 가방끈을 쥐고 흔들었다.

"또 들어 주려고? 습관 다 됐네."

"미쳤냐, 내가. 나갈 거야!"

화를 내고 뒤돌아 나가며 서준은 다시 한번 깨달았다.

또 지고 말았음을.

서준은 긴장한 얼굴로 명온 그룹의 대표 이사실을 찾았다. 그는 6개월 전부터 명온 그룹 산하에 있는 명온 복지 재단의 사업운영부 본부장으로 근무 중이었다.

낙하산이라는 이름표를 달고 들어왔지만, 일반적인 낙하산처럼 일에서 제외되기는커녕 온갖 일을 도맡게 되는 바람에 몸이 열 개라도 모자랐다. 일주일에 한 번 진행되는 재단 사업이나 운영에 관해 보고하는 것도 그의 몫이었다.

비서가 열어 준 문으로 들어가기 전, 서준은 말랐던 입술을 혀로 축이며 고개를 치켜들었다.

몇 년 전까지만 해도 용돈을 타러 오거나 심심할 때 왔던 곳에 직원으로서 오는 것은 무척이나 긴장되는 일이었다. 태범과 부자 관계가 아닌 상사와 직원으로 만나는 것 또한 익숙해지지 않았다.

서준은 어색함을 감추며 안으로 들어섰다. 태범이 서류 파일을 덮으며 손짓하자 그는 목을 가다듬곤 책상 가까이로 가 보고서를 내려놓았다.

"지난달 운영비 총액 정리한 서류와 다음 달부터 공사 들어갈 미혼부 쉼터 건설안입니다. 그리고 시흥에 있는 명온 보육원 신축 공사 부지 관련 자료도요."

태범은 파일을 넘겨 확인하곤 옆에 서 있던 비서실장 지혁에게 그대로 넘겼다.

"이거 가지고 먼저 나가 있어. 운영비 총액 서류는 재정부에 넘겨주고."

"네."

서준은 돌아 나가는 지혁과 짧게 눈인사를 했다.

태범이 지혁을 먼저 내보낸 것은 서준에게 따로 할 말이 있다는 뜻이기도 했다. 뭔가를 잘못했나 싶어 침을 꼴깍 삼키는 그에게 태범이 넌지시 말을 건넸다.

"그림은?"

서준의 얼굴이 삽시간에 어두워졌다.

"그게 정말 마음에 드셨나 봐요. 되게 찾으시네."

이로써 두 번째 독촉이었다. 서준은 난처한 얼굴로 조심스럽게 물었다.

"꼭 그림이어야 돼요? 아니, 꼭 그 그림이어야 돼요?"

"마음에 들어. 그게."

서준은 고개를 푹 숙이며 한숨을 쉬었다. 당장 며칠 뒤가 태범의 생일이었다. 계속 주저하다간 아버지에게 더한 실망감을 안겨 줄 것이다.

잠시 고민하던 그는 눈을 위로 들어 태범과 겨우 시선을 맞췄다.

"그게…… 못 구할 것 같아요."

"도연이가 안 준다던?"

태범은 이미 예상했다는 눈치였다. 아버지가 자신의 마음을 알아준 듯해 서준은 대놓고 투정을 부렸다.

"네. 뭘 해도 안 줄 것 같아요. 아시잖아요, 서도연이랑 저랑 원수진 거."

"그래."

"다른 거는 없으세요?"

"있어."

"네?"

간단하게 나온 대답에 놀라 서준은 눈을 깜빡였다. 태범은 깍지 낀 두 손을 책상 위에 올려놓으며 아들의 눈을 뚫어지게 바라보았다.

"이거 가져가서 봐."

서준은 고개를 갸웃하며 태범이 가리킨 서류 봉투를 받아 내용물을 확인했다. 손바닥만 한 사진 몇 장이 그의 손에 잡혔다. 사진을 살펴보던 서준의 얼굴이 삽시간에 굳었다.

사진 속에는 서준이 있었다. 잔뜩 화가 난 얼굴을 한 채로. 기억을 더듬지 않아도 단번에 알 수 있었다. 지난달, 이름도 가물가물한 리셉션 파티가 끝난 후 뒤풀이를 하러 간 곳이었다.

"설명해 봐."

"이게……."

"윤성 전자 윤필규. 그 애로 보이는데."

사진 속 서준은 필규에게 주먹을 휘두르고 있었다. 왜 주먹다짐을 하게 됐는지는 사고를 친 본인이 제일 잘 알고 있

었다. 술에 취한 필규가 그의 엄마를 조롱하며 시비를 걸어

오는 바람에 참지 못한 탓이었다.

서준은 입을 달싹였다. 태범이 설명하라는 것은 변명 섞인

과정이 아니었다.

"왜 또 주먹질이야."

"그게⋯⋯."

입이 백 개라도 할 말이 없었다. 마지막이라고 경고하는

태범에게 손이 발이 되도록 빌고, 다시는 그러지 않겠다고

서약서를 쓰는 과정도 벌써 몇 번째였다.

"치기 어린 학생도 아닌데 언제까지 이럴 작정이야."

서준은 사진 속 필규를 노려보았다.

윤필규. 도연보다 더한 악연이라 느껴질 정도로 질긴 인연

이었다. 마주칠 때마다 자신을 치기 어린 학생으로, 화를 참

지 못하는 아이로 만드는 개자식이었다.

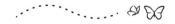

서준은 명온 고등학교에 전학 온 이후부터 학교를 떠들썩

하게 만든 유명 인사였다.

명온 그룹의 숨겨져 있던 손자. 할아버지와 아버지 사이에

서 나란히 등교하던 전학 첫날부터 그에 대한 온갖 추측들이

무성했다.

몸이 아파서 병원에서만 지냈다, 어릴 때부터 외국에 가 있었다 등등, 그의 집안 사정을 알음알음 알고 지내던 아이들은 갑작스런 서준의 등장에 경계심과 궁금증이 뒤섞인 얼굴로 그에게 다가갔다.

"어디가 아팠어? 병원에 오래 있었다며?"

"아냐. 외국에 있었다던데. 경영 수업 때문에."

서준은 그런 아이들에게 순진무구한 얼굴로 대답했다.

"아니. 난 우리 할아버지, 할머니가 있는 것도 얼마 전에 알았어. 지금 살고 있는 집으로 들어오기 전까지는 아빠랑 따로 살았고."

"어머니는⋯⋯?"

"돌아가셨어. 평범하신 분이었고."

조심스러운 질문에도 그는 대수롭지 않게 대답했다. 콤플렉스가 될 수 있는 말을 아무렇지도 않게 해서인지, 아이들은 그걸 트집 잡아 서준을 험담하지 않았다. 오히려 그의 솔직하고 계산적이지 않은 모습에 이끌려 친구가 되기를 원했다.

몇몇은 한서준이라는 이름보단 그의 뒤에 있는 명온 그룹에 더 관심을 두곤 했지만, 서준은 누가 무슨 목적으로 다가오든 거리낌 없이 대했다.

대부분이 그를 좋아하고 스스럼없이 지냈지만, 그렇지 않은 아이도 분명히 있었다.

"한마디로 말하면 그거 아냐. 밖에서 낳은 자식."

그중 필규는 서준을 좋아하지 않을 뿐만 아니라 티가 나게 싫어하는 아이 중 하나였다.

서준은 필규도, 그가 자신을 싫어하는 것도 신경 쓰지 않았지만 어떤 애인지는 알고 있었다. 형과 여동생이 특출난 영재이고, 그 둘 사이에 껴 이도 저도 아닌 애. 그 때문인지 학교에서도 저보다 잘난 애가 있으면 열등감을 느낀다는 놈이었다.

왜 자신에게 이러는 건지 의아했지만 시비 거는 어투에 빈정이 상한 건 사실이었다.

"내가 마음에 안 들면 안 든다고 얘기를 해. 어중간한 데서 중얼거리지 말고."

"네가 뭔데 나한테 명령 질이야?"

"명령하는 거 아닌데. 그냥 그렇게 해 달라고."

서준의 태평스러운 얼굴이 필규의 질투를 더 북돋웠다.

"너 엄청 가난뱅이였다며."

어른들끼리 속닥거리던 말을 그대로 내뱉으며, 필규는 어떻게든 서준을 자극하려 했다.

"지금 집에 들어가기 전까지 거지처럼 살았다던데?"

"거지라고 할 것까진 없지만, 지금 생활하는 거에 비하면 가난했던 건 맞지."

서준이 산뜻하게 대답하자 필규는 이를 갈았다. 그의 차분한 얼굴을 구기고 싶어서 기어코 건드려선 안 될 것을 건드리고 말았다.

"너희 엄마 고아였다지?"

빈정거리는 목소리에 서준의 얼굴이 순간 굳었다.

"네 아빠 꼬셔서 둘이 도망친 거라며."

굳어 가는 서준의 얼굴이 만족스럽단 듯 필규의 입꼬리가 비딱하게 올라갔다.

"그런 걸 두고 뭐라고 하는지 알아?"

필규는 서준에게 다가서며 또박또박 말했다.

"꽃뱀."

웃고 있던 필규의 얼굴에 서준의 주먹이 꽂힌 것은 순식간이었다.

"억!"

필규가 코를 부여잡고 뒤로 넘어가자마자 서준이 그의 위로 올라타 주먹을 휘둘렀다. 둔탁한 마찰음이 이어졌다. 주변에 있던 아이들은 화가 난 서준의 모습이 낯설어 쉽게 그를 말리지 못했다.

서준은 교사 셋이 붙어 끌어낸 뒤에야 주먹질을 멈추었지만 필규는 코피가 번져 흉측한 얼굴로도 빈정거림을 멈추지 않았다.

"왜, 너 솔직하잖아. 까놓고 얘기해 봐. 니네 엄마 꽃뱀이었다고!"

싸움에서 이긴 사람처럼 즐거워하는 필규의 모습에 모두가 경악했다. 그날 이후 아이들 사이에서 필규는 완전히 배제되었다. 모두가 서준의 편이었고, 심지어 그의 부모도 감싸 주지 않았다. 집에서 혼이 날수록, 아이들 사이에서 떨어져 나갈수록, 그는 집착이라고 느껴질 정도로 서준을 자극했다.

학년이 올라가며 반이 달라지자 이전만큼 필규와 부딪치지 않았다. 그러나 어쩌다 우연히 마주치기라도 하면 그는 지치지도 않고 서준의 심기를 건드렸다. 서준의 성적이 필규를 넘어서기 시작하면서 그 강도가 점차 심해져 갔다.

도연이 두 사람의 싸움을 우연히 목격한 날도 그런 날이었다.

"한서준."

서준은 뒤에서 들려오는 익숙한 목소리에 고개를 돌렸다. 필규의 멱살을 쥐고 있던 손에서 저도 모르게 힘을 풀며 놀란 얼굴로 도연에게 물었다.

"네가 왜 여기에 있어?"

"과외. 기사님이 한참을 기다렸는데도 안 나온다고 해서. 전화도 안 받고."

도연은 서준과 필규를 번갈아 보았다.

"뭐 하나 했더니."

혼잣말처럼 중얼거리던 도연은 차분한 얼굴로 손목시계를

확인했다.

"더 팰 거야?"

"뭐?"

"저거."

도연이 턱 끝으로 가리키는 것은 필규였다.

"더 팰 거면 나 먼저 가고."

"넌 뭐야?"

필규의 날 선 목소리에 도연의 눈이 그에게로 돌아갔다.

"넌 뭔데."

"뭐?"

도연은 필규를 위아래로 훑어보며 눈을 찡그렸다.

"아니, 안 물어도 알겠다."

필규가 도연에게 빠른 걸음으로 다가갔다. 서준이 다급하게 손을 뻗었지만 한 걸음 차이로 놓치고 말았다.

"너 뭐냐고. 뭔데 갑자기 끼어들어?"

"너 같은 멍청이가 알 필욘 없고. 한서준, 나 먼저 간다?"

도연의 말에 잠시 멈칫한 서준은 필규의 뒷덜미를 잡아 그대로 당겼다.

"가. 신경 쓰지 마."

"놔! 저 꽃뱀 같은 년이⋯⋯!"

필규가 무어라고 소리치며 발악했지만 서준은 제대로 듣지 못한 채 도연의 어깨를 밀었다. 그러나 그녀는 물러나지 않고 필규 쪽으로 몸을 살짝 틀었다.

"너 지금 뭐라고 했어?"

도연은 서준의 팔을 밀치며 싸늘한 시선으로 필규를 바라보았다. 서준은 자신의 손이 닿는 곳에서 멀어지는 그녀를 다급히 쫓았다.

"꽃뱀 같은 년이라고."

도연을 붙잡으려던 서준의 손이 허공에 멈췄다.

"너도 저 새끼 엄마가 그랬던 것처럼 이 새끼한테 빌붙어서 뜯어 먹으려는 거지?"

필규는 피가 터진 입술을 길게 찢으며 웃었다.

"궁금해서 물어보는 거야."

"나도 궁금해서 물어보는 건데."

금방 휘두를 것처럼 위협적으로 팔을 치켜든 그녀로 인해 필규가 반사적으로 눈을 질끈 감았다.

그러나 도연은 팔만 위로 들었을 뿐, 필규가 예상한 대로 움직이지 않았다.

"넌 지렁이 새끼야?"

도연은 팔짱을 끼며 짝다리를 짚고 섰다.

"밟힐까 봐 발악하는 지렁이 새끼 같아서 물어보는 거야. 부담 갖지 말고 대답해 봐."

"너, 지금 나한테……."

"지렁이 새끼."

"이……!"

서준이 방심한 틈에 필규는 무섭도록 도연에게 달려들었다. 그보다 더 빠르게 움직인 서준이 두 사람 사이에 끼어들어 필규의 주먹을 가로막았다.

큰 마찰음과 동시에 서준의 고개가 옆으로 돌아갔다.

"이 미친 새끼가……."

서준은 욱신거림을 참으며 그의 머리로 주먹을 휘둘렀다. 둔탁한 소리와 함께 필규의 몸이 바닥으로 쓰러졌다.

"너 한 번만 더 이딴 식으로 신경 건드리면 진짜 죽여 버린다."

서준은 화를 가라앉히지 못하고 한참을 씩씩대다가 흙먼지가 묻은 손으로 거칠게 머리를 털었다. 그리곤 도연의 팔을 잡고 앞장서며 소리쳤다.

"넌 왜 겁도 없이……!"

자신을 향한 서준의 짜증에 도연은 아무런 대구 없이 발걸음을 옮겼다.

그날은 서준이 사고를 치고 돌아왔는데도 혼나지 않은 유일한 날이었다. 서준의 얼굴을 보고 한눈에 쌈박질을 했음을 알아챈 태범과 미선이 그를 야단치기 전에 도연이 먼저 입을 뗐다.

"그 남자애가 갑자기 저한테 시비를 걸어서, 저 대신 한마디 해 주다가 그랬어요. 너무 뭐라고 하시면 제가 미안해지는데…….”

태범은 도연의 말을 전부 믿는 눈치는 아니었지만 아무 말도 하지 않고 눈감아 주었다.

서준은 조용하게 넘어간 현실이 믿기질 않아 방으로 걸어가면서 툭 던지듯 말했다.

“왜 그랬냐?”

앞장서서 걷던 도연이 뒤를 흘긋 바라보았다.

“나 대신 맞은 값이야.”

“뭐?”

“이제 쌤쌤이라고.”

“쌤쌤은 무슨.”

지가 먼저 시비 걸었던 주제에.

서준은 속으로 투덜대며 아직도 욱신거리는 입가를 매만졌다.

“가끔 과외에 늦었던 거, 그 멍청이 때문이지?”

그녀의 질문에 서준은 아니라고 말할 수 없었다. 도연은 마치 자기 자리에 앉듯 그의 책상 앞에 앉으며 말을 이었다.

“차라리 찍소리도 못 하게 반쯤 죽여 놓고 오든지.”

“……패지 말라고 해야 하는 거 아냐?”

“내가 왜?”

“왜 그러는지 묻지도 않고.”

"그러니까, 내가 왜."

그러게. 네가 왜.

서준은 말을 아끼며 수업 준비를 했고, 도연 또한 과외가 끝날 때까지 한마디도 하지 않았다.

도연이 집으로 돌아가고 난 뒤, 저녁 밥상 앞에 모든 식구가 모였다. 서준은 맞은편에 있는 태범의 못마땅한 시선을 피하며 그릇에 코를 박은 채 억지로 밥을 넘겼다. 적막을 깬 것은 미선이었다.

"오늘은 잘했다."

서준은 미선의 말에 어리둥절한 표정을 지었다.

"꼭 그놈이 아니더라도 누구든 도연이한테 나쁜 짓 하면, 오늘처럼 네가 도와줘."

세상에 누가, 저 천하의 서도연한테 나쁜 짓을 한다고. 서준은 속으로 궁싯거렸다.

"할머니는 네가 항상 도연이 편이 되어 주었으면 좋겠다."

이쯤 되니 서준은 도연이 신기할 정도였다. 어지간한 사모들도 무서워해서 말 한마디 겨우 붙이는 할머니를 무슨 방법으로 녹였을까.

"걔가 얼마나 독하고 사나운데요. 윤필규 같은 놈 열이랑 붙어도 이겨 먹을걸요."

"도연이는 울타리가 없잖니. 할미 말 명심해라."

서준은 입을 삐죽이면서도 미선의 말에 고개를 끄덕였다. 울타리가 없다는 그녀의 말을 온전히 이해한 것은, 그로부터 한참이 지난 뒤였다.

서준이 고등학교를 졸업한 뒤로는 한동안 필규를 볼 수 없었다. 필규는 원서를 넣은 대학교에서 모두 떨어지는 바람에 도망치듯 유학을 갔고, 서서히 기억 속에서 잊혀 가던 때에 어느 리셉션 파티장에서 원치 않은 재회를 하게 됐다.

필규는 기다렸다는 듯 그를 자극했고, 서준도 끝내 마지막 하나를 참지 못하고 화를 터트려 버렸다.

"철없던 학생이었을 때는 어떻게든 감싸 줄 수 있었어."

"그게 아니라……."

"너 우리 복지 재단 본부장이야."

'복지 재단'에 힘주어 말하는 태범의 앞에서 서준은 고개를 숙였다.

"네 주먹질에 타격 입는 건 우리 재단이라고 몇 번이나 말했지? 재단 이미지가 곧 그룹 이미지라고 거듭 말했었고."

"……죄송합니다."

"죄송하면 나가."

태범의 차가운 목소리에 속이 쓰릴 정도였다. 애써 표정을 가다듬은 서준이 고개를 꾸벅 숙였다.

"집에서 나가라고."

조용히 물러나던 서준이 그 자리에서 멈췄다.

"결혼해."

"네?"

"내가 왜 하고많은 미술관과 그림 중에서 그 그림을 원했는지, 아직도 모르겠니?"

힘겹게 열린 서준의 입에서 띄엄띄엄 목소리가 튀어나왔다.

"갑자기, 무슨, 결……."

"도연이."

태범은 이를 데 없이 차분한 얼굴이었다.

"도연이랑 결혼해라."

"……무슨."

"정략결혼이랍시고 다른 기업 딸이랑 결혼한다 해도, 그 집안이랑 복잡하게 얽혀 버리면 일이 더 꼬이겠지. 명온의 약점만 쥐여 주는 꼴이 될 거고. 내 생각엔 도연이가 네 상대로 제일 적합해."

서준은 충격에 말도 잇지 못하고 붕어처럼 입을 뻐끔거렸다.

"명온 복지 재단 이사장 안 할 거야?"

"아무리 그렇다고 해도 어떻게 결혼을!"

"나도 이런 식으로 해결하고 싶지 않았다. 내 아들이니까. 나조차 하기 싫어서 도망쳤던 그 짓을 네게 대물림하고 싶지 않았어."

어두워진 태범의 얼굴을 바라보는 서준의 눈이 쉴 새 없이 흔들렸다.

"이것 외에 방법이 있다면 네가 가져와."

"······만약 제가 한다고 해도 서도연은 절대 응하지 않을 거예요."

"사람의 마음을 돌리는 것이 경영의 기본이다. 그 정도도 못 해낸다면 재단 일은 물론이고 명온에서 손 떼."

태범은 그에게 쐐기를 박았다.

"주먹질이나 하는 낙하산이 한 재단을 책임지는 게 말이 된다고 생각해?"

서준은 참다못해 입을 뗐다.

"그 새끼가 엄마를······!"

"이유는 상관없다고 했지. 때리는 순간 네 잘못이라고."

"아빠!"

"이미지 끌어올리는 방법은 하나야. 결혼해. 행복하고 안락한 가정을 이룬 것처럼, 누가 봐도 따뜻하고 아름다워 보이게."

서준의 얼굴은 하얗게 질려 있었으나 태범은 무던한 표정으로 전화기를 들었다.

"가지고 들어와."

말이 끝나기가 무섭게 문이 열렸다. 반사적으로 돌아본 서준은 지혁의 양손에 들린 큰 캐리어를 보고 머리가 핑 도는 듯했다.

"맨몸으로 나가든 결혼해서 나가든, 네가 선택해."

"왜……."

서준은 다시 태범을 향해 고개를 돌리며 물었다.

"왜 하필 서도연이에요?"

"우리의 허점을 안다고 해도 쥐고 흔들 아이가 아니니까."

반박할 수 없는 아버지의 대답에 서준은 입을 다물 수밖에 없었다.

"도연이가 아니어도 좋다. 네 능력껏 다른 대안을 만들어 봐. 그게 뭐든."

대답하지 않고 문밖으로 빠르게 걸어 나가는 서준을, 태범은 굳이 붙잡지 않았다.

회사를 벗어난 서준이 곧장 간 곳은 도연의 미술관이었다. 그는 사람들로 북적이는 로비를 헤치며 전시장 옆에 있는 사무실로 향했다. 복도를 가로지르는 발걸음이 전에 없이 거칠었다.

바짝 굳은 얼굴로 걷던 서준의 시야에 막 문을 닫고 나오는 도연이 잡혔다. 그는 거의 반사적으로 손을 뻗었다.

"서도연!"

서준은 그녀의 앞으로 한달음에 달려가 낭떠러지 아래 떨어진 사람처럼 그녀의 양팔을 잡았다. 도연은 잠시 놀란 표정을 짓다가 곧바로 인상을 찡그렸다.

"뭐야."

"도연아."

손을 뿌리치려던 도연이 순간 움직임을 멈췄다. 그의 입에서 나직이 흘러나온 자신의 이름이 낯설었다. 도연아, 라니. 오싹한 감각에 어깨를 떨었다.

"뭐야. 징그럽게, 떨어져."

"나한테 그림 좀 제발 팔아 주라."

도연은 헛숨을 삼키며 그의 손을 쳐냈다.

"쓸데없는 걸로 집착하지 마. 안 된다고 했지."

"나 그거 없으면 결혼하게 생겼단 말이야."

그것도 너랑.

서준은 겨우 뒷말을 잘라 냈다. 꼭 도연이 아니라 상대가 누가 되었든, 이런 식으로 결혼이라는 무거운 그물에 묶이고 싶지 않았다.

태범은 죽었다 깨어나도 빈말을 할 사람이 아니었다. 아들이라는 이유로 서준에게는 더더욱 그랬다. 결혼해서 그 죽일 놈의 이미지를 회복할 마음이 없다면 아무것도 없이 맨몸으로 나가야 했다.

서준은 허탈한 나머지 다리에 힘이 풀렸다.

"아, 나 어떻게 해."

대리석 바닥에 드러누운 뒤에야 서준은 깨달았다. 아버지
는 애초에 그림을 선물받고 싶은 마음이 없었다는 것을. 도
연이 절대 주지 않으리라고 확신했을 게 틀림없었다. 자신의
입에서 다른 것을 주겠다는 말을 유인하기 위한 장치였을 뿐
이었다.

"어떻게 하냐고……."

서준은 자신의 머리카락을 정신없이 헤집으며 버둥거렸
다. 또각또각, 스쳐 멀어져 가는 구두 소리가 그를 더 괴롭게
했다.

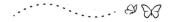

서준은 마당이 잘 꾸며진 2층짜리 카페에 멍하니 앉아 있
었다. 바깥의 쨍쨍한 햇살이 유리창을 뚫고 들어와 가게 안
을 화사하게 비추었고, 감미로운 커피 향과 잔잔한 연주곡이
나른하게 어우러졌다.

화창한 날씨, 분위기 좋은 카페 안, 예쁜 머그잔에 담긴 커
피에서 우러나오는 씁쓸한 원두 향. 모든 것이 좋았다. 단 하
나를 제외하고.

"커피 별로 안 좋아하시나 봐요."

세상을 다 잃은 사람처럼 멍하게 앉아 있던 서준이 그제야 고개를 돌렸다.

"한 모금도 안 드시길래."

맞은편에는 여자가, 정확하게는 결혼을 전제로 선을 보는 여자가 앉아 있었다.

단정한 차림새며 차분한 목소리가 그녀의 유순함을 대신 말해 주었다. 딱 태범이 원할 만한 며느릿감이었다. 조용하고, 차분하고 단정한. 그래서 서준과 안락해 보이는 가정을 만들 수 있는.

"너무 뜨거워서요."

그가 이 자리에 앉아 있는 이유는 3일간 머리가 터지도록 고민한 결과였다. 맨몸으로 나가기엔 이미 누리고 있는 것들을 포기하고 살아갈 자신이 없었다.

17살 때까지 가난하게 살았다고는 하지만, 벌써 10년 전의 이야기였다. 명온 그룹의 유일무이한 손자로 들어와 서울에서 가장 넓은 집에 산 세월이 자그마치 강산이 변했을 정도의 시간이었다.

아무리 머리를 싸매고 고민해도 아버지는 정말 자신을 쫓아낼 기세였다. 버틴다고 버틸 수 있는 것도 아니었다. 늘 그랬듯이 기사로 나가는 일은 막았지만, 업계에는 이미 소문이 파다하다며 언제 터질지 모른다고 지혁이 나긋나긋하게 말했었다.

죽었다 깨어나도 맨몸으로는 나갈 수 없다는 것이 서준이 내린 현실적인 결론이었다. 또한 백번 죽었다 깨어나도 도연과는 결혼할 수 없다는 것이 그의 판단이었다. 제일 무난한, 자신처럼 결혼이 시급한 사람과 만나는 게 최선의 방법이었다.

그는 결정을 내리자마자 일사천리로 일을 진행하여 그저께부터 어제, 그리고 오늘까지 연달아 다섯 명의 여자와 마주했다.

서로의 필요 사항을 채워 줄 수 있는지를 떠보는 것이 전부인 선 자리에서 서준은 완전히 넋을 놓고 있었다. 맞은편의 여자는 민망한 표정을 짓고 있었다.

"이만 일어나야겠네요."

거듭된 그의 무시에 기분이 상한 것처럼 보였다. 그제야 서준이 허리를 펴고 앉았다.

"죄송해요. 오늘 조금 피곤해서……."

여자가 불쾌한 기색을 드러냈지만 서준은 크게 트인 유리창 너머로 보이는 무언가에 시선이 이끌렸다. 무심히 보고 있던 그가 눈을 가늘게 떴다.

서준은 미련 없이 일어나는 여자를 눈치채지 못할 정도로 바깥에 보이는 무언가에 집중했다.

예쁘게 꾸며진 마당 사이를 걷던 형체는 낮은 계단을 밟고 올라갔다. 카페 안으로 들어오는 모양인지 문을 여는 모습을 끝으로 더는 보이지 않았다.

서준은 순간 어깨를 떨었다. 왠지 모를 오싹함이 감돌아 저도 모르게 솜털이 선 팔을 쓰다듬었다.

또각또각.

점점 가까워지는 구두 소리가 익숙했다. 언젠가, 어디선가 많이 들어본 것 같다는 착각이 들 정도였다.

서준은 느리게 고개를 돌렸다. 낯익은 형체가 계단을 올라 2층에 다다르고 있었다. 그는 자신에게 걸어오는 형체의 얼굴을 보며 입을 뗐다.

"서도연?"

도연은 마치 약속이라도 한 것처럼 서준에게로 걸어와 맞은편에 앉았다. 그러곤 조금 전까지 있던 여자가 마시다 남긴 커피 대신, 입도 대지 않은 그의 머그잔을 가져가 여유롭게 한 모금 마셨다.

"커피 맛있네."

"너 뭐야?"

"카페도 예쁘고, 분위기도 좋고."

"여기 어떻게 왔어?"

"사람도 안 북적여서 조용하고, 좋네."

"설마…… 나 있는 줄 알고 온 건 아니지?"

"맞는데."

도연은 머그잔을 그의 앞에 내려놓았다.

"맞선 보러 왔어."

서준은 도연이 전부 알고 온 것 같다는 불길한 예감을 애써 무시하고 물었다.

"근데 여기에 왜 앉아?"

"너랑 보러 왔으니까."

"너 무슨, 지금 뭐라고……."

몇 번이나 되묻는 그를 향해 도연은 더 또박또박 말했다.

"너랑 선보러 왔다고."

서준은 내달리는 자동차 안에서 브레이크가 고장 난 것 같은 얼굴을 했다.

"나랑 지금 선보겠다고, 맞선 보러 왔다고?"

"응."

망설임 없이 대답하는 도연을 보며 서준은 속으로 생각했다.

선 자리가 아니라 외나무다리였구나.

"맨몸으로 나가기는 싫은가 보네."

"서도연. 여기까지 쫓아와서 장난치지 말고……."

"장난 아냐."

도연은 차분히 말을 이었다.

"언제 나한테 청혼하러 오나 기다렸는데, 안 오길래."

"너 약 먹었냐?"

불쾌한 질문에도 도연은 전혀 개의치 않는 얼굴이었다.

"곧 죽어도 나랑은 안 할 것 같아서 내가 왔어. 청혼하러."

서준은 결국 불길한 예감을 받아들였다.

"어디까지 알아?"

"전부. 네 아버지가 콕 집어 나랑 결혼하라고 한 것까지."

도연은 고개를 옆으로 꺾으며 물었다.

"이번엔 내가 묻자. 왜 쉬운 길 두고 빙빙 돌아가?"

"최소한 여자로 보이는 사람하고 결혼하고 싶거든? 나한테 너 여자 아니야."

서준은 생각을 거치지 않고 대꾸했지만 도연은 조금도 타격받지 않은 얼굴로 빙긋 웃었다.

"나한테 넌 가끔 인간도 아니야."

"야."

늘 이런 식이었다. 되로 주고 말로 받는 것은 그녀와의 대화에서 그가 겪는 흔한 일이었다.

"너 여자 필요해서 결혼하는 거 아니잖아."

그리고 지금처럼 도연에게 정곡을 찔려 할 말을 잃곤 했다. 그는 잠시 머뭇거리다 겨우 입을 떼 물었다.

"넌 뭔데, 그럼?"

"난 남자가 필요해서."

툭 나오는 대답에 그는 헛웃음을 터트렸다.

"인간도 아니라며?"

빈정대는 그를 보며 도연은 높낮이 없는 어조로 대답했다.

"가끔이라고 했잖아. 지금은…… 남자라고 치자."

딱딱한 어조로 나온 그녀의 말에 서준은 또 한 번 어깨를 떨었다.

"차라리 인간도 아니라고 해라. 네 입으로 남자라고 하니까 소름 끼쳐."

"남자 맞아. 그것도 나한테 필요한."

도연은 느리게 입을 달싹였다.

"적당히 시간 죽이다가 적당할 때 헤어져 줄 남자가 필요해. 너랑 뭐 어떻게 할 생각 없으니까 걱정하지 말고."

"야, 서도연."

"이틀 줄게."

"뭐?"

"생각할 시간."

"무슨 생각을……."

"이틀 뒤에 봐. 잘 생각하고."

서준은 어안이 벙벙해져 일어서는 도연을 바라보았다. 한마디도 반박하지 못한 것은 최근 들어 처음 있는 일이었다. 여기 있는 줄은 어떻게 알고 무작정 찾아와선 결혼을 하자니.

3일 동안 본 여자 중 제일 어이없는 상대의 등을 보며 중얼거렸다.

"진짜 뭐야?"

이틀이 지나가는 것은 금방이었다. 서준은 당장 닥친 일이 급한 것처럼 사무실에 콕 박혀 집은커녕 밖조차 나가지 않았다.

"본부장님."

일에 몰두하는 척 이틀 내내 책상에 머물러 있던 서준의 눈이 정면을 향했다. 문 바로 옆에 걸려 있는 시계의 시침이 어느새 6을 가리키고 있었다.

"먼저들 퇴근하세요."

"네. 그런데……."

"전달 사항 있어요?"

"그게 아니라, 손님이 오셔서요."

"손님이요?"

서준이 눈을 한 번 깜빡이는 사이 문이 활짝 열렸다. 벽을 잡고 옆으로 비켜선 사원을 지나쳐 아무렇지도 않게 들어오는 사람은 다른 누구도 아닌 도연이었다.

"전화 왜 안 받아?"

서준은 점심이 지나고부터 한두 시간 간격으로 울리던 휴대폰을 떠올리며 간단하게 대답했다.

"네 이름 떠서."

도연이 더한 말을 하기 전에 서준은 어색하게 서 있는 사원을 향해 손짓했다.

"나가 봐도 괜찮아요. 다들 퇴근하라고 전해 주세요."

"네, 그럼."

쿵, 문이 닫히는 소리와 동시에 그녀의 입이 벌어졌다.

"할 거야?"

"다짜고짜 와서는……."

"이틀 준다고 했잖아."

"네 마음대로 그런 거잖아."

"나랑 결혼해도 나쁠 건 없을 텐데."

"아니. 완전 나빠, 무조건 나빠."

서준은 다급히 의자에서 일어섰다. 우선 여기서 나가야 했다. 전에 없이 심하게 구는 도연의 장난에 장단 맞춰 줄 기력조차 없었다. 옷걸이에 걸린 재킷을 얼른 빼 들었다.

탁.

막 재킷의 한쪽 소매에 팔을 끼워 넣던 그가 둔탁한 소리에 반사적으로 고개를 돌렸다. 어느새 도연은 책상 바로 앞에 서 있었다. 그녀의 손이 지나간 자리에 조그만 벨벳 케이스가 남아 있었다.

"뭐야?"

서준은 무심코 벨벳 케이스를 집어 들었다. 손바닥 안에 딱 들어오는 사이즈와 익숙한 질감. 이게 무슨 케이스인지 알고 싶지 않아도 알 수밖에 없었다.

"이거……."

"말로만 해선 못 알아듣는 것 같아서."

손바닥에 올려만 놓곤 차마 열지 못하는 서준 대신 도연이 케이스 뚜껑을 열었다.

그는 황망한 표정으로 케이스 안에서 반짝이는 반지를 바라보았다. 누가 보아도 다이아몬드가 가운데 박힌 결혼반지였다.

"실감이 좀 나?"

"서도연."

"너도 당장 결혼할 여자 필요하고, 나도 적당히 시간 끌다가 헤어져 줄 남자 필요하고."

"……."

"알면서 모르는 척, 떠보고 간 볼 필요도 없고. 서로한테 제일 적당한 상대라고 생각하는데."

"상대?"

"결혼이라는 단어가 거북하면 이렇게 해."

도연은 그의 책상 옆에 있던 서류 파일을 손가락으로 톡 쳤다.

"계약하는 거야. 우리 둘이."

도연은 케이스 안에서 반지를 뺐다. 그녀의 손가락 사이에서 영롱하게 반짝이던 반지가 서준의 손바닥에 닿았다.

"계약서에 도장 찍는 대신이라고 생각해."

서준은 침착해지기 위해 침을 삼켰다. 어쩌다 이렇게까지 됐는지 기억을 되짚어도 알 수 없었다. 왜 도연에게 반지까지 받게 된 건지, 꿈보다 더 꿈같은 이 상황에 기가 막혀 웃음이 나올 지경이었다. 막다른 골목에 갇혀 있는 자신의 앞에 나타난 사람이 도연이 될 거라고는 0.1%도 예상하지 못했다.

"하루 더 줄까?"

서준은 고개를 뒤로 젖혔다. 분명 흰색으로 칠했던 천장이 깜깜하게 보였다. 이렇게 앞이 막막한 순간에 다이아몬드 반지를 들고 쳐들어오는 서도연이라니. 사면초가라는 사자성어가 문득 떠오르는 순간, 서준이 삐딱하게 서 있는 도연과 눈을 맞췄다.

"너도 결혼 안 하면 쫓겨나?"

예상치 못했던 질문이었는지, 도연은 눈길을 흘리며 입을 달싹였다.

"난 반대야."

"반대?"

"좀 나가고 싶어서."

별일 아니라는 듯 말하는 얼굴이었다.

"제일 빨리 나가서 안 들어갈 수 있는 방법이 이거밖에 없더라고."

결혼, 하고 도연이 나지막하게 속삭였다. 몇 번을 들어도 낯간지러운 그 단어에 서준은 또 한 번 어깨를 떨었다.

"말해, 빨리. 하루 더 줘?"

도연이 답답하단 듯이 다그치자 서준은 머릿속에 세 가지를 놓고 빠르게 따졌다.

서도연과 말도 안 되는 결혼을 하느냐, 아니면 이런저런 상황을 알 리 없는 낯선 여자를 몇 명이나 다시 만나서 온갖 복잡한 절차를 다 거친 뒤에 결혼을 하느냐. 아니면 아버지에게 남아 있을 일말의 측은지심에 기대를 걸고 맨몸으로 나가느냐.

"하루 더 줄 테니까……."

서준은 나가려는 도연의 팔을 붙잡았다.

"내가 진짜 너랑."

길에 박힌 돌멩이처럼 몇 번이나 나를 넘어지게 했던 문제의 서도연과 이렇게 될 줄이야.

"진짜 너랑……."

서준은 헛웃음을 치며 도연의 팔에서 손을 뗐다. 손바닥 안에 있던 반지를 직접 쥔 그가 왼손의 네 번째 손가락에 직접 끼웠다.

왜 또 쓸데없이 사이즈는 딱 맞춰 왔는지. 서준은 딱 맞게 들어간 반지 가운데, 앙증맞은 하트 다이아몬드를 보며 중얼거렸다.

"너랑 이 짓까지 할 줄은 몰랐다."

그의 동의에 도연은 만족스럽게 웃었다.

말도 안 되는 계약 결혼의 서막이자, 피 터지는 전쟁의 시작이었다.

3. 돌이킬 수 없는 시작

"내일모레 점심에 시간 좀 내주세요."

"점심은 왜?"

"저 결혼할 사람 생겼거든요."

달각거리던 젓가락질이 멈췄다. 대답을 한 태범도, 그 옆에서 묵묵히 숟가락으로 국을 뜨고 있던 지혁도, 서준에게 줄 국을 그릇에 담고 있던 가정부도 모든 동작을 멈췄다. 그 사이에서 움직이는 사람은 물을 마시는 서준뿐이었다.

태범과 지혁은 동시에 수저를 내려놓았다. 가정부는 눈을 굴리더니 얼른 그릇에 국을 마저 담아 서준의 앞에 놓곤 쏜살같이 자리를 비웠다.

먼저 입을 뗀 것은 지혁이었다.

"그간 만났던 여자분들은 다 불쾌해하시던데요."

짐작 가는 바가 있던 태범이 지혁의 말을 이었다.

"도연이?"

"네."

"도연이도 허락했고?"

서준은 고개를 끄덕이며 물었다.

"시간 되세요?"

"최 실장."

"내일모레 점심이면 다른 일정은 없습니다."

"그럼 내일모레 점심에 봬요. 장소는 그날 오전에 알려 드릴게요."

서준은 숟가락을 꼭 쥐었다. 아무렇지 않은 척 말하느라 손안에 땀이 배어나올 지경이었다.

결전의 날이었다.

먼저 약속 장소에 도착한 서준은 직원의 안내에 따라 방으로 들어갔다. 테이블에 앉는 그의 몸이 긴장으로 뻣뻣하게 굳어 있었다.

"아이씨, 이게 뭐라고."

당사자들끼리 짜고 치는 것을 아는데도 왠지 모르게 심장이 떨려 왔다. 실내가 추울 정도로 시원했지만 그의 이마에는 송골송골 식은땀이 맺혔다.

서준은 자신의 앞에 놓인 컵을 들어 물을 단숨에 들이켜곤 휴대폰을 꺼냈다. 10년 만에 처음으로 주소록에 저장된 도연의 번호를 찾아 곧바로 통화 버튼을 눌렀다.

"본부장님."

"아, 깜짝이야."

서준은 벌컥 열린 문으로 들어오는 태범과 지혁을 보곤 가슴을 쓸어내렸다. 얼마나 긴장했는지 지혁의 목소리가 처음 들어보는 것처럼 생경할 정도였다.

—여보세요?

"아, 깜짝이야."

휴대폰 너머로 들리는 도연의 목소리에 그는 또 한 번 가슴을 부여잡았다. 침을 꼴깍 삼키며 지혁과 태범에게 조용히 말했다.

"전화 좀 할게요."

서준은 고개를 끄덕인 태범을 등지고 서 창가에 바짝 붙었다. 입가를 손으로 가린 그가 아주 낮게 속삭였다.

"어디야."

—다 왔어. 주차장이야.

"네 아버지는."

—같이 있어.

"우린 도착했어. 바로 올라와."

―응.

짧은 통화가 끝났다. 서준은 휴대폰을 뒷주머니에 넣으며 태범 쪽으로 돌아갔다.

"주차장이래요. 금방 올라올 거예요."

자리에 앉은 서준은 태범을 보며 조심스레 입을 뗐다.

"아빠."

그는 대답 없이 자신을 보는 태범을 향해 물었다.

"지난번에 하신 말 진심이신 거죠. 맨몸으로 나가든, 결혼해서 나가라고 하셨던 말이요."

지금쯤이면 도연이 그의 부친과 함께 엘리베이터를 타고 올라오고 있을 것이다.

서준은 마지막으로, 정말 돌이킬 수 없어지기 전에 아버지의 의중을 묻고 싶었다. 자신에게 경각심을 주기 위한 마지막 경고였는지, 아니면 정말 100% 진심이었는지.

지금이라도 정말 결혼할 줄은 몰랐다는 뉘앙스를 풍긴다면 그녀와의 결혼을 무효할 준비가 되어 있었다. 27년을 애지중지 키워 온 외동아들을 이런 식으로 보낼 리가 없을 거라는 한 톨의 기대감으로 아버지의 대답을 기다렸다.

"난 다행이라고 생각한다."

"……네?"

"네가 복지 재단과 우리 기업을 위해 큰 결심을 해서."

서준의 얼굴이 티가 날 정도로 어두워졌다.

"앞으로도 이 선택을 잊지 말아라."

까맣게 그늘진 서준의 등 뒤로 문이 열렸다. 세 남자가 동시에 일어서 마주하자 도연이 허리를 숙여 인사했다.

"안녕하세요."

서준은 눈치껏 도연과 그녀의 부친인 혁수에게로 가 고개를 숙였다.

"오랜만에 뵙습니다."

도연과 혁수가 앉을 수 있도록 서준이 의자를 빼 주자 도연은 자연스럽게 웃으며 일상처럼 의자에 자리를 잡았다. 테이블 안으로 부드럽게 의자를 밀어 준 뒤에야 서준도 옆에 앉았다.

"이렇게 만나게 될 줄 정말 몰랐습니다."

혁수의 말에 태범이 차분히 대꾸했다.

"갑작스러우셨을 텐데도 허락해 주셔서 감사할 따름입니다."

혁수와 태범, 그리고 지혁이 동시에 두 주인공을 바라보았다. 두 사람이 서로를 얼마나 헐뜯고 미워했는지 가장 잘 아는 세 사람이었다. 놀이방에서 인형을 사이에 둔 어린애들보다 더 치졸하고 못되게 싸워서 늘상 떨어트려 놓는 것이 일일 정도였다. 하물며 켄트 호텔과 명온 그룹의 불화설이 루머로 돈 적도 있었다.

만날 때마다 낯부끄럽게 웃던 두 사람이 사돈지간이 되어 서로를 마주했다. 누구 하나가 지쳐 떨어질 때까지 물고 뜯은 게 얼마 전인 것 같은데, 언제 그랬냐는 듯 결혼을 앞둔 예비부부로 앉아 있는 둘의 모습이 생경했다.

도연은 테이블 아래에서 서준의 다리를 발로 툭 쳤다. 신호를 받은 그는 얼른 손을 뻗어 도연의 손을 잡았다. 제대로 잡지도 못하고 헐겁게 감싼 그녀의 손을 테이블 위로 올리며 서준이 차분하게 입을 뗐다.

미친 계약의 시작이었다.

"식은 간소하게 올리고 싶습니다. 필요한 서류만 작성하고, 집만 합치는 정도로요."

"그래. 둘이 알아서 결정하고, 도움이 필요하면 언제든 말해라."

"참. 그리고 이거."

도연이 뒤를 향해 손짓하자 존재감 없이 서 있던 직원이 벽에 기대 놓은 무언가를 들고 걸어왔다.

하얀 전지에 쌓여 노끈으로 포장된 크고 네모난 물건이었다. 도연은 자리에서 일어나 직원에게 받아들어 곧바로 지혁에게 내밀었다.

"제가 드리는 거예요."

지혁은 그녀에게 받은 것을 태범이 앉은 의자 옆에 세웠다.

"가지고 싶어 하셨던 그림이요."

"네가 개인적으로 산 그림이라고 들었는데."

도연은 별것 아니라는 얼굴로 대꾸했다.

"아저씨…… 아니, 이제 아버님이라고 불러야 하죠. 아버님 생신 선물로 드릴게요. 그림이랑 저희 결혼."

모양뿐인 식사를 마치고 주차장에 내려와 각자의 차를 타는 태범과 혁수는 만족스러운 얼굴이었다.

간단한 인사로 두 사람을 배웅한 서준은 소매 끝을 정돈하며 물었다.

"네 사무실로 갈래, 내 사무실로 갈까?"

오늘은 상견례 날이기도 했지만, 앞으로의 생활을 위해 둘만의 계약서를 쓰는 날이기도 했다. 차분히 차 키를 꺼내는 서준을 보며 도연은 가볍게 턱짓했다.

"내 사무실."

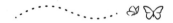

사무실 문을 벌컥벌컥 열고 들어온 적은 많았지만 소파에 앉아 보긴 처음이었다. 서준은 괜한 어색한 기분이 들어 두 손을 무릎 위에 가지런히 모았다.

도연이 노트북을 가져와 그의 맞은편에 앉았다.

"우선 집."

도연의 짧은 말에 서준이 받아치듯 바로 대답했다.

"네 미술관이랑 내 사무실 가운데로."

"네가 사."

"네가 사. 먼저 결혼하자고 한 사람이 사야 하는 거 아냐?"

서준은 약 올리듯 반지 낀 손을 흔들었다. 도연은 그의 빈정 어린 말에 헛웃음을 쳤다.

"대신 네가 알아봐."

서준은 고개를 끄덕이다 아차 싶은 얼굴로 다시 입을 뗐다.

"가구는 내가 산다. 네 취향 진짜 별로야. 새하얗거나 새까맣거나 둘 중 하나잖아."

"야, 나 미술관 관장이야. 취향은 네가 더 구리거든? 알록달록, 초딩도 아니고."

더 대꾸해 봤자 제자리걸음이 될 말씨름이 분명했기에 서준은 일찌감치 손을 내저었다.

"그럼 반반."

"다음."

서준은 노트북 화면에 시선을 둔 도연을 보며 다시 입을 뗐다.

"당연한 거지만 혹시나 싶어서 말한다. 사생활이랑 취미는 존중하기로."

"제일 먼저 써 놨거든? 사생활, 취미 생활에 터치하지 않기로."

서준은 바람 빠진 소리를 내며 한쪽 입꼬리를 올렸다.

"네 취미를 누가 건드려. 겨우 바닥에 퍼즐 널브러트리고 맞추다 엎어 버리는 게 다잖아."

"쥐콩만 한 것들 조립하는 것보다 나아."

"나노 블록이야. 이름도 몰라서 무식하게 말하냐."

노트북 키보드를 두드리는 소리가 사나워졌다.

"다음."

"우리 집 할머니, 할아버지 제사 지내는 거 알지. 필참이야."

"통틀어서 양쪽 집안 행사에는 빠지지 않고 참석하는 걸로 해."

서준은 대충 고개를 끄덕였다.

"그리고 서로 뭐 하는지 알 수 있게 때마다 보고해. 누가 갑자기 물어볼 수도 있으니까. 기자들한테 대응도 해야 하고."

그가 다시 고개를 끄덕였다. 도연은 서준을 쳐다보지도 않고 신경질적으로 말했다.

"대답 제대로 해. 고개만 끄덕거리지 말고."

서준은 약 올리듯 입을 꾹 다물었다. 내내 화면만 보고 있던 도연의 얼굴이 일그러졌다.

"야."

그 말을 기다렸다는 듯 서준이 입을 뗐다.

"야라고 말하는 거 금지."

"뭐?"

"안 그래도 버릇돼서 툭툭 튀어나오는데, 지금부터라도 주의해야 다른 사람 앞에서 안 할 거 아냐."

"그럼 뭐라고 불러?"

"이름은 괜히 있냐."

무심코 대답하던 서준은 순간 자신과 도연이 서로의 이름을 부르는 낯간지러운 그림을 상상했다. 짧게 생각한 것만으로도 몸이 부르르 떨릴 만큼 소름이 끼쳐 와 급하게 고개를 내저으며 말했다.

"아니다. 그냥 남들 앞에서는 눈치껏 주어를 생략해. 부르지 마, 그냥."

"추가 사항은 다음에 해."

도연은 어느새 뽑은 종이 두 장과 인주를 가져와 그의 앞에 내밀었다. 보란 듯이 손가락에 인주를 묻혀 종이에 찍는 그녀를 보며 서준도 엄지를 펴 들었다.

"됐네."

서준은 그 어느 때보다 건조한 도연의 얼굴이 어딘지 모르게 마음에 걸렸다. 계약서 한 장을 책상 서랍 깊은 곳에 넣고 있는 그녀를 바라보며 그가 입을 뗐다.

"네 집에선 너 결혼하는 거 괜찮은 거야?"

"내가 왜 하고많은 남자 중에 너랑 결혼한다고 했겠어."

"뭐?"

"어디로든 보내고 싶어서 안달인데, 명온 그룹이면 땡큐지."

어디로든.

서준은 그 말에 고개를 치켜들었다. 도연은 여전히 메마른 얼굴이었다. 머뭇거리던 그가 입을 달싹이기도 전에 그녀가 가방을 챙기며 말했다.

"키워 준 보람 있다고 생각할걸, 아마도."

도연은 가방 안주머니에서 열쇠를 꺼내 흔들며 뒤로 눈짓했다.

"가. 이제 문 잠글 거야."

자리에서 일어나 밖으로 나간 서준은 문을 잠그는 도연의 등에 대고 조심스레 말했다.

"뭐…… 태워 줘?"

"뭘."

"너 집에 데려다줘야 되냐고."

"미쳤어?"

대뜸 미쳤냐는 그녀의 대답에 서준은 울컥 터진 짜증을 그대로 내보였다.

"사무실 올 때는 잘만 타 놓고 뭘 미쳐."

"집에 들어가는 길까지 너랑 엮이기 싫어."

"야, 나도 싫어!"

"야라고 부르지 말자며."

도연은 입을 꾹 다문 그를 지나쳐 앞서 걸었다. 불이 꺼진 어두운 로비에 그녀의 발소리가 크게 울렸다.

"안 나가면 둔 채로 잠근다."

"간다. 가!"

유리문을 밀고 나가며 도연이 밉살스럽게 말했다.

"새집에 들어갈 때까지 어지간하면 얼굴 보지 말자. 1년 치 볼 거 오늘 다 봐서 치사량이야. 다음에 보면 짜증 날 것 같아."

"야!"

"야. 금지."

검지를 까닥이며 도연은 그대로 뒤를 돌았다. 어두운 길 한복판에 선 서준은 화를 못 이겨 발을 동동 굴렀다.

"나도 너 안 보고 싶어! 난 20년 치 볼 거 다 봤어!"

어둠 속으로 사라지는 도연을 바라보며 서준은 숨을 몰아쉬었다.

아무튼 나쁜 계집애, 못된 계집애. 사람 기분 상하게 하는 재주로는 따라갈 인재가 없을 정도로 최고지.

차를 뒤편에 주차해 놓은 것도 잊은 그는 애꿎은 땅을 꾹 꾹 밟으며 도연이 걸어간 반대편을 향해 걸었다.

도연은 삐져나온 잔머리를 만지작거리며 몇 번이나 허리를 비틀었다.

흰색과 주황색이 적당히 섞인 조명, 부담스러울 정도로 크고 반짝이는 샹들리에, 눈을 마주치는 게 민망할 정도로 비즈니스 미소를 짓고 있는 직원들. 뭐 하나 흐트러진 데 하나 없이 완벽한 틀에 맞춰진 곳에서 좌불안석인 사람은 도연뿐이었다.

티 나지 않게 흘긋흘긋 주변을 살피던 그녀가 앞에서 잡지를 넘기고 있는 지혁을 향해 어렵게 입을 뗐다.

"여기로 올 줄은 몰랐는데요."

"익숙하신 곳일 텐데요."

"그런 뜻이 아니라……."

예전에 자신이 인턴으로 근무했던 켄트 웨딩 컨벤션이라 낯설진 않았지만 도연은 혀가 말려들어 가는 듯해 입을 다물었다. 말이 인턴이었지, 당시 막 시작했던 사업부터 시작해서 홀 디자인까지 그녀의 손이 닿지 않은 곳이 없었다.

지금 지혁과 마주 앉아 있는 곳마저 도연이 세심하게 디자인하고 공들여 설계에 참여한 신부 대기실이었다. 브라이덜 샤워 컨셉으로 만든 곳이라 식전에 신랑, 신부가 간단하게 촬영하는 경우가 많았다.

"오네요."

지혁이 잡지를 내려놓으며 고개를 돌렸다. 도연의 시선도 자연스레 그를 따라갔다. 두 사람의 시선이 멈춰선 곳에는 먼저 도착한 도연처럼 영문을 모르겠다는 얼굴로 걸어오는 서준이 보였다.

웨딩 컨벤션 신부 대기실에, 어쨌든 신부인 자신에, 또 어쨌든 신랑인 서준까지.

나쁜 예감이 든 도연이 어두워지는 낯빛을 숨기며 지혁의 눈치를 살폈다.

"저희 식은 생각 없다고 말씀드렸었는데요. 나중에 필요할 때 할 거라고……."

"네."

"아시면서 왜 여기에……."

지혁은 그녀의 질문에 대답해 줄 생각이 없는 듯 자리에서 일어났다.

어느새 코앞까지 온 서준이 도살장에 끌려온 소처럼 큰 눈을 이리저리 굴렸다.

"왜 여기서 만나요?"

30분 전 도연과 같은 질문이었다. 지혁은 서준에게도 답해 주지 않고 뒤에 서 있던 직원들에게 뜻 모를 손짓만 할 뿐이었다.

도연과 서준은 서로를 슬쩍 바라보았다. 결혼을 두고 계약한 거라며 쿨하게 굴 때는 언제고, 식장 안에 함께 있는 지금은 세상이 다 어색할 정도였다.

도연은 무안함을 감추려 괜히 어깨를 더듬었다.

"저 이따가 오후 전시 때문에 가야 되는데."

"두 시간 정도 자리 비울 수 있다고 하셨었는데요."

"그러긴 했는데 무슨 일인지……."

도연은 말을 끝마치지 못하고 입을 다물었다. 불현듯 나쁜 예감이 들어 대기실 이곳저곳을 살폈다. 천장이며 벽을 둘러보던 그녀의 눈이 한 곳에서 멈췄다.

기다란 조명 두 개를 발견한 그녀가 아연실색했다. 나쁜 예감은 빗나가는 법이 없었다.

문이 열리는가 싶더니 직원의 키를 훌쩍 뛰어넘는 긴 행거가 쭉 밀려 들어왔다. 행거에 걸려 있는 것은 조명보다 눈부신 새하얀 웨딩드레스들이었다.

"식은 생략한다 해도, 사진은 있어야 하지 않겠냐는 양쪽 아버님들의 의견이 있었습니다."

"만나셨어요?"

"언제 말도 없이 만나셨어요?"

"두 분께서 눈코 뜰 새 없이 바쁘시다고들 하니까, 서혁수 회장님이 감사하게도 컨벤션을 하루 비워 주셨습니다."

"두 분이서 언제……."

"아니, 언제 이렇게."

"나중에 보도 자료도 내야 하니까요."

"그게 아니라."

"지금 그게 중요한 게 아니라."

지혁이 말을 끝낼 때마다 두 사람은 똑같은 얼굴과 똑같은 어조로 똑같은 말을 동시에 했다.

황당함을 감추지 못하는 두 사람 사이에서 지혁만이 의연할 정도로 무덤덤했다.

박수를 한 번 가볍게 친 지혁이 뒤로 한 발 물러섰다. 그러자 도연의 앞으로 행거가 일사불란하게 이동했다.

"드레스 고르고, 다른 대기실에서 헤어랑 메이크업 받은 다음에 여기서 촬영할게요. 본부장님은 도연 씨 드레스 고를 동안 의상 갈아입으시고요. 어울릴 만한 턱시도를 미리 준비했습니다."

두 사람은 뭐라 말 한마디 하지 못한 채 지혁의 지시에 따라 움직였다.

서준이 나가기가 무섭게 나란히 서 있던 직원들이 옷걸이를 하나씩 빼 높이 들었다. 바닥에 끌릴 정도로 치렁치렁한 웨딩드레스 안에 박힌 보석이 시리도록 반짝였다. 도연은 드레스들을 바라보며 속으로 중얼거렸다.

오늘 머리 안 감았는데.

"안에 조명 설치 중이라 잠깐만 기다려 주세요."

서준은 꽉 조이는 셔츠 단추를 하나 풀었다. 지혁을 따라서 어느 방에 들어가자마자 세 명이 달라붙어 막무가내로 옷을 갈아입히더니, 한 명은 머리를 만지고 나머지 두 명은 얼굴에 손이며 붓을 댔다 떼기를 반복했다. 체감 상으로 한나절 이상 지난 것 같은 피로감이 밀려왔다.

서준은 방과 방 사이에 있는 소파에 널브러진 채 옆을 흘긋 바라보았다. 수문장처럼 지키고 있던 지혁마저 휴대폰을 들고 어디론가 사라졌다. 그의 주변에는 아무도 없었다.

이대로 튈까.

거울에 비친 자신을 본 순간 깨달았다. 충동적으로 하기에는 너무 큰일이었다. 차라리 다른 방법으로 아버지에게 용서를 빌었어야 했다는 후회가 그를 물들였다.

이럴 게 아니었는데, 어처구니없는 일을, 그것도 세상에서 가장 말도 안 되는 서도연이랑.

"조심해서 나오세요."

지난 며칠간의 과오가 주마등처럼 스쳐 지나가는 순간, 검은 후회들을 지워 내듯 새하얀 치맛자락이 그의 시선을 사로잡았다.

"구두가 너무 높은 것 같은데."

"치맛단이 길어서 높은 구두를 신어야 해요. 천천히 걸으세요."

직원의 손을 잡으며 나오는 도연은 웨딩드레스를 입고 있었다. 순백이라는 단어를 눈으로 보고 있는 것 같은 기분이 일 정도였다.

단순하면서도 보석이 촘촘히 박힌 긴 웨딩드레스, 짧은 소매 아래로 뻗은 긴 팔, 가느다란 목, 그 위에 어색한 표정을 짓고 있는 얼굴, 틀어 올린 머리 위에서부터 뒤로 넘어가 있는 면사포까지.

"참, 부케 가져와야 하는데. 잠시만요."

직원들은 둘을 두고 일사불란하게 움직였다. 그들 사이에서 멀뚱멀뚱 선 두 사람이 동시에 서로를 훑어보았다.

어색한 적막을 먼저 깬 것은 도연이었다.

"야. 미친 것 같아."

"야라고 하지 말자고."

"그게 문제가 아니라, 진짜 미쳤다니까."

서준은 자조 섞인 웃음을 터트렸다.

"네가 생각해도 말이 안 되지? 지금 이 상황이."

도연은 전신 거울에 자신을 비춰 보며 어깨를 좌우로 움직였다.

"미친 거 아냐? 나 왜 이렇게 예뻐?"

서준은 할 말을 잃은 얼굴로 도연을 바라보았다. 그녀는 여전히 거울 속의 자신에게서 벗어나지 못하고 있었다.

"머리 감고 왔으면 진짜 넋 나갈 뻔했네."

"······그래. 너 진짜 미친 것 같아."

이리저리 자신을 들여다보던 도연이 서준을 향해 손짓했다.

"빨리 고맙다고 해."

"뭐가."

"이렇게 예쁜데 너랑 사진까지 찍어 주잖아."

"머리 안 감으면 보통 더 미쳐? 헛소리가 범위를 넘어가는데."

날이 선 그의 말에도 도연은 전혀 신경 쓰지 않았다. 거울 앞에서 계속 몸을 틀며 자신의 황홀한 모습을 볼 뿐이었다.

서준은 소파 등받이에 등을 기대곤 도연을 바라보았다. 화장을 고친 건지 평소에 비해 눈가의 반짝임이나 입술 색이 진했다.

"네가 고맙다고 해야겠다. 너 화장 고쳐 준 사람한테."

"뭐?"

"아무것도 없는 얼굴에 이목구비를 그려 줬잖아."

도연은 앞머리를 손으로 빗어 정리하며 속삭이듯 말했다.

"여기서 머리끄덩이 한번 대차게 잡히고 싶은가 보네."

서준은 도연의 말에 반박할 심산으로 엉덩이를 털며 일어섰다. 금방이라도 싸울 태세였다.

"여기 부케요. 정리를 좀 하느라 늦었네요."

싸움이 시작될 것 같았던 기류는 부케를 들고 온 직원의 등장으로 산뜻하게 사라졌다.

도연은 비즈니스 미소를 얼굴에 띠우며 부케를 받아들었다. 반대편에서 돌아오는 지혁을 발견한 서준 또한 구겼던 얼굴을 억지로 폈다.

직원들이 도연의 뒤에서 치맛자락을 넓게 펴 주었다. 치마에 발이 걸리지는 않지만, 구두가 높은 탓인지 도연은 종종걸음으로 걷다가도 어깨를 휘청였다.

"조심해서 걸으세요."

서준은 도연과 지혁을 번갈아 보다가 우물쭈물 손을 움직였다. 아버지, 그리고 지혁이 무슨 속셈인지 파헤치지 않아도 알 수 있었다. 당사자 둘에게 말도 없이 일을 벌이고, 굳이 지혁이 동행한 이유는 하나뿐이었다.

"자."

도연보다 한 발 앞선 서준이 그녀에게 손을 뻗었다.

도연의 부친인 혁수는 몰라도, 태범과 지혁은 자신들을 은밀히 살피고 있었다. 정말 곧이곧대로 말을 따르게 된 건지에 대해서.

빈털터리로 쫓겨나지 않으려면 지혁이 보는 앞에서만큼은 최선을 다해야 했다.

서준은 온 힘을 다해 목 안을 가다듬었다.

"잡아. 넘어져."

도연과 치고받았던 10년 중 가장 부드러운 목소리였다.

그녀는 눈치가 빠른 편이었다. 뒤에 지혁이 있다는 걸 눈치채곤 냉큼 그의 손을 잡았다. 맞물린 두 손이 순간 뻣뻣하게 굳었지만 서준이 먼저 도연의 조그만 손을 감싸 쥐었다.

"촬영하겠습니다."

"아, 잠깐만요."

서준은 뒤에 서 있던 지혁을 향해 말했다.

"최소 인원만 빼고 자리 비워 주셨으면 좋겠는데. 갑작스럽기도 하고, 보는 눈이 많으면 좀 불편해서요."

서준은 단호한 시선으로 지혁을 응시했다.

"실장님도요. 그게 편하지?"

잡고 있던 손을 살짝 흔들며 묻자 미리 짠 것처럼 도연이 잽싸게 고개를 끄덕였다.

"그럼 그렇게 하겠습니다."

지혁을 포함한 많은 직원들이 밖으로 사라졌다. 촬영장이 된 신부 대기실에는 정말 부부가 되어 버린 두 사람과 사진작가, 그리고 도연의 드레스 매무새를 다듬어 줄 직원 한 명뿐이었다.

"이제 찍겠습니다."

서준과 도연은 순간 눈을 맞췄다. 말로 하지 않아도 서로 무슨 생각을 하고 있는지 눈에 훤히 보였다.

적당히 하고 빨리 끝내자.

두 사람은 동시에 입꼬리를 올렸지만 웨딩 촬영에 '적당히' 라는 말은 존재하지 않았다.

"조금 더 가까이 움직일게요."

드레스가 길고 구두가 높다는 이유로 움직임이 없는 도연을 대신해 서준이 그녀의 주변을 오가며 바쁘게 움직였다. 옆에 기대서기도 하고, 등을 맞대기도 하고, 굴욕적이게도 한쪽 무릎을 꿇고 도연의 앞에 앉기까지 했다. 포즈를 잡을 때마다 호흡이 멈춰서 어떻게 숨을 쉬는지도 까먹을 지경이었다.

다시 도연의 앞으로 돌아온 서준은 그녀의 허리에 겨우 손을 대고 조용히 읊조렸다.

"대기실을 왜 이렇게 넓게 만들어 놨냐."

"이렇게 사진 찍으라고."

도연은 어깨를 가볍게 으쓱였다.

"내가 찍게 될 줄은 몰랐지."

팟, 한 번 더 셔터가 터졌다.

"마주 보고 손잡는 모습을 마지막으로 마칠게요."

두 사람은 손을 잡기 싫어하는 초등학생처럼 불쾌한 표정을 드러내며 손을 내밀었다.

서준은 쭉 펼친 두 손을 모아 내밀었다. 도연의 얼굴이 구겨졌다가 빳빳한 종이처럼 반듯하게 펴지는 것이 보였다. 평평히 펴진 눈썹 아래 까맣고 큰 눈이 빠르게 깜빡였다. 숙이고 있던 그녀의 얼굴이 위로 들린 순간에 그는 깨달았다.

숨이 섞일 정도로 가까운 도연과의 거리를.

"마주 보고 살짝 웃어 주세요."

도연의 입꼬리가 올라갔다. 예쁘게 말려 올라간 입술 새로 나직한 목소리가 흘러나왔다.

"웃어."

서준은 눈을 감았다 떴다. 눈앞에 있는 건 서도연이 아니라 거래처다. 이건 비즈니스다. 손을 잡은 것도 악수 같은 거다. 거래처 사람과 사진을 찍는 것뿐이다…….

스스로 세뇌하며 겨우 입꼬리를 올린 그가 도연의 눈을 바라보았다.

팟, 하고 다시 셔터가 터졌다. 사진이 찍혔다는 것을 인지하자마자 서준은 도연의 손을 뿌리치듯 놓고 물러섰다. 급하게 벗어나느라 발걸음이 뒤죽박죽으로 꼬여 그의 몸이 뒤로 휘청이고 말았다. 서준은 반사적으로 중심을 잡기 위해 손을 허우적거렸다.

"컥!"

넘어가지 않도록 잡아 준 것은 도연이었다. 허공에서 허우적거리던 손 대신 그의 멱살을 틀어쥔 그녀가 서준을 안쪽으로 당겼다. 반동으로 확 당겨진 서준은 이번엔 앞으로 고꾸라졌다.

"뭐 하냐."

정신을 차려보니 도연의 어깨를 감싸 쥐고 있었다. 갑갑했던 목이 확 풀리는 기분이 들고 나서야 서준은 정신을 차린 듯 뒤로 한 걸음 움직이며 손을 탁탁 털었다.

그는 무안한 얼굴을 감추기 위해 귀 언저리를 손으로 더듬으며 말했다.

"잠깐 뭐 좀 생각하느라 그런 거야."

"안 물어봤어."

"뭐 하냐며."

"너의 모자람을 타박하는 말이었지."

"눈 밑에 화장 번진 너보다 낫거든?"

"시비 걸지 마."

"누가 할 소리. 넌 그냥 내 앞에 있는 것 자체가 시비야."

"비켜."

도연은 차분히 그를 지나쳤다.

"수고하셨어요."

"아닙니다."

서준은 살갑게 웃는 그녀를 보며 실소했다. 언제 자신을 조롱했냐는 듯 착한 얼굴로 직원들 한 명 한 명에게 인사하는 도연의 모습이 황당하기까지 했다.

"끝나셨습니까?"

때마침 지혁이 들어와 서준은 짜증을 감추려 애를 써야 했다.

식을 생략하니 모든 것이 일사천리였다. 집을 구하고 내부를 공사하는 데 일주일도 걸리지 않았고, 직접 고른 가구들이 채워졌다는 보고를 받은 것이 5일 전이었다.

당장 새집에서 생활해도 문제없었지만 서준은 여전히 본가에서 회사를 오가고 있었다. 아직 짐 정리가 다 되지 않았다며 차일피일 미루기도 하고, 재단 일이 바쁘다는 핑계를 대기도 했다.

얼떨결에 결혼사진을 찍은 후로 그녀를 보지 않은 지 2주 가까이 되어 갔다.

집에 언제 들어갈 거냐고, 혼인 신고는 어떻게 처리할 거냐고 물을 말이 많았지만 그는 이따금씩 휴대폰을 들었다 놓기만 할 뿐 전화를 걸진 못했다.

그에게 도연의 번호로 전화가 걸려 온 것은 다음 날, 점심이 지난 오후였다.

―저녁에 시간 좀 비워. 아저씨한테는 어제저녁에 연락드렸어.

아버님이라며 사근거릴 때는 언제고, 다시 아저씨라 칭하는 도연에게 서준은 이죽이듯 말했다.

"뜬금없이 시간은 왜."

―식사 자리 잡았어. 우리 집이랑, 식 대신해서.

"오늘 저녁에?"

—주소 알려 줄 테니까 시간 맞춰서 아저씨랑 같이 와.

"정확히 언제, 어디로⋯⋯."

—올 때 뭐 간단한 선물이라도 사 오고.

"뭐? 어떤 걸."

—알아서.

덜컥 전화가 끊기자 서준은 황망한 표정을 지었다. 대화라 기보다는 일방적인 통보에 가까웠다. 이럴 거면 그냥 장소와 일시를 문자로 보낼 것이지, 굳이 전화는.

서준은 책상 한쪽에 휴대폰을 내던지듯 놓으며 의자에 앉은 채 몸을 뒤로 뺐다.

온갖 이유와 핑계를 대며 미루었던 순간을 더 이상은 외면할 수 없을 것 같았다.

서준이 태범과 함께 간 곳은 조용한 일식당이었다. 정갈하게 차려입은 직원의 안내를 받으며 앞서 걷던 태범은 뒤를 따라오던 그를 흘긋 보며 말했다.

"네가 여기로 예약했니?"

"네?"

"예전에 너랑 몇 번 온 적 있었는데, 내가 좋아하는 곳인 줄 기억하고 있었나 보네."

"어⋯⋯."

서준은 영문을 모르는 얼굴로 눈을 깜빡거리며 주변을 살폈다. 그는 이곳에 도착한 뒤에야 예전에 몇 번 와 봤던 곳이라는 것을 알아차렸을 뿐, 아버지가 좋아하는 식당이었다는 것은 생각하지 못하고 있었다.

"네, 뭐…… 도연이랑 상의해서요."

입에 침도 안 바른 거짓말을 하곤 서준은 눈치를 살폈다. 태범은 퍽 기분이 좋아 보였다.

"들어가자."

식당의 주인처럼 보이는 여자가 안쪽에서 걸어 나왔다. 태범과 서준에게 차분히 인사를 한 그녀는 가장 안쪽에 있는 방 앞에 서서 고개를 살짝 숙인 채 문을 안으로 밀었다.

"이쪽으로 들어오세요."

두 사람이 신발을 벗고 들어간 뒤 가볍게 문이 닫혔다.

도연은 태범과 눈인사를 하며 가볍게 고개를 숙이고, 서준은 혁수와 그 옆에 무신경한 얼굴로 서 있는 동환을 보곤 깍듯하게 허리를 굽혀 인사했다.

"이거 받으세요."

서준은 혁수에게 검은색 쇼핑백을 내밀었다. 도연의 일방적인 통보를 받고 급하게 구한 와인 세트였다. 어쩌다 식사를 할 때면 늘 와인을 시키던 그를 고려한 선물이었다.

"와인 좋아하시잖아요."

"고맙다."

빈손이 된 서준은 동환을 슬쩍 보며 말했다.

"오는 줄 모르고……."

"괜찮습니다."

딱 잘라 말하는 동환의 목소리는 서늘할 정도로 차가웠다. 서준과 동환을 번갈아 바라보던 도연이 나긋하게 입꼬리를 올려 웃었다.

"앉으세요."

도연의 한마디에 네 명의 남자들이 동시에 앉았다.

"곧 식사 나올 거예요. 아버님 좋아하시는 농어랑 참치 먼저 주문했는데, 괜찮으세요?"

"그럼, 좋지."

갈아 끼우듯 아버님이라고 호칭을 달리하는 도연을 보며 서준은 속으로 혀를 내둘렀다.

음식이 나오는 동안에도 적막은 이어져 어색하기가 이루 말할 수 없었다. 문이 닫히자 정적은 더 싸늘해졌다. 먼저 입을 뗀 것은 태범이었다.

"오랜만에 왔는데 변한 게 없구나."

태범은 혁수를 보며 말을 이었다.

"둘이 막 스물 됐을 때 몇 번 데리고 왔었는데, 여기서 또 식사를 할 줄은 몰랐습니다."

서준은 혁수의 반응을 살피듯 그를 바라보았다. 그는 전혀 모르는 눈치로 자신의 딸을 슬쩍 보며 대꾸했다.

"그러셨습니까. 저는…… 까맣게 몰랐네요."

"드시죠. 맛이 아주 좋을 겁니다."

식기 부딪히는 소리가 이어졌다. 대놓고 티를 내지 않았지만 혁수 역시 음식이 마음에 드는 눈치였다.

한동안 음식에 집중하다 대화다운 말이 이어진 것은 식사가 거의 끝날 무렵이었다.

"집 정리가 다 됐다고 들었는데 언제쯤 들어갈 생각이냐."

서준은 꽉 차게 들어오는 직구에 대답을 머뭇거렸다.

"이번 주말에 들어가기로 했어요."

그 대신 대답한 사람은 도연이었다.

"지금 미술관에서 하는 특별 전시가 금요일에 끝나서요. 전시 기간에는 계속 사무실에 있다시피 해야 돼서 주말에 같이 들어가려고요."

도연을 제외한 세 사람의 시선이 서준에게로 쏠렸다. 그에게는 금시초문이었지만, 실제로 의견을 나누기라도 한 것처럼 얼른 고개를 끄덕였다.

"저도 재단 일 때문에 이번 주까지는 정신이 없어서, 주말에……."

"그래."

태범은 혁수를 향해 미소를 지은 채 말했다.

"사실 제 아들놈, 이번에 결혼 안 한다고 버티면 정말 쫓아낼 생각이었는데…… 도연이가 이렇게 받아 주어서 참 다행입니다."

그의 손이 서준의 어깨를 두드렸다.

"친구로 아웅다웅 지낸 시간이 있으니까, 서로 잘 맞추면서 살 겁니다."

친구, 아웅다웅.

원수로 죽자 살자면 모를까. 한 번 부딪치면 서로 밀치거나 머리끄덩이를 잡는 것이 기본이었던 두 사람의 관계를 설명하기에 너무 귀여운 표현이었다.

"이제야 마음이 놓이는군요."

"예. 저도 그렇게 생각합니다."

손이 오그라드는 덕담이 끝날 줄 모르고 줄줄이 이어졌다. 도연은 아무것도 들리지 않는 듯 차분한 얼굴로 차를 한 모금 마실 뿐이었다.

"둘이 서로 배려해 가며 잘 지내라."

"도연이가 서준이를 잘 봐줘야죠."

"잘할 겁니다."

"눈치 살피는 데는 재주가 텄거든요."

서로 간의 덕담 릴레이를 끊은 사람은 동환이었다. 누가 들어도 뼈가 박힌 말에 서준은 놀란 얼굴을 감추지 않았다. 순간 굳어진 혁수와 어색하게 입꼬리를 올린 태범 사이에서, 도연은 천천히 찻잔을 테이블에 내려놓았다.

"오랜만에 오빠한테 칭찬을 들어 보네요. 칭찬에 인색한 사이였는데."

도연이 의연하게 웃자 동환의 얼굴이 차게 식었다. 대비되는 두 사람의 얼굴을 마지막으로, 식사가 완전히 끝났다.

태범은 혁수, 그리고 동환과 번갈아 악수를 한 뒤 마지막으로 도연과 가볍게 손을 맞잡았다.

"너무 갑작스러워서 제대로 못 챙겨 준 것 같구나. 앞으로는 자주 보도록 하자."

"네, 아버님. 조심히 가세요."

태범은 때맞춰 차를 끌고 온 지혁에게로 가며 서준의 팔을 두드렸다.

"넌 도연이랑 같이 가."

"……네, 들어가세요."

태범 대신 차 문을 가볍게 닫은 서준은 운전석에 있는 지혁과 눈인사를 했다.

차가 금세 시야에서 사라지자 서준은 바지 주머니에서 차 키를 꺼내며 멀찍이 떨어져 있던 세 사람이 있는 쪽으로 걸어갔다.

그가 가까이 다가갔을 때 혁수는 먼저 차에 탄 뒤였다. 동환은 따라 타지 않고 도연 쪽으로 돌아서 무어라 입을 움직였다. 서준의 귀에 제대로 들린 것은 그녀의 목소리였다.

"한심하다. 너는 여전히……."

도연의 입꼬리가 비틀려 올라가자 동환이 손을 들며 그녀의 목 언저리를 향해 내리치려 했다. 서준이 반사적으로 팔을 뻗었다.

"서동환!"

창문을 내린 혁수의 고함과 동시에 도연의 몸이 서준의 앞으로 가까이 당겨졌다.

서준은 그녀의 팔을 꽉 잡은 채로 동환을 바라보았다. 허공에 멈춘 그의 손은 무언가를 감싸 쥐려는 모양새였다. 서준의 어깨가 크게 올랐다 내려갔다.

"도연이는 저랑 같이 가려고요."

동환은 천천히 팔을 내렸다. 그와 시선을 부딪치던 서준은 고개를 살짝 돌려 도연을 살폈다. 그녀는 고개를 반쯤 돌린 채 어느 누구도 바라보지 않고 있었다.

"서동환."

잠자코 서 있던 동환이 혁수의 부름에 답하듯 몸을 돌렸다.

서준은 도연을 두고 창문을 내린 차 앞에 서서 가볍게 고개를 숙였다.

"들어가세요."

"그래. 도연이 잘…… 데려다주고."

동환이 차 안으로 몸을 숨기고 이내 차는 두 사람의 시야에서 온전히 사라졌다. 도연은 서준이 뭐라 말을 걸기도 전에 등을 돌려 앞서 걸었다.

"미술관으로 가."

도연과 동환의 사이가 심상치 않음을 알게 된 것은 쌀쌀해진 초겨울의 어느 날이었다.

그날도 두 사람이 과외를 함께하는 날이었다. 수능을 앞두고부터 둘은 서준의 집이 아닌 도연의 집에서 과외를 받았다.

서준은 패기가 넘치는 얼굴로 도연의 집에 들어갔다. 지난달에 봤던 모의고사 점수 내기에서 또 도연에게 3점 차이로 진 탓에 그는 이를 갈고 있었다.

2층 쪽으로 계단을 오르려던 서준이 쨍그랑, 하고 깨지는 소리에 잠시 발을 멈췄다.

"뭐야."

아무래도 도연이 뭔가를 깬 모양이었다. 덤벙거리면서 혼자 잘난 척은 다 해요. 집주인이 아끼는 도자기라도 깼으면 죽어라 놀려야지. 하는 마음으로 남은 계단을 마저 올랐다.

"야, 너 뭐 깨부셨⋯⋯."

땅을 보며 걷던 서준은 바로 앞에 있는 날카로운 조각에 발을 멈췄다. 그의 시선이 천천히 위를 향했다.

서준이 먼저 본 것은 어떤 남자의 넓은 등이었다. 딱딱한 벽 같았던 등이 뒤로 확 떠밀리는가 싶더니 앞모습이 드러났다.

남자가 옆으로 비켜서자 도연이 보였다. 그녀는 벽에 기대선 채로 숨을 몰아쉬고 있었다. 깨진 것은 2층 벽 선반에 있던 유리병이었다. 아마도 꽃이 담겨져 있었던. 유리 조각과 함께 꽃이 짓이겨져 있었다.

"한서준?"

"누구야?"

남자와 서준의 입에서 동시에 말이 트였다. 남자는 서준을 향해, 서준은 도연을 향해 말했다. 도연은 말없이 남자의 앞으로 나와 그에게 턱짓했다.

"방으로 들어가."

"한서준 맞지? 명온 그룹 손자. 오랜만에 보네."

남자가 알은체하자 서준은 눈을 가늘게 떴다. 그가 기억할 새도 없이 남자가 먼저 자신의 이름을 밝혔다.

"서동환이야. 유학 가기 전에 몇 번 봤는데 이렇게 만날 줄은 몰랐네."

서준은 동환의 말을 귀담아듣지 않고 도연의 안색을 살폈다. 온갖 수를 다 쓰며 놀려도 흐트러지는 법이 없었던 얼굴이 물감으로 칠한 것처럼 새빨개져 있었다. 목이며 어깨 언저리를 더듬는 손이 미약하게 떨리기도 했다.

"잘 지냈어? 난 한국에 잠깐 들어왔다가 내일 다시 캐나다로……."

"안 물어봤는데."

"어?"

"말 까라고도 안 했고."

동환의 얼굴이 싸늘해지는 것은 순식간이었다. 서준은 그를 지나치며 도연에게 신경질적으로 말했다.

"안 들어가?"

그제야 도연이 다리를 움직였다. 단숨에 방문 앞으로 간 그녀가 먼저 문을 열고 들어갔다. 서준은 동환에게 눈길도 주지 않고 문을 닫았다.

도연은 마치 아무 일도 없었다는 것처럼, 언제나처럼 책상에 앉아 오늘 공부하기로 한 시험지를 꺼냈다.

"야, 서도연."

"앉아."

"너 방금……."

"입 다물고, 앉아."

평소 같았으면 왜 입을 다무느냐고 길길이 날뛸 서준이었지만 그녀의 목에 남겨진 새빨간 자국을 보고 입을 다물었다.

누가 봐도 손자국이었다. 평소와 다름없이 초연한 얼굴이었지만 도연의 손은 미세하게 떨리고 있었다.

무엇을 어떻게 물어야 할지 몰라 말하는 것을 관두었다. 묻지 않아도 알 수 있는 것은 그 동환이라는 남자가 도연의 이복 오빠라는 것, 그리고 둘의 사이가 아주 나쁘다는 것뿐이었다.

서준은 핸들을 꺾으며 잠시 과거를 되짚었다.

동환은 유학을 마치고 한국으로 돌아와 켄트 호텔 경영팀에 입사했고, 그때부터 쭉 호텔에서 생활한다고 했다. 집에서 미술관을 오가는 도연과 호텔에서 생활하는 그가 마주치는 일은 극히 드물었다.

그 소식을 접한 서준은 남몰래 안도의 한숨을 쉬었다. 그것이 벌써 2년 전 일이었다.

그때 왜 다행이라고 생각했지.

서준은 답답한 얼굴로 셔츠 단추를 거칠게 풀었다.

"아직도 그래?"

망설임 없는 그의 물음에도 도연은 창밖에서 시선을 떼지 않았다. 그녀의 목 아래로 머리카락이 가볍게 흔들렸다.

"너희 집…… 서동환."

동환과 도연의 사이를 어렴풋이 짐작했던 것은 그녀를 두 번째로 만났던 날이었다.

동환은 자신의 엄마가 죽은 것이 도연과 그녀의 친모 탓이라고 했다. 직접 전해 들은 건 아니었지만 미선의 옆에 있던 한 여자가 수군거린 걸 들은 적이 있다. 도연을 낳았다는 얘기를 전해 듣고 지병이 심해졌다고 하니, 아주 틀린 말은 아니라며 경박하게 혀를 찼었다.

서준은 처음 도연을 봤던 날을 떠올렸다. 그녀 때문에 지병이 심해졌다던, 동환의 친모이자 켄트 호텔 안주인의 장례식장 주차장에서 봤던 그녀의 얼굴을. 자신을 버리고 가는, 모양 없이 맞고 휘둘렸던 여자의 뒤에서 눈물을 뚝뚝 흘렸던 도연의 감정을.

좋을 수 없는 사이임은 납득했지만 동환이 도연에게 그런 식으로 굴 거라는 것은 예상 못한 일이었다. 지금껏 그랬을 줄은 더더욱 예상 못했고.

"아직도 그러냐고."

동환의 손자국이 빨갛게 남아 있는 도연의 목을 보았던 그날의 충격이 새삼스럽게 다시 찾아왔다. 형식적인 자리에서 가끔 만날 때 둘이 서로 모르는 사람처럼 지나가는 것을 보며 '이제는 무시하는구나'라고만 넘겨짚었다. 그러나 동환은 또다시 도연의 목을 조르려 했다.

도연의 대답을 기다리던 서준이 다시 입을 뗐다.

"너 혹시 나랑 결혼하는 이유……."

"여기서 세워."

미술관에 도착하려면 한참 남았지만 차가 멈출 기미를 보이지 않자 도연이 고개를 돌렸다.

"배불러. 걸어가게."

너 제대로 먹지도 않았잖아. 앞에 놓인 샐러드만 몇 번 집어먹어 놓고선.

서준이 말을 삼키며 갓길에 차를 세우자 도연은 빠르게 안전벨트를 풀었다. 그녀가 채 문을 밀기 전에 서준이 버튼을 눌러 문을 잠갔다.

"뭐야. 열어."

서준은 무언가 말하려 입을 벙긋거리다 눈을 찡그렸다. 잠금이 풀리는 덜컥 소리가 나자마자 도연이 문을 열었다.

"집."

막 발을 내딛는 그녀를 서준이 다급하게 붙잡았다.

"집, 뭐."

"……난 토요일 낮에 들어갈 거야. 넌?"

"나도 그쯤."

"키는."

"받았어."

간다는 말도 없이 도연은 차에서 내려 문을 닫았다. 터벅터벅 걸어가는 등이 꼿꼿했다. 서준은 도연의 뒷모습이 점처럼 작아질 때까지 한참이나 바라보았다.

"아이씨."

그의 입에서 작은 욕지거리가 나왔다. 속이 꽉 막힌 것처럼 답답했다.

서준은 걸치고 있던 얇은 재킷을 벗어 조수석에 휙 던졌다. 손목을 감싸던 소매도 단추가 풀어져 위로 아무렇게나 올라갔다.

그가 핸들을 거칠게 꺾은 만큼 차가 빠른 속도로 길을 지나갔다.

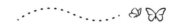

"정리는 다 되어 있습니다. 가져오신 것만 따로 정리하세요."

지혁에게 떠밀리듯 엘리베이터를 탄 서준은 캐리어 손잡이를 꽉 쥐었다. 신축 오피스텔이어서 그런지 층수를 올라가는 속도가 다른 건물보다 배로 빠른 것 같았다. 캐리어 손잡이를 몇 번 잡았다 떼니 금세 13층이었다.

서준은 엘리베이터에서 내려 지혁에게 받은 잠금 키를 쥐곤 바로 맞은편에 있는 현관을 향해 걸어갔다.

1301호. 호수를 읽고 나서야 현실 감각이 돌아오는 느낌이었다.

"나 진짜 여기에서 사는 건가."

1분만 부딪쳐도 죽네 사네 했던 그 서도연이랑.

도어록에 키를 대자 삐리릭 소리가 울렸다. 서준은 가볍게 현관문을 열었지만 단 한 발짝도 들어가지 못했다.

앞으로 여기서 살아야 한다는 현실과 같이 살아야 하는 사람이 서도연이라는 것, 거기에 이틀 전 있었던 일까지 뒤섞여 뭐라 말할 수 없이 기묘한 기분이 들었다.

주춤주춤 안으로 들어간 서준은 거실 한 가운데까지 직진했다.

집 안은 그의 기분보다 더 기묘했다. 먼지 하나 없는 노란색 테이블 아래에는 까만 카펫이 깔려 있었고, 그를 둘러싼 소파는 광택이 없는 검은색이었다.

한쪽 벽에 줄지어 붙어 있는 네 개의 책장 중 두 개는 검은색, 두 개는 갈색이었다. 검은색 책장 가장 아래에는 퍼즐 상자가 빼곡하게 채워져 있었다. 그녀가 고른 가구에 서도연이라고 쓰여 있는 것 같았다.

언밸런스의 극치를 달리고 있는 집 안 꼬락서니 중 가장 그를 충격으로 몰아넣은 것은 TV 위, 넓은 벽에 걸려 있는 큰 액자 속의 사진이었다. 아무것도 모르고 끌려가 도연과 찍었던, 입에 담는 것조차 오그라드는 결혼사진이.

"이걸 왜 걸어 놨어."

그가 막 액자로 손을 뻗을 때였다. 처음 문이 열릴 때와 같은 삐리릭 소리가 등 뒤에서 울렸다. 서준이 눈을 동그랗게 뜨고 뒤를 돌았다.

활짝 열린 문 사이로 들어오는 것은 서준의 덩치 반만 한 큰 캐리어였다. 큰 캐리어 하나를 더 끌고 들어온 도연이 거실로 들어와서 허리를 폈다.

도연은 그에게 가벼운 인사 한마디 없이 곧장 옆으로 몸을 꺾어 거침없이 방문을 열어젖혔다.

"여기가 네 방인가 보네."

그녀의 말에 서준이 뒤따라가 방 안을 살폈다. 생각보다 넓은 방을 둘러보던 그의 얼굴이 심상치 않게 변해 갔다. 혼자 쓰기에는 침대와 옷장이 너무 컸고, 한쪽에는 도연의 취향인 하얀색의 큰 화장대까지 있었다. 긴 조명이며 무드등이 대놓고 신혼 방이라는 걸 티내고 있었다.

당황한 서준과 달리 도연은 태연한 얼굴로 옆에 있는 또 다른 방문을 열었다.

서준은 그녀를 따라 열린 문틈 사이를 눈짓했다. 공들여 꾸민 것이 티가 나는 옆방하곤 다르게 침대와 옷장, 조그만 테이블이 전부였다.

"내가 여기 써야겠네. 네 짐 저기에 다 정리했을 거 아냐."

도연은 차분하게 캐리어 두 개를 밀어 넣으며 말했다.

"화장대도 저기 있는데 그냥 네가 써."

"됐어. 살림해 주실 아주머니가 왔다 갔다 하면서 볼 텐데, 그냥 둬. 그래야 둘이 같이 쓰는 줄 알지."

도연은 입고 있던 재킷을 테이블 위에 대충 던지며 그에게 물었다.

"어디 나가?"

"어? 아니."

"할 거 많은데 좀 있다 하자."

"할 게 뭐……."

"나중에, 좀 있다가."

탁. 서준은 코앞에서 닫히는 하얀 문을 보며 눈을 깜빡였다. 캐리어를 열어 짐 정리를 하는지 둔탁한 소리가 설핏 들렸다.

"할 게 뭔데."

그의 혼잣말에 대답해 줄 사람은 없었다.

도연이 방문을 열고 나온 것은 다음 날 오후, 점심이 훨씬 지난 시간이었다.

할 게 뭔지 궁금해 그녀를 기다리다 지친 서준이 나노 블록 두 개를 만들어 자신의 책장에 전시하고, 냉장고에 있던 샌드위치로 끼니를 때우고, 어렴풋이 자다 깨서 소파에 누워 무력하게 TV 채널을 돌리던 그즈음이었다.

서준은 문이 열리는 소리에 바람처럼 몸을 일으켰다. 어제 그 차림 그대로의 도연이 곧장 부엌으로 가 냉장고에서 물통을 꺼냈다. 컵도 꺼내지 않고 뚜껑만 연 채 입을 대고 물을 들이켜는 그녀를 보며 서준은 식겁한 얼굴로 말했다.

"컵에 따라 마셔."

서준은 입가를 닦는 도연의 상태를 대략 훑어보았다. 반쯤 감겨 있는 눈 하며 엉성하게 묶은 머리, 어제보다 배로 부은 얼굴이 그녀가 지금껏 뭘 했는지 말해 주고 있었다.

"지금까지 잤냐?"

문을 닫은 지 꼬박 하루였다. 어쩐지 아무 소리도 들리지 않더라니, 지금까지 곯아떨어졌다 막 일어난 모양새였다.

서준은 도연이 식탁에 올려 두고 간 물통을 냉장고에 다시 넣고서 거실로 따라 나갔다.

그녀가 어제부터 입고 있던 블라우스와 슬랙스는 엉망으로 구겨져 있었다. 서준은 열린 도연의 방 앞으로 가 안을 살짝 보았다.

"방 꼬라지가 저게 뭐냐."

보는 사람이 헛헛할 정도로 텅 비었던 방이 단 하루 만에 엉망진창이 되어 있었다. 짐을 정리한 줄 알았더니 캐리어는 열린 채 바닥에 방치되어 있었고, 그마저도 흐트러져 몇몇 옷은 바닥에 널브러진 채였다. 테이블에는 어제 던져두었던 재킷이 그대로 있었고, 침대 시트는 서준의 얼굴처럼 구겨져 있었다.

"방이 하루 만에 어떻게 저래."

"신경 끄고 문 닫아."

서준은 근질거리는 손을 억지로 눌렀다. 예전 도연의 방에

갈 때마다 느꼈었던 거지만, 그녀의 정리 정돈 능력은 0에 가까울 정도로 엉망이었다.

천성이 깔끔한 그는 당장 바닥에 널브러진 것들을 정리하고 침대 시트를 빳빳이 펴 주고 싶은 것을 겨우 참으며 문을 닫았다.

"전에 썼던 계약서 있어?"

도연이 소파에 널브러진 상태로 물었다. 서준은 그 맞은편에 앉으며 다시 한번 정리 욕구를 억눌렀다.

"사무실에 있어. 그리고 똑바로 앉아. 아니…… 옷 좀 갈아입고 와라. 구겨진 블라우스 보는 거 너무 고통스러워."

도연은 말없이 방으로 들어갔다. 옷을 갈아입으러 간 줄 알았는데, 다시 거실로 나온 그녀는 손에 종이 한 장 쥔 것 말곤 달라진 게 없었다. 서준이 고통스러운 얼굴을 손안으로 감췄다.

"너 그럴 줄 알고 내가 이거 가져온 거야."

서준은 손 틈새로 그녀가 테이블에 올려놓은 계약서를 보았다. 그가 얼굴에서 손을 떼며 물었다.

"할 게 이거야?"

"우선 내 거에 쓰고 복사해서 나눠 가지든지 해."

서준은 그녀의 손에서 펜을 뺏어 들었다.

"내가 쓸게. 네 글씨 알아보기 힘들어."

도연은 대충 고개를 주억이며 소파 등받이에 편히 기대앉았다.

"난 10시쯤 출근해서 7시나 8시 사이에 끝나. 가끔 야근할 때는 사무실에서 자기도 하고, 보통은 10시에 나가서 8시쯤 들어올 거야."

서준은 작은 글씨로 메모하며 대답했다.

"난 9시까지 출근해서 5시까지. 집에서 8시 반쯤 나가서, 6시 정도면 집."

"집안 살림 봐 주실 아주머니는 따로 구할 거야. 월급은 네가 줘."

무심코 받아 적던 서준이 눈을 치켜떴다.

"네가 구하는데 왜 내가 줘?"

"돈은 네가 더 많잖아."

서준은 기가 차다는 듯 웃었다.

"난 내 방 알아서 청소할 거거든? 앞으로 이 집 더럽히는 제일 큰 지분이 너일 텐데, 아주머니가 할 일을 생각하면 네가 내는 게 맞아."

도연은 잠시 생각하곤 대답했다.

"그럼 내가 낼 테니까 뭘 치우든 말든 상관하지 마."

"치우는 게 당연한……."

"그런 말 일체 하지 마. 그럼 내가 낼게."

서준은 짧게 고민하다 고개를 저었다.

"아니다. 내가 그냥 낼래."

도연은 동의한다는 듯 손을 휘둘렀다.

"어차피 나가고 들어오는 시간 다르니까 얼굴 맞대는 건 최소화로 하고, 저번에도 말했던 것처럼 당일에 무슨 일 있는지는 서로 알려 주는 거로."

"달력 하나 걸어 놓고 집안 행사 날짜 미리 체크해 놔."

도연이 고개를 끄덕이자 서준은 종이에 끄적끄적 글자를 썼다.

"됐지?"

계약서를 돌려받은 도연이 순간 아, 소리를 내며 테이블과 갈색 책장을 순서대로 턱짓했다.

"이거 두 개만 새 걸로 바꿔."

"왜?"

"이거 네가 골라서 가지고 온 거지? 정신 차리고 보니까 깜짝 놀랐네."

도연은 정말 진저리가 난 얼굴로 그를 보며 말했다.

"유치원에서 가져왔어? 테이블은 파는 게 불법인 수준이다. 책장도 무슨…… 갈색도 어떻게 저런 걸 사 와."

서준이 기가 찬 얼굴로 대꾸했다.

"그나마 이거 때문에 집이 좀 환한 거야. 소파가 검은색인데 카펫도 검은색으로 사 오는 사람이 어딨어? 깜깜해서 보이지도 않아."

"이거 그냥 검은색 아니거든?"

"그냥 검은색 맞아."

도연은 코웃음을 쳤다.

"네가 뭘 알겠어. 이 유치원 식탁 같은 테이블에서 밥도 먹고 쥐콩만 한 레고도 만들어라."

"나노 블록이라고."

서준은 펜을 놓으며 도연의 얼굴 앞에다 대고 손을 휘휘 저었다.

"됐어. 대화 끝. 앞으로 5분 이상의 대화를 하는 일은 없도록 하자."

"누가 할 소리."

먼저 일어난 도연이 자신의 방으로 돌아갔다. 서준 역시 제 방으로 돌아가 일부러 소리 나게 문을 닫았다.

불완전한 시작이었다.

두 사람이 결혼이라는 이름 아래에 동거를 시작한 뒤로 한 주가 지나갔다.

도연이 구한 도우미는 두 사람이 출근한 뒤에 집으로 와서 청소와 빨래를 하고, 저녁과 다음 날 아침을 만들어 놓은 뒤 서준이 집에 들어오기 전에 퇴근했다. 도연이 미리 부탁한 대로 식사는 늘 샌드위치나 유부초밥, 한 끼 분량의 죽 등 간단히 먹을 수 있는 음식이었다.

서준은 도연이 막 일어나 출근 준비를 할 때 나갔고, 도연은 그가 집에 돌아와 씻고 침대에 편히 누울 때쯤 들어왔다. 서로의 행방과 특이 사항을 알리는 문자가 하루에 두어 번 오가는 것 빼고는 두 사람 사이에 대화다운 말들은 전혀 오가지 않았다. 잠이 들기 전 거실에서 몇 번 마주치는 것을 제외하곤 얼굴을 맞대는 일도 없었다.

마치 혼자 사는 기분이 들 정도였다. 목요일엔 이런 생활도 나쁘지 않다고 생각했고, 금요일쯤엔 평화롭다는 말까지 혼자 중얼거릴 정도였다.

그의 모든 평화가 깨진 것은 도우미가 집을 살펴 주지 않는 주말의 첫날인 토요일이었다.

잠에서 깬 서준은 시간을 잘못 봤나 싶어 눈을 끔벅였다. 10시가 지나도록 늦잠을 잔 것은 꽤나 오랜만이었다.

일어나자마자 흐트러진 침대 시트와 이불을 정리하고, 방에 딸린 화장실로 들어가 세수한 그는 편안한 티셔츠와 트레이닝 바지로 갈아입은 뒤 휴대폰과 이어폰을 챙겨 거실로 나갔다. 인기척이 없는 걸 보니 도연은 아직 잠을 자고 있는 것 같았다.

서준은 일정 보고용 보드판에 '조깅'이라고 쓰다가 손으로 글자를 지웠다. 개인적인 사생활인데 굳이 보고할 필요가 없다는 생각이 들어서였다.

보드마카를 툭 내려놓고 그가 신발을 신었다. 한 시간 정도 조깅하고 돌아와 샤워를 한 뒤, 평일에 끝내지 못한 업무를 마무리하고 편히 쉬는 것까지 그의 머릿속에서 착착 계획이 세워졌다.

가뿐하게 공원 한 바퀴 조깅하는 것까지는 좋았으나 그의 계획이 어그러진 것은 집으로 돌아온 직후였다.

서준은 현관문을 열자마자 보이는 여자의 등에 놀라 저도 모르게 뒷걸음질을 쳤다. 문 열리는 소리가 났을 텐데도 조그만 등은 움직이지 않았다.

집에 도연이 있는 게 당연한데 막상 마주치니 어색함이 물밀 듯이 밀려들었다.

서준은 일부러 헛기침하며 안으로 들어와 화장실로 직행했다. 땀을 씻어 내고 옷을 갈아입은 그는 방 안에서 쭈뼛대다가 문을 열고 나왔다.

"뭐야."

서준은 문을 연 그 순간을 후회했고, 샤워하러 가기 전 도연의 몸에 가려진 광경을 제대로 확인하지 못한 것을 후회했다.

카펫 위에 화려하게 펼쳐진 퍼즐 조각을 보는 서준의 입이 다물어지지 않았다.

"네 방에 들어가서 해."

"깔 자리 없어."

"왜 없어. 바닥에서 하면 되잖아."

"바닥에 자리가 없다고."

서준은 이해되지 않는다는 표정이었다. 그 말은 즉 이미 바닥에 무언가가 널브러져 있다는 뜻이었다. 금요일 저녁, 가정부가 다녀가고 난 그 잠깐 사이에 무슨 짓을 벌인 것일까.

서준은 손으로 마른 얼굴을 훑었다.

"아, 맞다."

도연은 무언가 생각났다는 듯 자리를 털고 일어나 자신의 방으로 들어갔다. 그 틈에 쪼그려 앉은 서준은 아직 맞추지 못한 퍼즐 조각을 박스 안에 차근차근 담았다.

"건드리지 말고 네 방문 좀 열어."

방에서 나온 도연은 쇼핑백을 품에 안은 채였다.

"내 방은 왜?"

도연은 샐쭉 웃으며 대답했다.

"발로 차서 열기 전에 네가 열어."

서준은 그녀의 말을 따를 수밖에 없었다. 그가 문을 열자 도연은 방을 슥 둘러보더니 화장대 앞으로 갔다.

"집에 누구 한 명쯤은 올 것 같아서."

도연이 쇼핑백에서 화장품을 꺼내 화장대 위에 올려놓았다. 종류도 얼마나 많은지 끝도 없이 나오는 크고 작은 병들을 보며 서준이 눈을 찡그렸다.

"여기에 다 놔두면 네 얼굴엔 뭐 발라?"

"내가 바르는 걸 여기다 왜 둬? 그냥 사 온 거야. 뭐하면 너 쓰든지."

"쓸데없는 데에 돈 날리네."

"응. 많아서."

대충대충 올려놓는 것을 보다 못한 서준이 도연을 밀어냈다.

"정리 좀 똑바로 해."

길이에 맞춰 다시 정리하던 서준이 이번엔 도연에게 반대로 밀려 나갔다.

"매대에 진열해? 사용감이 있어야 할 것 아냐."

서준은 어이가 없는 얼굴로 대꾸했다.

"한 번 정리하면 계속 그 자리에 두고 쓰잖아."

"어떻게 그래?"

그녀가 의아하다는 듯 묻자 서준은 할 말을 잃고 말았다. 다시 도연의 어깨를 옆으로 밀며 화장대 앞에 자리를 잡았다.

"이 꼴을 보면 잠이 안 올 것 같으니까 그냥 내가 정리하게 내버려 둬."

서준이 로고가 앞으로 나오도록 심혈을 기울여 정리하는 동안 도연은 팔짱을 낀 채 벽에 기댔다.

"참 피곤하게 산다."

"내가 피곤한 이유는 너 같은 사람 때문이야."

그의 하소연에도 도연은 대꾸 없이 돌아섰다.

서준은 화장대를 깨끗하게 정리한 뒤 냉장고에서 남은 샌드위치와 우유 하나를 챙겨 거실로 눈을 돌렸다. 그녀는 언제 자신과 투닥거렸냐는 듯 아무렇지 않은 얼굴로 퍼즐 앞에 앉아 있었다.

눈이 몰리도록 퍼즐 조각 몇 개를 들고 이리저리 맞춰 보는 도연을 보며 서준은 발소리를 죽였다. 스트레스는 받은 만큼 돌려 주어야 한다는 자신의 신조에 따라 조심스럽게 발을 길게 뻗었다.

툭.

가벼운 움직임 한 번에 맞춰져 있던 퍼즐 조각들이 흐트러졌다. 그대로 굳은 도연의 손에서 미처 자리를 잡지 못한 퍼즐 조각이 떨어졌다.

서준은 그녀가 현실로 돌아오기 전 재빠르게 방문을 닫았다.

"야!"

문을 잠그기가 무섭게 무언가가 부딪치는 둔탁한 소리가 났다.

"한서준, 너 죽는다!"

거칠 것 없는 입에서 험한 말들이 쏟아졌다. 분노의 단계로 보아선 앞으로 몇 분 동안 욕지거리가 이어질 것이다.

서준은 침대에 누워 휴대폰으로 즐겨 듣는 연주곡을 틀고 이어폰을 꽂았다. 곡이 시작되자 도연의 사나운 목소리가 사라졌다.

전쟁 같은 주말을 보내면서, 서준은 한 가지 깨달음을 얻었다. 주말에는 출장을 필수로 다녀야 한다는 것.

4. 적과의 동침

불행하게도 명온 복지 재단은 9시 출근, 5시 정시 퇴근, 야근 없음, 주말 출근 없음을 지키는 훌륭한 직장이었다. 다른 복지 재단에 비해 직원도 넘치도록 많아 잔업조차 없었으며, 5시 30분이 되면 관리실에서 컴퓨터 전원을 죄다 차단시켜 버리는 통에 사무실에 버티고 앉아 하릴없이 시간을 보낼 수도 없었다.

친구라고 할 만한 놈들은 죄다 유학이나 파견, 지사 발령이라는 이유로 해외에 있었다. 술 한 잔 같이 먹어 줄 사람 없는 서글픈 오후에 서준은 책상 앞에 패대기쳤던 신문을 들었다.

깜짝 결혼을 발표한 명온 복지 재단 한서준 본부장과 나무 미술관의 서도연 관장. 두 사람은 10대 시절 처음 만나 함께 과외를 하며 친분을 쌓았고, 그 이후부터 절친한 친구 사이로 10년간 관계를 이어 왔다.

"절친한 친구는 개뿔."

저와 똑같이 기사를 보고 코웃음을 칠 도연을 생각하니 피가 거꾸로 솟는 기분이었다.

한 관계자는 두 사람이 평소에도 연인처럼 서로를 위했다며 결혼 소식에 "그럴 줄 알았다"고 말했다. 또한 서도연 관장은 시아버지가 된 명온 그룹 한태범 대표의 생일을 기념해 나무 미술관에서 전시했던 그림을 선물로 주는 등 돈독한 사이를 보이고 있다며 관계자는 전했다. 한편 두 재벌가 자제의 결혼 소식으로 업계는 명온 그룹과 켄트 호텔의 행보에 주목하고…….

"관계자는 누구야. 어디서 소설가라도 데려왔나."

서준은 신문 속, 대문짝만하게 실린 두 사람의 결혼사진을 보기 싫은 듯 반으로 접어 옆에 두고 자꾸만 의자로 내려앉으려는 무거운 엉덩이를 일으켰다.

이 무게로 공부했으면 서울대에 갈 수 있었겠지. 씁쓸하게 웃으며, 아버지가 말한 대로 '안락하고 편안한 가정'을 가진 척하기 위해 샛길로도 새지 못하고 곧장 집으로 향했다.

"네. 네…… 아니에요."

막 현관에서 신발을 벗던 서준이 멈칫 굳었다. 이 시간에
집에 있을 리가 없는 도연의 목소리가 거실에서 들렸다.

서준은 저도 모르게 숨을 죽이며 물건을 훔치러 온 도둑처
럼 조심조심 신발을 벗었다. 깨금발을 들고 거실로 들어오던
그가 굽혔던 어깨와 허리를 세웠다.

"아니요. 무슨 일 있으신가 걱정했어요."

누군가와 통화하고 있던 도연이 그를 향해 몸을 돌리고 있
었다.

"정신없으실 텐데 전화 주셔서 감사해요. 네, 저희는 신경
쓰지 마세요."

도연도 막 퇴근해 들어온 참인지 단정한 아이보리색 원피
스 차림 그대로였다. 머리는 망나니처럼 틀어 올린 채 늘어
진 트레이닝복만 입고 있었던 지난 주말과는 확연히 다른 모
습이었다.

말없이 그녀를 바라보던 서준이 크흠, 헛기침하며 어깨를
틀 때였다. 도연은 휴대폰을 들지 않은 반대편 손을 휘저으
며 그의 시선을 잡았다.

"2주 정도면 괜찮아요. 걱정하지 마시고요. 아드님이 얼른 낫기를 바랄게요. 네."

들어가세요. 하는 말을 끝으로 전화를 끊은 도연이 짧게 한숨을 쉬었다. 그녀가 휴대폰을 탁자 위에 내려놓자 멀뚱멀뚱 서 있던 서준이 입을 뗐다.

"가정부 아주머니?"

"아들이 교통사고가 났대. 2주는 입원해야 돼서 출근 못 하신다고."

"많이 다쳤대?"

"아주 심각한 정도는 아닌 것 같은데, 목소리 들어보니까 좀 다치긴 했나 봐."

도연은 머리카락을 어깨 뒤로 넘기며 무심한 어조로 말했다.

"어차피 이번 주말은 너희 집 가야 되고, 난 내일부터 전시 준비 때문에 3일은 집에 못 들어올 거야."

"이번 주말에 우리 집을 왜 가?"

서준이 고개를 갸웃하자 도연은 인상을 찡그리며 대답했다.

"회장님이랑 할머니 기일이잖아. 토요일."

"아."

"인간이냐."

깜박한 사실을 부정할 수 없어서 서준은 그녀의 타박에 대꾸도 하지 못하고 미간엔 주름을 세웠다.

"아저씨한텐 네가 연락드려. 토요일 점심에 가겠다고. 필요한 건 알아서 해결하고."

서준은 방으로 들어가려다 어깨를 돌려 도연을 바라보았다.

"혹시나 싶어서 미리 말하는데."

"뭐."

"너 가스 불 켤 생각하지 마. 전자레인지나 오븐도 건들지 말고. 아니, 뭘 만들어 먹으려고도 하지 마."

뭐라 반박하려는 도연을 막아서며 서준이 빠르게 말을 이었다.

"라면 먹고 싶음 커피포트에 물 끓여서 컵라면 먹어. 그냥 도시락을 배달시켜 먹든지. 아무튼 뭔가 가열이나 요리할 생각은 절대 하지 마."

"네가 뭔데 하지 마라야."

도연이 무심하게 대꾸하자 서준은 얼굴을 찌푸렸다. 그녀는 끔찍할 정도로 요리를 못했다. 너무 짜거나, 혹은 달고 싱거운 수준이면 차라리 다행인 정도였다.

도연의 지독한 요리 실력을 알게 된 것도 그녀의 집에서 과외를 받으면서부터였다.

도연은 가끔 과외를 하기 전 간단하게 무언가를 먹곤 했는데, 하필 그날따라 입이 심심했던 서준은 그녀가 직접 만든 음식인 줄도 모르고 눈앞에 있던 것을 별생각 없이 먹고 말았다. 수저 한번 잘못 놀린 죄로 그는 과외 하는 내내 헛구역질을 참았다.

요리는 또 얼마나 괴팍하게 하는지, 서준은 그녀의 본가가 불에 타지 않은 것이 신기할 지경이었다. 라면 하나 끓이는데도 온갖 식기가 부서지는 소리를 다 내는 도연이었다. 그는 보는 것만으로도 끔찍했던 과거를 회상하며 어깨를 부르르 떨었다.

"내가 처음으로 널 위해서 조언하는 거야. 이 집 주인 너잖아. 집에 불 질러서 날리기 싫음 새겨들어라."

도연은 대답 없이 자신의 방으로 가며 문고리를 돌렸다.

"참, 너 앞으로 조심해."

서준은 그녀의 갑작스러운 말에 헛기침을 했다.

"밑도 끝도 없이 경고하는 건 무슨 경우야."

"회사 사람들이나 주변 사람들한테 대응 잘하라고. 내일부터는 재단에 쓸데없는 전화도 많이 올 텐데."

도연은 자신의 입꼬리를 위로 당기는 시늉을 했다.

"웃고 다니고, 미간에 11자 쓰지 말고."

도연은 그가 뭐라 할 새도 없이 방 안으로 쏙 들어갔다. 서준은 단단히 닫힌 방문을 흘겨보며 입을 뗐다.

"너나 잘해, 너나."

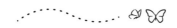

〈오늘도 못 들어가. 전시 준비.〉

3일은 못 들어온다던 도연은 정말 전시회를 준비하는 동안 얼굴 한 번 비추지 않았다. 하루에 한 번, 점심을 먹을 때쯤 못 들어간다는 내용의 간결한 문자가 전부였다.

서준은 화요일부터 목요일까지 3일 동안 최상의 컨디션을 유지했다. 퇴근이 기다려지는 것은 도연과 결혼 아닌 결혼을 하게 된 이후로 처음이었다.

아무도 없는 집, 걱정이 없는 저녁. 도연이 애물단지 취급하는 알록달록한 테이블 위에서 나노 블록도 만들고, 혼자서 푸짐하게 저녁을 만들어 먹고, 도연이 듣기만 해도 피곤하다며 틀지 못하게 했던 연주곡도 스피커를 통해 들었다. 그동안 방 안에서 조그만 화면으로 보던 드라마도 거실에 있는 넓은 TV로 보니 몇 배로 재미있었다.

서준은 도연이 없는 3일 동안 잘 먹고, 잘 자고, 즐거움에 뒹굴었다. 그녀가 관장으로 있는 미술관이 더 유명해져서 특별 전시회가 끊임없이 이어졌으면 좋겠다고 생각하며 꿀 같은 잠을 청했다.

곧 모든 평화가 깨진다는 것을 예상하지 못한 채.

금요일 저녁, 서류 결재 처리를 끝낸 서준이 한숨을 돌렸다. 오전부터 해야 할 일이 많아 출근한 순간부터 퇴근 시간이 임박할 때까지 서류에서 눈을 떼지 못했다.

서준은 이미 얼음이 다 녹아 버린 아이스커피를 한 모금 마시며 휴대폰을 켰다. 반나절 내내 확인하지 못했던 액정 위에는 그의 피로를 단번에 풀어 주는 행복의 문자가 와 있었다.

〈오늘도 못 감.〉

그는 도연의 문자를 보곤 환하게 웃었다. 설치 어쩌고 하는 전시라더니, 준비하는 데 꽤나 애를 먹는 모양이었다.

퇴근 시간까지 20분 정도 남았지만 서준은 자리에서 일어나 문밖의 직원들을 살폈다. 다닥다닥 붙은 책상에 머리를 박고 앉아 있는 그들은 뭔가 부산스러워 보였다. 아마 한참 전에 일을 다 끝내고 퇴근할 궁리에 빠져 있는 것이 분명했다.

서준이 문을 열고 인기척을 내자 직원들이 일제히 고개를 치켜들었다.

"다들 마무리하셨으면 오늘은 일찍 퇴근할까요?"

직원들은 기다렸다는 듯 재빠르게 가방을 챙겼다. 다시 방으로 돌아온 서준 역시 옷걸이에 걸어 두었던 재킷을 입고

가방을 챙겨 들었다. 오늘 같은 날은 밖에서 가볍게 맥주라
도 하고 싶었다.

그 죽일 놈의 '안락한 가정, 행복한 가족' 타이틀이 뭔지,
서준은 함께 술 한잔하러 가는 직원들 사이에도 끼지 못하고
집으로 돌아가야 했다. 신혼이 되면 직장 내에서 단기적 외
톨이가 된다더니 그 말이 딱이었다. 오늘이야말로 불금을 보
내리라 다짐했다.

"불금이다, 불금!"

"금요일인데 다 같이 맥주 한잔하러 갈까요? 여기 앞에 참
스테이크 맛집 생겼는데, 맥주도 에일 맥주래요."

그 말에 가장 먼저 반응한 서준은 삼삼오오 모인 직원들에
게 쭈뼛대며 다가갔다.

소리 없이 다가온 그를 눈치챈 직원 한 명이 반갑게 말을
걸었다.

"본부장님도 같이 가요!"

그 말을 기다렸던 서준이 활짝 웃으며 대답했다.

"아, 그럼……."

"에이그, 눈치 없기는! 본부장님은 다른 데서 불금을 보내
셔야죠."

답이 끝맺기도 전에 다른 직원이 손사래를 쳤다.

"새신랑 시간 뺏으려고 하지 말고, 우리끼리 갑시다."

"참, 그러네요."

서준은 차마 아니라고, 괜찮다고 할 수 없었다. 같이 가고 싶다는 말은 더더욱.

"본부장님. 저희 신경 쓰지 말고 얼른 가세요. 방해 안 할게요."

저 잘했죠. 하는 표정으로 은근하게 미소를 띠우는 직원이 원망스럽기는 처음이었다.

"그럼 월요일에 뵙겠습니다."

"다음 주에 봬요!"

직원들이 떠난 사무실 안엔 서준 혼자 덩그러니 남아 있었다.

서준은 애써 아무렇지 않은 척하며 사무실 불을 끄고 나왔다. 3일 내내 즐거웠는데, 금요일 저녁에 혼자 있다고 해서 달라질 건 없었다. 그깟 스테이크는 만들어 먹으면 되지.

직원들이 사라진 방향으로 콧방귀를 뀌곤 조용한 복도를 쓸쓸히 걸어갔다.

"네. 내일 점심 지나고 갈게요."

―도연이는?

서준은 한 손으로 비닐봉지 두 개를 든 채 엘리베이터에서 내렸다. 휴대폰을 고쳐 잡은 그가 현관 앞에서 잠시 비닐봉지를 내려놓았다.

"전시 준비 때문에 아직이요. 일이 좀 꼬였나 봐요."

―밥은 먹었고?

"먹었어요. 계속 잘 먹었고요."

―아니, 도연이.

서준은 자신도 모르게 입을 삐쭉 내밀었다. 쫓아내다시피 내보낸 아들 끼니는 걱정도 안 되는 건가. 섭섭한 마음을 달래며 차분히 대답했다.

"잘 먹겠…… 잘 먹고 있대요."

잘 먹겠죠. 하고 나오려던 말을 겨우 바꿔 대답한 서준이 들리지 않게 한숨을 쉬었다.

―그래. 내일 오기 전에 전화하고.

"네."

부자의 전화는 건조하게 끊어졌다.

"누가 누구 자식이야."

서준은 끊어진 전화에 대고 투정 부리듯 말했다.

평화를 누리기 위해 불만스러운 표정을 억지로 지운 그가 현관 도어록에 키를 댔다. 잠시 내려놓았던 비닐봉지를 양손에 들고 들어서는 순간 무언가 툭 하고 발치에 걸렸다.

"……어?"

아무것도 없어야 할 곳에 무언가가 닿자 그의 고개가 천천히 떨어졌다. 깜깜한 집 안, 현관 센서 등이 켜지며 정체가 드러났다.

"으아아악!"

그의 발에 채인 것은 운동화가 반쯤 벗겨진 발이었다. 거실 쪽으로 머리를 두고 현관에 쓰러진 가느다란 몸을 발견한 서준은 헛발질을 하다가 중심을 잃고 말았다.

"악!"

문에 뒤통수를 박은 걸로 끝나지 않고 서준의 몸은 바닥에 미끄러졌다. 비닐봉지에서 쏟아진 아보카도들이 쓰러진 몸뚱어리 사이를 데구루루 굴러다녔다.

"아 씨, 진짜."

쓰러진 몸의 정체를 확인한 그가 아릿하게 통증이 느껴지는 엉덩이를 문지르며 일어섰다.

"귀신인 줄 알았잖아!"

신발을 벗은 서준은 널브러진 몸을 슬금슬금 피해 거실 불을 켰다.

환해지고 보니 더 장관이었다. 페인트인지 물감인지 모를 것이 흰 티셔츠와 트레이닝 바지에 덕지덕지 붙어 있었고, 머리카락 끝에선 머리끈이 덜렁거렸으며, 풀어 헤쳐진 머리카락 사이로 언뜻 보이는 얼굴은 창백했다.

서준은 한순간 얼굴을 적신 땀을 닦으며 나직이 말했다.

"야, 서도연."

서준은 조심스레 다가가 그녀의 얼굴을 살폈다. 감긴 눈 외에는 머리카락에 가려져 잘 보이지도 않았다.

"죽었어?"

턱 언저리에 있는 머리카락이 오르락내리락 나부끼는 것을 보니 숨은 붙어 있는 모양이었다.

"기절이야, 졸도야. 뭐야."

설마 4일 내내 잠도 못 잤나. 인간적으로 느껴지는 동정심에 그는 고개를 저으며 혀를 찼다.

깨울까 말까. 고민하던 서준은 우선 장을 봐 온 식재료를 정리하는 것을 우선순위로 삼았다.

도연을 피해 게처럼 옆으로 걸으며 떨어뜨린 아보카도를 하나둘씩 집었다. 하필 하나가 도연의 머리카락 옆에 굴러가 있었다.

서준은 아보카도 두 개를 한 손으로 쥐고 발소리를 죽여 그녀의 머리맡으로 향했다. 뒤꿈치까지 살짝 들어 조심히 걷던 그가 간과한 사실이 하나 있다면, 도연의 머리카락 길이였다.

그의 발이 도연의 머리카락을 밟자마자 죽은 것처럼 감겨 있던 그녀의 눈이 번쩍 떠졌다. 서준은 얼굴을 뒤덮은 머리카락 속에서 번뜩이는 눈과 정면으로 마주쳤다.

"으악!"

기겁하며 몸을 뒤로 뺀 서준은 중심을 잃지 않기 위해 반사적으로 팔을 휘저었다. 구심력으로 인해 오른손에 잡혀 있던 아보카도 두 개가 포물선을 그리며 휘잉 날아가더니 그중 하나가 정확히 도연의 얼굴을 강타했다. 퍽, 하고 꽤나 둔탁한 소리가 났다.

"아!"

한 발을 뒤로 빼며 겨우 중심을 잡은 서준과 손으로 얼굴을 감싼 채 상체를 벌떡 일으킨 도연이 현관 앞에서 대치했다.

"아 씨."

도연의 나지막한 신음에 서준은 자연히 어깨를 움츠렸다. 그녀의 얼굴을 강타한 아보카도는 다시 바닥을 굴러 그의 발앞에 자리 잡았다.

도연은 잔뜩 짜증이 난 얼굴로 서준을 노려보았다. 그는 당황한 기색을 감추지 못하고 부러 큰 소리로 말했다.

"그러니까 왜 현관에 그러고 있어! 아니, 근데 못 들어온다며."

"집에 들어온 순간부터 정신이 없……."

말을 마치지 못한 도연의 입이 다물어짐과 동시에 서준의 턱이 벌어졌다.

툭, 투둑. 새로 물감을 덧칠하듯 그녀의 하얀 반팔 티셔츠에 빨간 코피가 떨어졌다.

"너…… 코."

도연이 손등으로 코 아래를 쓱 닦자 진한 피가 묻어 나왔다. 뚝뚝, 소리가 날 정도로 굵게 떨어지는 모양새가 심상치 않았다.

도연은 손등으로 대충 코를 틀어막은 채 재빠르게 일어섰다. 그녀의 강렬한 눈빛이 피 묻은 티셔츠를 지나쳐 자신의 얼굴을 강타한 아보카도에 머물렀다. 그다음으로 향한 것은 멀뚱히 서서 턱을 벌리고 있는 서준이었다.

도연은 손가락으로 그를 가리키며 말했다.

"전화해."

입을 뻐끔거리던 서준이 단번에 대답했다.

"뭐, 병원? 119?"

"아니. 112."

"뭐?"

"진단서 끊고 너 고소할 거니까."

황당해진 서준이 뭐라 대답할 새도 없이 도연은 화장실로 직행했다. 그때까지도 어중간하게 서 있던 그가 허탈한 얼굴로 숨을 터트렸다.

고작 집에 들어온 것뿐인데.

"나 농담 아냐. 그거 건들지 마. 국과수에 넘겨서 너 고소할 거야."

화장실에서 들리는 도연의 단호한 목소리를 들으며 서준은 그대로 주저앉았다.

고작 도연이 집에 돌아온 것뿐인데, 모든 평화가 끝이 났다.

서준은 화장실의 물소리가 끊긴 줄도 모르고 주방에서 분주히 움직였다. 어쨌든 배는 고프고, 냉장고를 꽉꽉 채울 정도로 장도 봐 왔으니 어떻게든 맛있는 음식과 와인 한 잔으로 금요일 저녁을 즐기겠다는 마음이었다.

아보카도를 얇게 썰어 미리 물기를 빼놓은 채소와 함께 그릇에 담던 서준이 식탁을 두리번거렸다. 꼭지를 따 씻어 놓았던 방울토마토가 접시 채로 사라지고 없었다.

정신없이 두리번거리던 그의 눈에 방울토마토가 담긴 접시를 들고 있는 도연이 잡혔다.

"아, 깜짝이야!"

언제 코피를 뚝뚝 흘렸냐는 듯 말간 얼굴을 한 도연이 식탁 앞에 앉아 방울토마토를 입안에 넣고 있었다. 그가 본 것만으로도 벌써 세 개째였다.

"배고파."

덜 마른 머리에서 물이 뚝뚝 떨어졌다. 서준은 짜증스런 표정으로 그녀의 머리카락을 삿대질했다.

"물기 좀 다 닦고 와. 바닥에 떨어지잖아."

"물이라서 괜찮아."

"물이니까 닦으라는 건데 무슨 말이야."

"말라."

방울토마토는 포기하자. 재빠르게 결정을 내린 서준이 고개를 저으며 뒤로 돌았다.

"배고파."

"어쩌라고."

서준은 미리 만들어 놓았던 소스를 그릇에 흩뿌리며 도연의 투정에 심드렁히 대꾸했다.

"뭐 좀 해 봐. 풀떼기 같은 거 말고."

"알아서 사 먹어."

"밥 먹고 싶어."

서준은 대답 없이 샐러드를 만드는 데 집중했다.

"아, 코가 너무 아프네. 피곤한데 피까지 쏟아서 어지럽고."

합의금이나 보험금을 타려는 나이롱환자처럼 도연이 능글대자 서준은 입을 꾹 다물었다.

"고소 안 할게."

"차라리 고소를 해."

잠깐의 정적 끝에 의자 다리가 뒤로 빠지는 소리가 났다. 서준은 윤기 나는 샐러드 위에 마지막으로 파르메산 치즈 가루를 뿌렸다.

"너 주방 다 쓰면 치워 놔. 나 뭐라도 만들어 먹게."

도연이 일어나는 것보다 서준이 그녀 앞에 그릇을 놓는 행동이 더 빨랐다. 엉거주춤하게 엉덩이를 뗀 도연에게 그가 한 글자 한 글자 씹어 뱉듯 말했다.

"밥, 뭐, 어떤 거."

"쌀밥에 계란찜. 그리고 이거."

도연의 손가락이 가리킨 것은 그가 사 온 것 중 가장 비싼 소고기였다.

그녀는 얄궂게 웃으며 마지막 남은 방울토마토를 입안에 넣었다. 볼록해진 볼만큼 옆으로 씩 올라간 입꼬리가 서준의 심기를 건드렸다.

"아님 내가 할까?"

서준은 도연의 어깨 한쪽을 잡아 눌러 앉혔다. 도연은 보란 듯이 소고기를 가리켰던 손가락으로 자신의 코를 가볍게 치며 입을 뗐다.

"빨리해."

나긋한 목소리를 듣는 그의 미간에 주름이 깊어졌다.

도연이 국과수로 넘기겠다던 아보카도는 샐러드로 요리되어 그녀의 앞에 놓여 있었다. 도연은 젓가락으로 그릇 끝을 쭉 밀어내 자신의 앞에서 치웠다.

"풀은 안 먹어."

"너 채소 안 먹어서 성격이 더 그 모양인 거야."

"응."

서준이 맞은편에 앉으며 혀를 찼지만 도연은 아무렇지도 않다는 듯 밥을 한 숟가락 크게 떠먹었다. 양 볼이 제자리를 찾을 새도 없었다. 음식을 밀어 넣느라 그녀의 손이 쉬지 않고 움직였다.

그릇 한쪽에 씨겨자를 한 스푼 덜어 낸 서준이 고기를 조 그맣게 썰며 그녀를 바라보았다.

"밥 안 먹었냐?"

꽤 많은 양을 펐다고 생각했는데 밥그릇은 벌써 반이나 비워져 있었다. 도연이 짧게 고개를 끄덕이자 그의 눈이 가늘어졌다.

"잠도 못 잤냐?"

"잘 자고 잘 먹었으면 현관에 쓰러져 있다가 너한테 밥 달라고 하겠냐."

"그냥 못 잤다고 하면 될 걸 가지고."

조금이나마 생기려던 동정심이 싹 잘려 나갔다. 서준은 손톱만 하게 썬 고기를 천천히 씹은 뒤에 와인을 한 모금 마셨다.

"아까 아빠한테 전화해 놨어. 점심 지나고 간다고 했고."

"응."

"전시 준비는 다 끝났어?"

"저녁까지 붙잡고 있어야 할 줄 알았는데 생각보다 빨리 끝났어. 월요일에 최종 점검만 하면 돼."

"내일 2시까지 준비해. 그쯤엔 가야 될⋯⋯."

무심하게 읊조리던 서준이 뚝 말을 멈췄다. 예고도 없이 잠잠해지자 도연이 밥을 먹다 말고 그를 바라보았다.

"그쯤엔 가야 된다고?"

서준은 포크와 나이프를 접시에 내려놓으며 그녀와 눈을 마주쳤다.

"내가 왜 너랑 차분하게 얘기하고 있는 거지?"

진짜 부부라도 된 것처럼.

가까스로 뒷말을 잘라 낸 서준은 눈을 찡그렸다. 차분함을 넘어 안정적이기까지 한 이 분위기가 낯설었다.

그제야 그는 도연과 마주 보고 앉아 갈등 없이 식사하는 것 자체가 처음이라는 사실을 깨달았다. 스멀스멀 올라오는 어색함을 참지 못하고 와인을 한 번에 쭉 들이켰다.

서준은 빈 잔을 놓으며 도연을 바라보았다. 그녀는 어색해 보이지도, 낯설어 보이지도 않았다. 제가 느끼고 있는 오묘한 심경을 알아챌 리는 당연히 없었다. 오직 밥그릇을 비우는 데에 집중하고 있는 도연을 보며 씁쓸한 입안을 혀로 훑었다.

멱살잡이가 기본이어야 할 순간이 지나치게 정적이었다. 서준은 생소한 분위기를 견디지 못하고 자신의 그릇을 도연에게로 밀며 입을 뗐다.

"너 다 먹어라. 뒷정리는 네가 해."

도연을 등진 그가 미묘해진 얼굴로 방에 돌아갔다. 곧장 침대에 누운 서준은 천장을 뚫어지게 바라보며 조금 전 상황을 되새겼다.

"며칠 안 보다가 오랜만에 봐서 좀 누그러졌나."

고작 몇 마디, 평범하게 주고받았던 대화는 그에게 지울 수 없는 낯선 기분과 의문을 남겼다.

도연은 오랜만에 온 서준의 본가를 여기저기 둘러보았다.

"마당이 비어 보이네."

안주인이었던 미선은 한 회장이 죽은 지 3년째 되던 날 지병으로 생을 마감했다. 2년 전 일이었다. 자신의 의지로 치료를 멈춘 그녀는 태범과 서준, 그리고 도연이 보는 앞에서 눈을 감았다. '제사 두 번 안 지내서 좋겠구나'가 그녀의 마지막 말이었다. 눈을 감는 순간까지 그녀다웠다고 도연은 생각했다.

안주인의 공백은 마당에서부터 드러났다. 미선의 간병을 자처했던 정아 역시 그녀가 눈을 감은 뒤로 이 집을 떠났기에 마당에는 잡초만이 존재감을 과시했다.

"여기에 항상 장미가 있었는데."

도연은 씁쓸하게 웃었다. 미선이 지병으로 앓아눕기 전에는 자신의 집보다 더 정을 붙였던 곳이었다.

미선, 그리고 정아와 함께 계절이 바뀔 때마다 곳곳에 꽃을 심으며 봄을 맞이하고 여름을 견디고, 가을을 누비고 겨울을 보냈었다.

미선은 도연에게 퍽 다정했고, 그녀 역시 친할머니 대하는 것처럼 사근사근하게 행동했다. 서준이 둘의 사이를 질투할 정도로.

"저건 아직도 있잖아."

도연은 그의 목소리에 고개를 따라 움직였다. 도연이 미선의 마음을 얻었던 그날, 이 집 마당에 자신의 손으로 직접 삽목했던 팥꽃나무가 울창하게 자라 자리를 지키고 있었다.

"조팝나무였나."

"팥꽃나무야. 멍청아."

도연은 추억의 아련함을 한 번에 산산조각 내는 서준을 못마땅하게 쳐다보았다. 그녀의 잔잔한 슬픔을 짜증으로 바꾼 그는 흐드러지게 핀 보라색 꽃잎들을 바라보며 어깨를 으쓱일 뿐이었다.

"어떻게 팥꽃 두 글자를 10년 동안 못 외울 수가 있냐."

"관심이 없으니까."

"쫓아다니긴 엄청 쫓아다녀 놓고. 하나쯤은 주워들었을 건데."

서준은 세 사람이 마당에서 꽃을 심을 때마다 괜히 쫓아와서 투정을 부리곤 했다. 봄에는 졸리다고, 여름엔 덥다고, 또 가을에는 벌레가 많고, 겨울엔 춥다고. 부르지도 않았는데 왜 따라 나와 투정이냐며 미선에게 호되게 한마디씩 듣는 것이 정해진 수순이었다.

"너 예전에 여기서 나한테 했던 짓 기억나?"

뜬금없는 그의 질문에 도연이 고개를 저었다.

"내가 뭘."

"나 막 군대 휴가 나왔을 때, 여름에."

휴가, 여름. 두 단어를 번갈아 가며 곰곰이 생각하던 도연이 아, 하고 소리를 냈다.

"내 얼굴에 꽃씨 뿌리면서 놀렸잖아."

서준이 막 휴가를 나왔던 7월 말, 새까맣게 타서 돌아온 그의 얼굴에 꽃씨를 뿌리던 도연은 무슨 짓이냐고 성질을 내는 서준에게 대답했었다.

"너무 까매서 여기가 땅인 줄."

웃음을 참지 못한 미선과 정아, 그리고 버럭 화를 내던 서준. 그 사이에서 설핏 웃었던 자신이 생각나 도연은 입꼬리를 올렸다.

"그날 생각하면 너……."

아직도 뒤끝이 남은 서준이 뭐라고 탁 쏘아붙이려던 순간, 현관이 벌컥 열리며 지혁이 나왔다.

"오셨습니까."

그의 등장에 두 사람은 누가 먼저랄 것도 없이 표정을 가

다듬었다.

도연이 먼저 고개를 꾸벅 숙이며 인사했다.

"안녕하셨어요."

"대문 열린 지 한참 됐는데 안 들어오셔서요."

"마당 둘러보면서 얘기 좀 하느라고요."

지혁은 옆으로 비켜서며 안을 향해 손짓했다.

"들어오세요."

옷매무새를 정돈한 도연과 서준이 나란히 계단을 올랐다.

제사상은 단출했다. '제사 음식은 죽은 사람이 생전 좋아했던 음식 하나면 충분하다' 하고 누누이 말했던 한 회장과 미선의 말을 따라 두 사람이 즐겼던 음식으로 간소하게 차려졌다.

"오랜만에 보는데 이렇게 다시 볼 줄은 몰랐네요."

도연은 기일에 맞춰 서울로 올라온 정아를 보며 살갑게 웃었다.

"두 분이 결혼을 할 줄은……."

"사람 일은 모른다잖아요."

아직도 놀란 마음을 추스르지 못한 정아에게 도연은 잔망스럽게 웃으며 대꾸했다.

"회장님이랑 사모님 계셨으면 정말 좋아하셨을 텐데. 도연 학생을 정말 예뻐했잖아요."

"아마 반대하시지 않았을까요?"

도연의 말에 의외라는 듯 정아가 되물었다.

"왜요?"

물은 사람은 한 명이었으나 듣는 귀는 넷이었다. 뒤편에 서서 관심 없는 척 귀를 쫑긋거리는 서준과 대놓고 대답을 기다리는 지혁, 그리고 막 주방에서 나오는 태범까지 쭉 둘러보던 도연이 나직이 대답했다.

"분명 제가 아깝다고 하셨을걸요. 더 좋은 사람 만나라고."

서준을 제외한 나머지 세 사람이 동시에 웃음을 터트렸다.

"뭐야. 이게 왜 웃긴 얘기예요."

"너무 맞는 말이니까 웃지."

태범은 가까스로 웃음을 거두고 제사상 앞으로 걸어왔다. 그가 마지막으로 놓은 것은 미선이 가장 좋아했던 모두부였다.

젊은 시절 불효를 갚으려는 마음으로, 태범은 두 사람의 기일이 될 때마다 직접 음식을 해 상을 차렸다. 마지막으로 한 회장이 즐겨 피웠던 담배 한 개비를 그의 사진 앞에 두며 태범이 자리를 잡고 앉았다.

한 회장은 생전 '절도 하지 마라. 니들이 언제 나한테 예의 차린 적 있었냐' 하는 말로 제사 치레를 거부했다.

둘의 기일에 다섯이 도란도란 앉아 이야기를 나누는 것도 벌써 몇 년째였다. 하나 다른 점이 있다면, 제사상 앞에서까지 투덕거렸던 서준과 도연이 부부로 묶여 얌전히 앉아 있다는 것이었다.

"도연 학생까지 이제 가족이 되었네요."

정아는 내심 감격하는 눈치였다. 도연은 그런 정아를 향해 입을 뗐다.

"이제 그냥 도연이라고 해 주세요. 학교 졸업한 지가 몇 년째인데요."

"맞아요. 아주머니가 계속 학생이라고 하니까 아직도 자기가 젊……."

본능적으로 툭 튀어나오려던 빈정이 그의 허리를 꼬집은 도연의 손길에 의해 틀어 막혔다. 서준은 비명도 지르지 못하고 황급히 말을 돌렸다.

"젊……은 줄 알고 무리해서 일해요. 이번 주에도 전시 준비하느라 3일 반나절을 잠도 못 자고 일했거든요."

서준은 자신의 순발력에 기립 박수를 치고 싶은 심정이었다. 도연은 그에게 바통을 넘겨받듯 재빠르게 입을 뗐다.

"도연이라고 하세요. 아주머니도 우리 가족이나 다름없는데요."

"아유, 그래도 도연 학생이 입에 붙어서."

도연은 그의 허리를 꼬집고 있던 손가락을 풀며 입꼬리를 올렸다.

"편하게 해 주세요. 그래야 저도 좋아요."

"그래. 그럼 도연이라고, 편하게."

"말도 놓으시고요."

정아가 고개를 끄덕이곤 웃었다. 흐뭇하게 지켜보던 태범이 무언가 생각난 듯 도연을 향해 말했다.

"전시 준비가 많이 힘들었나 보구나."

"이번에 전시하는 작품들이 까다로워서 설치하는데 애를 좀 먹었어요. 다행히 어제 점심 지나고부터 빠르게 진행돼서 이제 괜찮아요."

"3일이나 잠도 제대로 못 자고, 집에도 못 들어갔다던데."

"총 책임자라 자리를 비울 수가 없어서요. 그래도 밥은 잘 먹었어요."

잘 먹기는 개뿔, 힘아리도 없어서 현관에 기절해 있던 주제에.

서준은 간질간질한 입을 꾹 다물었다.

"가정부도 2주나 못 나온다면서. 우리 가정부 아주머니 잠깐 보내 줄까?"

냉큼 대답하려는 서준의 어깨를 잡으며 도연이 대답했다.

"아니요. 괜찮아요."

뭐야. 왜 아니야.

서준은 반박도 못 하고 입을 벙긋거리며 그녀를 바라보았다. 도연은 꿍꿍이가 있는 얼굴이었다. 해맑게 번지는 그녀의 미소에 서준은 불길함을 느꼈다. 그리고 그 불길함은 불행으로 돌아왔다.

"서준이가 요리를 잘하잖아요. 어지간한 음식은 할 줄 알아서 걱정 없어요. 청소도 저희 둘이 나눠서 하면 되고요."

가증스러운 도연의 말에 '야' 소리가 절로 나올 뻔했다. 방바닥이 안 보일 정도로 어지르는 데만 선수인 주제에.

그녀와 한집에서 지내는 동안 무언가를 치우고 있는 행위는커녕 시늉하는 것도 본 적이 없었다. 서준은 최대한 침착함을 유지하며 도연의 팔을 살며시 쥐었다.

"그래도 서로 바쁜데 도와주시는 분 있으면……."

팔을 잡은 그의 손 위로 도연이 손을 겹쳤다.

"저희 잘 지내고 있어요. 다음 주 지나면 가정부 아주머니도 다시 오실 거니까 너무 걱정 마세요."

서준은 손등 위로 따끔한 고통이 느껴져 입을 다물었다.

"그래. 생각보다 둘이 잘 지내고 있어서 다행이다."

서준은 도연의 팔을 붙잡고 있던 손에 힘을 뺐다. 바닥으로 힘없이 떨어진 그의 손등에 선명한 손톱자국이 새겨져 있었다.

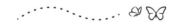

"서준이 네 방 치워 놨으니 자고 가라."

"······네?"

"이왕 결혼했으니 정말 부부처럼 지냈으면 좋겠다. 서로 데면데면한 게 이어지면 밖에서도 티가 나는 법이야."

서준과 도연은 싫어 죽겠다는 얼굴로 서로를 흘겨보았지만, 태범의 고집을 꺾을 재간은 없었다.

"한 이불 덮고 자라는 말까지는 안 할 테니까, 자고 가라."

결국 두 사람은 현관 대신 2층으로 올라갈 수밖에 없었다.

"이 방도 오랜만이긴 하네."

서준의 방에 들어온 도연은 팔짱을 끼고 서서 주변을 크게 둘러보았다.

서준은 문을 닫기 전에 누가 있는지 없는지 복도를 꼼꼼하게 둘러보며 확인했다. 다행히 2층을 오가는 사람은 없었다. 그가 안심한 얼굴로 문을 닫았다.

"아까 왜 그랬어?"

따지는 듯한 그의 어투에 도연의 고개가 돌아갔다.

"뭐가?"

"가정부. 일주일만이라도 오시면 좋잖아. 이번 주는 네가 집에 없어서 그나마 다행이었지만, 다음 주부터는 네 방 개 판일 텐데, 넌 청소도 안 할 거고."

도연은 혀를 차며 삐딱하게 선 자세만큼이나 삐딱한 어조로 말했다.

"생각을 좀 해 봐."

"무슨 생각을."

"내가 왜 굳이 가정부를 따로 구했는지. 니네 집에서 오거나, 우리 집에서 가정부 아주머니 왔으면 너랑 내 일거수일투족 다 보고될 거 아냐. 감시당하면서 살기 싫어."

서준이 저도 모르게 탄성을 터트리자 도연은 혀를 쯧쯧 찼다.

"둔하기는. 최대한 집안 사람들이랑 접촉을 피할 생각을 해야지."

"그래. 너 잘났다."

도연은 당연하다는 얼굴로 방 안을 훑어보았다. 그녀의 시선이 책상 옆 책장에 멈췄다.

"무슨 책장에 책 한 권이 없냐."

"그 집에 들여다 놨잖아. 책장에 있는 건 책 아니고 벽돌인 줄 알았어?"

"아, 한 번도 안 펴 봐서 엄청 깨끗한 그 책들? 너무 새것이라 인테리어 용품인 줄 알았지."

약이 바짝 오른 서준을 등진 도연이 고개를 위로 젖혔다.

"쥐콩만 한 레고는 여기도 있네."

"나……."

서준은 고개를 절레절레 저으며 나노 블록이라고 정정하기를 포기했다. 서준은 셔츠 목 단추를 풀며 익숙한 걸음걸이로 방 안과 이어진 화장실 문을 열었다.

이 방을 비운 지도 몇 주가 지났지만 마치 어제도 이곳에서 씻고 잤던 것처럼 사람의 손길이 깃들어 있었다.

"계속 청소하셨나 보네."

서준은 옷장을 뒤적여 잠옷으로 입을 만한 것을 꺼내고, 다른 티셔츠와 고무줄 바지를 꺼내 도연에게 건넸다.

"넌 복도 화장실에서 씻고 와."

도연은 침대 옆에 비치된 의자에 앉아 창밖을 멍하니 바라보고 있었다. 서준은 들은 체도 하지 않는 그녀를 향해 다시 한번 말했다.

"씻고 오라고."

"아, 귀찮은데."

나른하게 내뱉은 도연이 의자에서 일어나 슬금슬금 침대로 향했다. 서준은 불길한 눈으로 그녀를 바라보았다.

"야. 설마 그러고 누우려는 거 아니지? 내 침대에."

"설마 이러고 누우려는 건데. 네 침대에."

"안 돼!"

서준은 침대에 엉덩이를 걸치려는 도연에게 다급히 다가갔다. 도연의 상체가 뒤로 넘어가기 직전 그가 그녀의 팔을 잡았다.

"씻어."

"화장 지우는 게 얼마나 귀찮은지 알아? 리무버로 닦아야 되지, 클렌징 워터로 또 닦아야 되지, 그다음에는 거품 내서 세수해야 되지. 그거 다 하면 샤워도 하고 머리도 감고, 또 말려야 되고……."

"힘으로 일으킨다."

"얼마나 귀찮은데."

"귀찮은 게 아니라 당연한 거야."

"명온 전자에서 왜 클렌징 대신해 주는 기계는 안 만들었을까."

진심으로 안타깝다는 듯 말한 도연이 무게 중심을 뒤로 두었다. 고개부터 넘어가는 그녀의 몸을 침대에 눕히지 않기 위해 서준이 팔을 붙잡은 손에 힘을 가했다.

"누워도 씻고 누우라고!"

순간적인 서준의 손힘에 도연의 몸이 침대에서 튕겨 나가듯 앞으로 당겨졌다.

새하얀 침대 시트에서 그녀의 엉덩이가 떨어져 나가 안도한 것도 잠시, 코앞까지 다가온 도연의 얼굴에 놀란 그가 붙잡고 있던 손을 풀었다.

"야, 잠깐!"

자신에게로 기울어져 오는 도연을 막기 위해 그녀의 어깨를 다급히 붙잡았지만 이미 늦은 뒤였다.

"악!"

둔탁한 소리와 함께 서준의 몸이 바닥에 쓰러졌다. 바닥에 깔린 카펫이 아니었다면 뇌진탕에 걸렸을 법한 충격이었다.

허리와 골반에서 느껴지는 통증보다 몸을 짓누르는 무게가 더 고통스러웠다. 자신의 어깨를 짓누르다시피 하는 도연을 잡았을 때, 밖에서 똑똑 문을 두드리는 소리가 들렸다.

"본부장님, 가기 전에 인사……."

벌컥 열린 문틈으로 서준이 본 것은 남자의 발이었다. 흔들리는 그의 눈이 차츰 위로 향했다.

평소답지 않게 당황한 지혁과 눈이 마주친 순간, 도연이 땅바닥에 부딪힌 이마를 손으로 짚으며 겨우 몸을 일으켰다. 그것도 서준의 배 위에서.

"아니, 저기, 이건."

상황을 파악한 도연이 허둥지둥하며 서준의 몸 옆으로 비켜 쓰러졌다. 둘이 바닥에서 어쩔 줄 몰라 하는 사이에 지혁은 빠르게 문을 닫았다.

"죄송합니다."

이유를 알 수 없는 사과와 함께.

"이거는, 그……!"

쿵. 다급한 서준의 목소리가 닫힌 문에 튕겨 나갔다.

서준이 허망한 얼굴로 문을 바라보는 사이 도연은 손등으로 이마를 문지르며 그를 원망스럽게 흘겨보았다. 얼마나 아팠는지 눈에 눈물까지 맺혀 있었다.

"야. 너 내 이마에서 쾅 소리 난 거 들었어, 못 들었어."

"지금 내 속이 부글부글 끓는 소리는 안 들리나 보네."

서준이 이를 악물며 대꾸하자 도연은 머리를 감싸 쥐며 투덜거렸다.

"아, 아파 죽겠네."

서준은 일어날 생각조차 하지 못하고 두 손을 들어 얼굴을 가렸다. 처음 보는 지혁의 당황한 얼굴이 뇌리에 박혀 사라지질 않았다. 이미 다 알고 있다는 얼굴로 조용히 문을 닫는 마지막 모습까지. 참담함을 숨기지 못한 그가 앓는 소리를 냈다.

"누워도 씻고 누우라고 네가 말했다."

"뭐?"

그가 상체를 일으켰을 때 도연은 어느새 티셔츠와 바지를 집고 있었다. 조그만 등을 바라보던 서준은 무언가를 곱씹듯 생각하다 이내 헉하고 숨을 들이켰다.

"그런 말이 아니라……!"

"나 씻는다."

돌아선 도연은 무심한 얼굴로 소매 단추를 풀었다. 이 자리에서 단추를 툭툭 푸는 그녀의 대담함에 지레 놀란 서준이 다시 손으로 얼굴을 가렸다.

"야, 너 여기 말고 밖에 화장실 가서……."

탁. 문이 닫히는 소리에 손을 아래로 내린 서준은 얼마 지나지 않아 바닥에 드러누웠다.

사람이 너무 약이 오르면 머리가 핑 돈다고 하더니.

"아, 진짜. 서도여언."

혹시나 누군가 들을까. 억누른 소리를 내며 두 팔과 다리를 들어 허공을 향해 휘저었다.

복도 끝에 있는 화장실에서 샤워를 한 서준은 머리까지 바짝 말린 뒤에야 방으로 돌아왔다. 혹시나 싶어 2층에 있는 남은 방들의 문을 당겨 보았지만 모조리 잠겨 있었다.

한 이불 덮는 것까지는 바라지 않는다더니. 부부로서 정붙이고 살길 바라는 아버지의 계략을 알면서도 피할 수 없어 그는 한숨을 쉬었다.

그의 예상대로 도연은 침대 위에 앉아 있었다. 침대 머리맡에 크게 난 창문을 활짝 열고 창틀에 팔을 기댄 채였다. 문이 닫히는 소리에도 뒤를 돌아보지 않았다.

"문 닫아. 모기 들어와."

창밖에서 불어온 선선한 바람이 도연의 머리카락을 스치고 서준에게로 다가왔다. 그녀에게서 묻어나는 똑같은 샴푸 향에 서준은 고개를 흔들었다.

"괜히 이상하네."

팔에 머리를 기대고 있던 도연이 고개를 돌렸다.

"뭐가?"

"……됐다."

서준은 대충 얼버무리며 보기만 해도 폭신한 침대를 아련

하게 바라보았다. 그 위에 앉아 있는 도연을 잡아끌고 싶었
지만 그의 손에 붙들려 오는 것은 베개 하나가 전부였다.

서준이 바닥에 베개를 베고 눕자 도연이 의아한 표정으로
곁눈질했다.

"여기서 자게?"

"내 방인데, 뭐."

"미쳤네. 나가서 자."

다른 방문은 다 잠겨 있다고 말하려던 서준이 눈을 가늘게
떴다. 바닥이 딱딱해서 허리가 배겼지만, 그는 최대한 여유
로운 얼굴을 하고 물었다.

"왜?"

서준이 입꼬리를 말며 올려다보자 그녀는 꽤나 황당하다
는 표정을 짓고 있었다.

"왜냐니. 당연히 각방……."

"우리 사이 잊었어? 결혼했잖아."

"야, 한서준."

당황한 기색이 역력한 도연의 얼굴을 보는 것이 즐거웠다.
서준은 씩 웃으며 말을 이었다.

"막상 한 방에 있으려니까 떨려?"

도연의 턱이 아래로 차츰 벌어졌다.

"둘이 있으니까 긴장돼?"

평소답지 않게 그녀의 표정이 시시각각 변하자 서준은 속

으로 쾌재를 불렀다. 드디어 한 방 먹였네, 속으로 생각하며 더 여유를 부렸다.

"침대까지 양보해 줬으니까 고맙다고 하고 자라."

말은 그렇게 했지만 정말로 이 방에서 도연과 밤을 지낼 작정은 아니었다. 어쩔 줄 몰라 하는 그녀의 반응을 조금만 더 즐기다가 별채라도 갈 작정이었다.

"야."

그녀가 낮게 읊조리자 서준은 자는 척하며 웃음을 꾹 참았다. 그러나 즐거움은 오래 가지 못했다. 나름 한 방 먹였다며 즐거워했던 그의 상대는 서도연이었다.

"그래, 그럼. 침대 고맙다."

도연은 그가 생각하는 것보다 훨씬 더 뻔뻔했다.

달각. 창문이 닫히는 소리에 서준은 눈을 떴다. 그의 시선 속에서 이불이 오르락내리락 움직였다. 조금 전 자신이 한 말 때문에 뭐라 말도 못 하고 입을 달싹였다.

"네가 불 좀 꺼."

도연은 얄밉게도 침대 한가운데 누워 형광등 스위치를 가리키곤 포근한 이불 위로 두 손을 가지런히 모았다.

뻔뻔한 계집애. 오기 부리기 세계 대회에서 1등 할 계집 애. 그가 속으로 중얼거리며 무릎으로 바닥을 걸어갔다. 도연이 뻔뻔하게 누워 있으니 그 역시 오기가 발동했다.

방 안의 불을 끈 그가 불편함과 어색함을 무릅쓰고 바닥에 누웠다.

조용히 눈을 감으니 작은 소리도 선명하게 들렸다. 색색하는 숨소리에 서준은 몸을 뒤척였다. 눈을 질끈 감았다가 번쩍 뜨기를 반복하며 반대쪽으로 몸을 돌렸다. 둥글게 몸을 말은 그가 죄 없는 베개를 손으로 팡팡 두드렸다.

"시끄러."

"아 씨, 깜짝이야."

서준은 어둠 속을 가로지르며 흘러나온 도연의 목소리에 놀라 가슴 위로 손을 올렸다. 침대 위에서 부스럭거리는 소리가 나자 신경이 자동으로 곤두섰다.

"너 왜 그거 다 없앴어?"

뜬금없는 도연의 질문에 서준은 다시 천장을 향해 똑바로 누우며 대꾸했다.

"그거가 뭔데."

"천장에 붙여 놨던 거. 불 끄면 보이던."

"야광 스티커도 생각 안 나서 구구절절 얘기하냐."

"팥꽃을 10년이 다 되어 가도록 조팝이라고 하는 너보단 낫지."

특정 단어를 세게 말한 도연을 향해 서준이 고개를 치켜들었다.

"너 지금 발음 일부러 그랬지."

"뭐, 조팝?"

168

"야."

그가 말을 덧붙일 새도 없이 도연이 화제를 전환했다.

"아무튼, 그거 왜 없앴냐고."

서준은 따지는 것을 관두고 베개에 머리를 뉘었다.

"새로 붙일 시간이 없어서 더 안 붙인 거지."

흐음, 도연의 숨소리가 천장에 닿을 듯이 길게 퍼져 나갔다.

"네 방에서 그나마 볼만한 거였는데."

"그래. 네가 그거 보겠다는 핑계로 계속 불 껐다 켰잖아. 하필 나 채점하고 있을 때만 골라서."

깜박이는 불빛에 참다못한 서준이 사 두었던 야광 스티커를 한 움큼 쥐어 그녀의 가방에 넣어 줄 정도였다. '네 방에 붙여 놓고 실컷 봐!' 하며 소리를 질렀던 게 엊그제 같은데, 햇수로 세어 보면 오래전의 얘기였다.

"내가 준 거 다 어디다 뒀어? 붙이지도 않았더만."

그녀에게 준 야광 스티커는 그 이후 종적을 감췄다. 과외 장소를 도연의 집으로 옮긴 이후로 몇 번이나 보았던 그 방에선 스티커의 시옷도 보이지 않았다.

"그냥, 어디."

심심한 대답이었다.

"네가 그럼 그렇지."

아끼던 거였는데. 뒷말을 덧붙인 서준은 침대 위에서 부스

럭거리며 일어나는 검은 형체를 따라 눈동자를 굴렸다.

검은 형체가 침대 끝으로 움직여 창문 가까이로 다가가자 노르스름한 색으로 변했다. 그녀는 방금 전처럼 창문을 활짝 열었다.

"모기 들어와."

도연은 서준의 말을 무시한 채 창틀에 팔을 기댔다. 턱을 괸 그녀가 바깥 너머로 시선을 둔 채 입을 달싹였다.

"장미가 없는 게 아쉽다."

선선히 바람이 불었다. 서준은 몸을 돌아누워 도연을 빤히 바라보았다. 반쯤 드러난 얼굴엔 은은한 미소가 걸려 있었다. 목 아래를 가리고 있던 이불이 아래로 떨어지자 동그란 어깨로 드리워진 머리카락이 바람에 나부꼈다.

한참 밖을 바라보고 있던 도연은 그의 시선을 느낀 듯 살짝 고개를 돌렸다. 노랗게 비치는 그녀의 얼굴이 완전히 드러났다.

"뭘 그렇게 봐. 새삼 예뻐?"

뻔뻔하게 묻는 도연을 멀거니 보던 그가 느긋하게 말했다.

"미친 것 같은데."

파삭 구겨지는 도연의 얼굴에 아랑곳 않고 서준이 그녀에게 손짓했다.

"머리카락 좀 묶어."

"너는 참…… 이 좋은 풍경 보고 자란 것 치고는 감수성이 현저하게 낮다."

"내 감수성을 10년 동안 갉아 먹은 당사자가 할 말은 아니
지."

도연은 머리카락을 귀 뒤로 넘기며 말을 이었다.

"솔직히 지금은 엄청 청순하잖아."

"아니. 처녀 귀신 같은데."

"그건 네 뒤에 있는 거고."

"아아, 진짜!"

서준은 파랗게 질린 얼굴로 단숨에 일어섰다. 침대 앞에
서서 오만상을 찌푸리는 그를 보며 도연이 턱짓했다.

"돌아봐. 저기 있네."

"하지 마라, 진짜."

서준은 바닥에 눕기는커녕 앉지도 못하고 제자리에서 발
을 동동 굴렀다. 장난인 줄 알면서도 머리는 정면을 향한 채
로 움직이지 못했다. 순식간에 이마와 목덜미에 땀이 주륵
흘렀다. 자신의 어깨너머로 시선을 두는 도연에게 방방 뛰며
말했다.

"어딜 자꾸 봐아!"

"깜짝이야. 왜 소리를 질러!"

"지금 안 지르게 생겼냐고……."

겁에 질린 목소리가 파르르 떨렸다. 말끝을 길게 늘려 말
하는 그를 보며 도연이 혀를 찼다.

"몇 살이냐."

"넌 몇 살인데 이딴 장난을 해?"

도연은 부러 목소리를 낮춰 음울하게 말했다.

"난 장난 아닌데. 진짜 있어."

서준은 그 자리에서 펄쩍 뛰었다.

"아, 좀!"

"이렇게 겁이 많아서 밤길은 어떻게 혼자 다니나 몰라."

"너 말하지 마."

"내 맘……."

"한마디도 하지 말고 있어라."

서준은 숨을 한 번 크게 내쉬고 도연의 얼굴에 눈을 고정했다. 목을 빳빳하게 세운 그가 고장 난 로봇처럼 삐걱거리며 찔끔찔끔 움직였다. 벽에 다다라서 어딘가에 있을 스위치를 찾아 손을 더듬거렸다.

"뒤!"

갑작스런 도연의 외침에 서준은 혼비백산하며 앞으로 내달렸다. 손을 위로 흔들며 정체 모를 몸짓으로 쿵쾅거리더니 앞으로 고꾸라졌다.

"뭐 하냐."

그가 고꾸라져 엎어진 곳은 침대 위였다. 끄트머리에 겨우 무릎을 꿇고 앉은 그가 이불에 얼굴을 박은 채 숨을 몰아쉬었다.

머리 위로 내려앉는 도연의 나직한 웃음소리가 그의 가슴을 진정시켜 주고 있었다.

서준은 이불에 얼굴을 묻은 채 웅얼거렸다.

"너 이거 이혼 사유감이야."

"나중에 사유 적을 때 꼭 써라. 이름 란에는 한쪽보라고 쓰고."

도연이 이불을 걷으며 바닥으로 발을 내딛자 서준이 다급하게 그녀의 팔을 붙잡았다.

"뭐야? 어디 가?"

도연은 잡힌 팔을 빼내며 말했다.

"뭐가 뭐야. 내가 옆 방 가서 잘 테니까 내일 아침 7시쯤에……."

그대로 걸어 나가려던 도연은 자신을 잡아끄는 힘에 이끌려 말을 잇지 못하고 도로 침대 위에 앉았다.

"그렇게 무서워?"

"네가 이상한 거야. 장난도 어떻게 그렇게 치는데."

"누누이 말하지만 장난 아니라니까."

아아아. 서준의 입에서 곡소리가 나왔다. 넓은 침대의 가운데로 빠르게 이동한 서준은 도연의 팔을 놓지 않았다. 함께 침대 가운데로 끌려 들어간 그녀가 헛웃음을 터트리자 서준이 원망스럽게 쳐다봤다.

"너 일부러 그랬지."

"당연하지."

서준이 발버둥 치는 사이 도연은 구석에 뭉뚱그려져 있는 이불을 끌고 와 그의 몸 위로 덮어 주었다.

"이거 둘둘 말고 자든지 말든지."

"······봐."

이불 속에 파묻혀 그의 목소리가 잘 들리지 않았다. 도연은 소라게처럼 들어가 있는 서준을 보며 물었다.

"뭘 봐?"

"뭘 보는 게 아니라 있어 보라고."

낮은 웃음소리에 자존심이 긁히면서도 서준은 그녀의 팔을 놓을 수 없었다.

"너 때문이잖아."

"귀신 얘기를 누가 먼저 꺼냈는데."

도연이 그대로 침대에 드러눕자 서준은 최대한 멀찍이 물러서며 팔을 잡고 있던 손에 힘을 풀었다.

"그러고 밤새울 거야?"

도연이 타박하자 서준은 몸을 칭칭 감고 있던 이불을 풀어 냈다. 도연의 몸 위로 이불을 던진 그가 최대한 끝에 누웠다. 침대가 한참 넓은 것에 감사하며 마음을 가라앉히기 위해 숨을 천천히 내쉬었다.

"눈 감고 양이나 세."

평소 같으면 왜 명령하냐고 버럭 했을 그녀의 말투에도,

서준은 순한 양처럼 눈을 감고 입을 달싹였다.

"양 한 마리, 양 두 마리, 양 세 마리……."

서준이 눈을 뜬 것은 오전 10시가 다 되어서였다. 평소보다 두어 시간이나 늦은 기상이었다. 도연이 귀신 얘기를 하는 바람에, 혹은 그녀와 한 침대에 눕게 된 바람에 오던 잠도다 도망갔다고 생각했는데, 양 2백 몇 마리를 센 이후부터기억이 없었다.

서준은 상체를 일으켜 앉아 습관처럼 스트레칭을 하며 텅빈 옆자리를 바라봤다. 언제부터 도연이 없었는지 짐작조차되지 않았다.

그는 이부자리를 정돈하고 어제 생난리를 치느라 바닥에 널브러트린 가방을 한쪽에 치운 뒤 마지막으로 침대 옆에 있던 의자의 각을 원래대로 돌려놓았다.

창문을 통해 강한 햇살이 깃들어 서준은 한쪽 눈을 찡그렸다. 환기도 시킬 겸 창문을 활짝 연 그는 말갛게 물든 푸른하늘을 바라보다 점차 아래로 시선을 내렸다. 초록색 잔디가무성한 마당에 철퍼 앉아 있는 도연의 머리가 시야에 들어왔다.

서준은 창틀에 팔을 대고 바짝 붙어 섰다. 그녀의 주변에는 색색의 장미들이 줄기 채로 쌓여 있었다.

"어제부터 노래를 부르더니."

아마 동이 트기도 전에 꽃 시장에 나가 장미의 씨를 말릴 기세로 쓸어 온 게 분명했다.

그녀의 우악스러운 손에 뒷덜미가 잡혀 몇 번 끌려갔었던, 향수보다 더 진한 꽃향기와 풀 냄새가 진동하던 시장을 떠올리며 서준은 진저리를 쳤다.

도연은 양옆, 앞뒤 할 것 없이 산처럼 가득가득 쌓여 있는 장미를 직접 다듬고 있었다.

가만 보고 있던 서준은 창문을 닫고 간단하게 외출 준비를 한 뒤 방을 나갔다.

티셔츠 앞을 손으로 툭툭 치며 계단을 내려간 그가 거실을 지나쳐 주방으로 들어갔다. 냉장고 앞에 서 있던 정아가 서준의 기척을 느끼고 고개를 돌렸다.

"일어났어요?"

"안녕히 주무셨어요."

서준은 정아와 함께 있던 가정부들에게 눈인사를 했다.

"곤히 자서 안 깨웠다더라고. 점심은 조금 있어야 하는데, 허기지면 간단하게 뭐라도 먹을래요?"

"괜찮아요. 아버지는요?"

"최 실장님이랑 별채에, 직접 그림 거신대요."

"그림이요?"

"생일 선물로 받은 거라던데."

"아."

오늘의 이 사태까지 끌고 온 원수보다 더한 그 그림. 서준은 물 한 잔을 마시며 굳으려는 얼굴을 애써 풀었다.

"참, 도연이는 마당에 있어요."

"네. 봤어요."

서준은 싱크대에 빈 컵을 두며 주방에서 나왔다. 곧장 현관으로 간 그는 신발을 신었음에도 신발장을 열어 가장 길게 솟아 있는 검은색 장우산을 들었다.

햇볕이 따가운 낮이어서인지 넓은 마당에 있는 사람이라곤 도연뿐이었다. 머리카락을 위로 대충 올려 묶고, 목장갑을 낀 손에 정원 가위를 쥔 채로.

기척을 느꼈을 텐데도 도연은 돌아보지 않았다. 그녀의 무심함이 익숙한 서준은 대수롭지 않은 얼굴로 우산을 펼쳐 머리 위로 곧게 들었다. 두 사람의 거리는 겨우 한 걸음 차이였다.

"뭐 하냐."

양반 다리로 앉은 도연의 머리 위로 그늘이 드리워졌다. 도연이 고개를 돌려 눈을 위로 치켜떴다.

"쓸데없는 거에 미련하게 굴어."

서준의 시비조에 그녀는 장미 줄기를 싹둑 자르며 심드렁하게 대꾸했다.

"내 미련함에 네 의견은 필요 없는데."

"뭐하러 이만큼이나 사 왔어?"

"넘치게 있어야 예쁜 게 장미니까."

같은 길이로 다듬은 장미들이 동그랗게 모여 작은 언덕을 만들었다. 서걱서걱 줄기를 다듬던 도연은 사라지지 않는 그늘 위로 고개를 돌렸다.

한쪽 손은 바지 주머니에 넣은 채 서준이 우산을 뒤로 젖혔다. 도연의 얼굴이 햇살에 완전히 드러났다. 그녀와 잠시 시선을 맞추던 그가 느긋하게 입을 뗐다.

"새삼······."

평소답지 않게 부드러운 어조에 도연은 눈을 크게 떴다.

"너 이마 되게 넓다."

동그랗던 도연의 눈이 삽시간에 가늘어졌다.

"왜 시비야?"

그녀의 미간에 주름이 생기자 서준은 입꼬리를 올리며 말을 이었다.

"웃어. 보는 눈 많다."

도연은 그 말에 보답하듯 가식적인 미소를 지어 보였다. 부드럽게 말려 올라간 입술 사이로 나지막한 목소리가 흘러나왔다.

"시비 걸지 말고 꺼져."

상냥한 얼굴과 대조되는 위협적인 말에도 서준은 한 발 더

다가갔다. 도연의 등에 그의 무릎이 닿을 정도로 가까워졌
다.

"최대한 행복하고 안락한 가정의 모습을 연출하는 중이니
까 협조해."

"그럼 시비 걸지 말고 입 다물어."

서준은 다시 우산을 앞으로 기울였다. 도연의 몸이 그늘
안으로 들어왔다.

"아무 말이나 해 봐."

"나 흉기 들었다. 자꾸 정신 사납게 하지 마."

도연이 위협적으로 가위를 흔들었지만 서준은 차분하게
주변을 살펴보았다.

마당에는 아무도 없었지만 창문 너머로 옹기종기 모여 있
는 시선들이 느껴졌다. 사고나 펑펑 치고 다니던 외동아들이
어렸을 때부터 아웅다웅했던 여자와 대뜸 결혼해 다정한 부
부로 돌아왔으니, 지루한 일상을 보내던 집안사람들의 흥미
와 관심을 끌기에 더할 나위 없었다.

"그래도 아무 말이나 해 봐."

"아무 말."

"유치하게."

"너한테 그런 말 들으니까 좀 새롭다. 누가 누구 보고."

장미 손질을 다 마친 도연이 가위를 한쪽에 내려놓으며 그
늘 밖 어딘가를 향해 손짓했다.

"저것 좀 가지고 와."

도연이 가리키는 곳에는 길고 짧은 화병들이 있었다. 검은색으로 칠해져 있는 것을 보니, 사 온 것이 아니라 도연이 직접 만든 것으로 보였다.

'내가 왜'라고 대답하려던 서준은 그놈의 안락하고 화목한 가정으로 위장하기 위해 군말 없이 몸을 움직였다.

도연은 그가 옮겨 온 화병에 다듬은 장미를 꽂기 시작했다. 산더미처럼 쌓여 있던 장미들이 차츰차츰 줄어들었다.

여러 개의 화병을 장미로 꽉 채운 도연은 미처 꽂지 못한 장미들을 한데 모아 몇 송이씩 들고 줄기를 엮기 시작했다.

"할머니는 좋은 분이셨어."

도연은 화관처럼 엮은 장미를 화병에 걸며 말을 이었다.

"가끔 여기에 살고 싶을 정도로."

"너한테 잘해 주시긴 했지. 가끔 질투도 날 정도였으니까."

도연이 자리를 털고 일어서자 서준의 시선이 자연히 아래로 내려갔다. 그녀의 등허리부터 허벅지까지 풀이 붙지 않은 곳이 없었다.

뭐라도 깔고 앉지. 잔소리하고 싶은 굴뚝같은 마음을 참으며 우산을 접었다.

"어디에 둘 건데?"

"좀 보고."

뒤로 몇 발 물러선 도연은 화병 하나를 들고 왼쪽으로 갔다가, 다시 제자리로 돌아왔다가, 또다시 오른쪽으로 움직였다.

"거기서 거기구만."

"디테일을 모르는 사람 의견은 필요 없어."

한참 이리저리 움직이며 위치를 잡던 도연은 결심한 듯 원목 테이블 위로 화병을 옮겼다.

"가지고 이리 와."

서준이 그녀의 발아래로 하나씩 옮겨 주면 도연은 가장 긴 화병을 테이블 가운데에 놓고 나머지 것들은 테두리를 장식했다. 원목 테이블이 장미로 가득 찼다.

"이래야 위에서 색이 잘 보이지."

도연은 만족한 얼굴로 목장갑을 벗고 손을 털었다.

"너 처음 이 집에 왔던 날."

서론 없이 내뱉은 도연의 말에 서준은 무심코 시선을 돌리다 그녀의 앞머리에 붙은 붉은 꽃잎 하나를 발견했다. 선선한 바람에 여린 꽃잎 하나가 떨어진 것인지, 그녀의 넝쿨 같은 검은 머리카락 사이에 콕 박혀 있었다.

"네가 한아름 안고 왔다며. 장미."

서준은 고개를 갸웃거리다 뒤늦게 도연의 말을 전부 이해했다.

품에 한아름 장미를 안고 있던 열일곱의 한서준. 사실 장미꽃을 가져가자고 말한 것도, 서준의 품에 한가득 안겨 준 것도 모두 아버지의 뜻이었다. 어색한 얼굴로 미선에게 장미 꽃다발을 건네며 고개를 숙이던 어리숙한 자신이 떠올라 그는 작게 탄성을 터트렸다.

차게 굳어 있던 미선의 얼굴에 어렴풋이 번지던 미소, 슬쩍 올라갔던 입꼬리를 내리며 전의 것들을 되도록 빨리 잊어버리라는 예민한 목소리. 서준이 잊고 있었던 미선과의 첫 만남이었다.

"네가 그걸 어떻게 알아?"

"얘기해 주셨거든."

잊고 있던 기억이 새록새록 떠올라 서준은 괜히 코끝을 손등으로 비볐다.

"별것도 아니었는데, 그런 것까지 다 말해 주셨네."

"별게 아니었으니까 얘기해 주셨지."

팔짱을 낀 도연은 장미를 흘긋 바라보며 말을 이었다.

"할머니가 장미를 제일 좋아하시게 된 이유니까."

"……."

"그러니까 이 마당에, 다른 건 몰라도 장미는 있어야 될 것 같아서."

서준은 자신도 모르게 그녀의 머리로 손을 뻗었다. 강렬한 햇살이 쏟아져 생각이 잠시 멎은 듯했다. 그의 긴 손가락이 거리낌 없이 도연의 이마에 닿았다.

"뭐야. 손 치······."

그의 손가락 사이로 빨간 꽃잎 하나가 붙어 나왔다. 서준이 손을 내리자 기다렸다는 듯이 바람에 꽃잎이 실려 어디론가 휭, 하고 사라졌다. 도연을 바라보는 서준의 눈에 붉은 기가 돌았다.

도연은 그가 어딘가에 떨어트렸던 우산을 활짝 펴 들어 서준에게로 걸어갔다. 앞으로 고꾸라진 우산이 그의 머리 위를 가렸다.

"찔찔대기는. 애도 아니고."

"백 살 돼도 눈물은 나거든."

"내가 못 할 짓이라도 한 것 같잖아."

"에이씨, 쪽팔리게."

서준은 손등으로 눈을 비볐다.

"배고파. 대충 닦고 코 삼켜."

"넌 뒤나 털어. 풀이란 풀은 다 묻어 가지고."

서준은 도연의 손에서 우산을 뺏어 들고는 앞장서라며 턱짓했다. 언제 울었냐는 듯 태연한 얼굴이었지만 빨개진 눈과 코를 숨길 수는 없었다. 그가 일부러 퉁명스럽게 말했다.

"별채로 가."

거칠게 등을 탁탁 턴 도연이 앞장섰다. 서준은 미처 그녀의 손에 닿지 못한, 등 한가운데 콕 박힌 나뭇가지를 소리 없이 떼어 냈다. 그러는 사이 어느새 별채에 도착했다.

서준은 우산을 접고 팔을 쭉 뻗어 도연 대신 별채 현관 비밀번호를 눌렀다. 잠시 문과 그 사이에 끼어 있던 도연은 문이 열리기가 무섭게 안으로 들어갔다.

　탁, 하는 작은 소리를 내며 문이 닫혔다. 뒤따르던 바람이 미처 들어가지 못하고 문에 튕겨 나갔다.

5. 불완전한 파트너

그릇을 정리하던 서준이 욕실 쪽으로 귀를 기울였다. 옅게 들리던 물소리가 그친 걸 보니 도연이 막 샤워를 마친 것 같았다.

그는 하던 것을 멈추고 냉장고 문을 열었다. 본가에서 바리바리 가져왔던 반찬들 중 아침으로 먹을 만한 것들을 식탁에 꺼내고 보온병에 담아 온 된장국을 그릇에 덜어 내어 전자레인지에 돌렸다.

덜걱, 화장실 문이 열리는 소리에 그의 움직임이 조금 더 부산스러워졌다. 프라이를 할까, 찜을 할까 고민하던 서준이 수납장에서 프라이팬을 꺼냈다. 찜을 하기엔 시간이 촉박했다. 가스 불을 올리고 팬에 기름을 두르다 삐, 삐 울리는 전자레인지 소리에 순간 움직임을 멈췄다.

"나 지금 왜 이렇게 바쁘지?"

꼭 애 학교 보내기 전에 밥 한 숟가락이라도 먹이려는 사람처럼 부산스럽게 뛰어다니고 있었다.

뒤늦게 제 행동을 자각한 그는 프라이팬에서 기름이 튀어오르자 얼른 불을 줄였다. 모양새가 아침 방송에 나오는 주부 9단 같았다.

본가에서 집으로 돌아온 지 사흘째, 서준은 어제 아침과 저녁에 이어 오늘 아침까지 세 번이나 주방을 오가며 밥상을 차리고 있었다.

뒤집개를 든 그는 바짝 익기 시작한 계란 프라이를 노려보며 이 상황까지 도달한 원인을 찾았다.

원인은 멀지 않은 곳에, 아주 가까운 곳에 있었다.

"나 완숙."

서준은 뒤집개로 부푼 노른자를 터트렸다. 밥 잘 챙겨 먹으라는 태범의 인사치레에 '서준이가 잘 챙겨 줄 거예요'라며 가증스럽게 웃었던, 밥을 먹을 때는 국이 있어야 하고 계란은 완숙만 먹는…….

"나 고기 먹고 싶은데."

반찬 투정도 빼먹지 않는, 서도연.

서준은 밥을 퍼 담은 그릇 하나를 식탁으로 옮기고 익힐 대로 익힌 계란 프라이를 그릇에 담았다.

"전자레인지에 국."

전자레인지에 있는 국을 꺼내 식탁에 놓는 것, 밥을 먹고 설거지를 하는 것은 도연의 몫이었다.

도연이 국을 한 입 먹는 것을 본 뒤에야 서준은 자신의 밥을 챙겼다. 그는 아침에 배불리 먹는 것을 선호하지 않았다. 샌드위치나 시리얼 한 그릇, 샐러드 정도면 충분했다.

우유에 시리얼을 말아서 가볍게 배를 채운 그가 싱크대에 빈 그릇을 두고 물로 입안을 헹궜다.

"나 나간다."

서준이 가방을 챙겨 들고 재킷을 걸친 것은 그녀가 밥그릇을 반쯤 비웠을 때였다.

도연은 잘 갔다 오라는 인사도, 하다못해 알겠다는 시늉도 하지 않았다. 숟가락으로 국그릇을 휘젓는 그녀를 보며 서준은 지체 없이 현관으로 향했다.

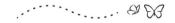

지난 주말 본가에 다녀온 뒤로 확실히 분위기가 많이 풀어졌다는 것을 느꼈다. 그만큼 시간이 지나서인지, 서준은 지금 앉아 있는 이 집이 낯설게만 느껴지지 않았다. 둘만 있다는 사실을 깨달을 때마다 등 뒤가 서늘해지는 증상도, 도연이 문을 열고 닫는 소리에 깜짝깜짝 놀라 어깨를 들썩이는 행동도 점차 사라져 갔다.

도연보다 출근이 이른 만큼 퇴근도 빠른 서준은 그녀가 집에 돌아오는 시간에 편한 자세로 소파에 기대앉아 여유를 만끽했다.

서준은 TV 채널을 돌리던 중 현관문이 열리는 소리에 고개를 돌렸다. 도연이 신발을 대충 벗어 던지고 있었다. 제대로 정리하라며 한마디 하려던 그는 이내 포기하고 리모컨을 들었다.

도연은 바닥에 가방을 질질 끌며 거실로 들어왔다. 가까이 오는 기척에 서준은 눈만 슬쩍 들어 그녀의 상태를 확인했다. 초주검이 된 얼굴이었다. 비척비척 주방을 향하는 그녀의 등을 따라서 서준이 몸을 일으켰다.

도연은 냉장고를 열어 생수를 꺼냈다. 자기 팔뚝보다 굵은 페트병을 통째로 들어 마시는 그녀를 보며 서준은 눈을 찡그렸다.

"컵은 장식품인지."

조그만 찻잔부터 긴 텀블러까지 컵이란 컵은 죽으라고 사 모으더니. 하고 싶은 뒷말을 억지로 삼키며 그가 TV를 껐다.

도연은 큰 페트병의 물을 반이나 비운 뒤에 입을 뗐다. 축축하게 젖은 입술을 손등으로 훔치며 냉장고 문을 닫았다. 곧장 방으로 들어가지 않고 가방에서 하얀 비닐봉지를 꺼내 식탁 위에 놓았다.

어느새 주방으로 온 서준은 어딘가 이상해 보이는 그녀를 의아하게 보았다. 재킷이며 머리카락 끝이 물벼락이라도 맞은 것처럼 젖어 있었다.

"너 어디서 물 맞고 왔어?"

"비가 갑자기 내려서."

"갑자기 무슨 비? 안 왔는데. 어디 갔었어?"

서준은 대답 없는 도연보다 먼저 비닐봉지를 뒤적였다.

"이게 뭐야?"

"저녁."

"목소리는 왜 그래?"

나직이 내뱉는 도연의 목소리가 형편없이 갈라져 있었다. 자세히 보니 아침만 해도 멀쩡해 보였던 얼굴에 열이 오른 것처럼 불긋불긋했다.

도연은 묵묵히 그의 손에서 비닐봉지를 빼 들었다. 서준은 식탁에 툭툭 던져지는 것들을 보며 속으로 혀를 찼다. 속이 닳도록 맵다는 컵라면과 맥주 한 캔이 그녀가 사 온 전부였다.

커피포트에 물을 받는 도연의 모습을 가만히 바라보던 그가 대뜸 손을 들어 뒷목에 살짝 갖다 댔다. 간지럼을 느낄 정도로 아주 가벼운 접촉이었다.

서준은 손가락에서 느껴지는 열기에 놀라기도 전에, 몸을 웅크리는 그녀의 반응에 먼저 놀랐다. 쿵, 하는 소리와 함께 도연이 놓친 커피포트가 떨어지더니 물이 쏟아졌다.

서준은 팔을 쭉 뻗어 그녀 대신 커피포트를 주웠다.

"물 다 흐르잖……."

잔소리하려던 그가 입을 꾹 닫았다. 싱크대를 붙잡은 도연의 손이 새빨갰다. 비를 많이 맞았는지 팔과 어깨를 떨고 있었다.

"감기인 것 같음 죽이랑 약을 사 와야지. 미련하게……."

서준은 자꾸만 나오려는 타박을 억지로 삼키며 도연의 어깨를 잡고 주방 밖으로 떠밀었다.

"손 치워."

도연이 차게 말하며 그의 손을 쳐냈다. 서준은 무안한 손을 등 뒤로 두며 비틀비틀 걸어가는 뒷모습을 불안한 눈으로 바라보았다.

"병원에 가든지."

"됐어."

그녀는 뒤 한 번 돌아보지 않고 방으로 들어갔다. 서준은 주방과 거실의 경계에 서서 엎어진 커피포트와 닫힌 방문을 번갈아 보았다.

"아이씨."

나직이 짜증을 터트린 그는 뒷머리를 엉망으로 흐트러뜨렸다.

"아, 나도 몰라."

서준은 우중충해 보이는 얼굴로 냄비에 밥을 한 주걱 퍼 담고 밥이 잠길 때까지 물을 부었다. 탓탓탓 소리를 내며 가스레인지의 불이 올랐다.

　나무 숟가락을 찾아 든 그는 한참 가스레인지 앞에 서 있었다. 죽이 되어 가는 밥을 쉬지 않고 저으며.

　서준은 잘 끓인 죽과 간을 약하게 한 계란찜, 그리고 미지근하게 데운 물이 올라간 쟁반을 든 채 도연의 방 앞에 섰다. 문을 두드릴 손이 없어 부득이하게 발가락을 안으로 말아 방문을 툭툭 쳤다.

　"서도연."

　그녀의 무반응엔 이골이 날 정도로 익숙했다. 서준은 짧게 한숨을 쉬고 다시 한번 발로 문을 툭 쳤다.

　"들어간다."

　서준은 옆에 있던 조그만 테이블에 잠시 쟁반을 내려두고 방문을 열었다. 나가라는 사나운 말이 들리지 않는 걸 보니 많이 아픈 듯했다. 다시 쟁반을 든 그가 팔꿈치로 문을 밀며 안으로 들어섰다.

　들어올 일이 없을 거라고 생각했던 방이었다. 이렇게 제 발로 들어온 건 첫날을 제외하고 처음이었다.

　의식적으로 발소리를 죽인 그는 침대 위에서 꿈틀거리고 있는 도연에게로 향하며 빠르게 방 안을 훑어보았다.

끔찍할 정도로 어질러져 있을 거라는 생각에 게슴츠레하던 그의 눈이 의문스럽게 변해 갔다. 바닥이 보이지 않을 정도로 옷가지가 널브러져 있을 거라 생각했던 거에 비하면 깨끗한 축이었다.

서준은 발에 걸리는 젖은 재킷을 옆으로 살짝 치우며 침대 맡으로 다가갔다.

"일어나."

자는 것처럼 축 늘어져 있었지만 도연은 눈만 감고 있을 뿐이었다. 불편하게 주름진 미간이 그를 증명했다.

서준이 베드 테이블을 위로 끌고 와 쟁반을 놓자 도연이 가늘게 눈을 떴다.

"컵라면이랑 맥주 사 올 정신으로 약이나 사 오지 그랬냐."

죽 그릇에 숟가락을 꽂은 그가 턱짓했다. 쟁반 끝에는 알약 두 개도 함께 놓여 있었다. 혹시나 싶어 찬장 서랍을 뒤적이다 찾아낸 것이었다. 서준은 자신의 철저한 준비성을 속으로 뿌듯해하며 생색을 냈다.

"누워서 계속 골골대려고 대책 없이 왔어? 나 없었음 어쩔 뻔했냐."

"귀 따가울 일 없이 푹 쉬었겠지, 너 없었음."

"말을 해도."

서준은 겨우 몸을 일으키는 그녀를 흘겨보았다. 엄살은 아닌 모양인지 도연은 투정이나 시비 없이 숟가락을 그릇 안에 담궈 빙빙 돌렸다.

"안 뜨거워. 대충 불어 먹어."

서준의 말에 도연은 죽을 한 수저 먹고, 계란찜을 조금 떠먹었다. 삼킬 때마다 오만상이 되는 것을 보니 목이 영 껄끄러운 모양이었다.

"오늘 비 안 왔는데. 어디서 물벼락이라도 맞았냐?"

도연은 대답 대신 눈을 한 번 느리게 깜빡였다. 작게 기침하는 것조차도 괴로운지 그녀는 자신의 목을 감쌌다. 얼굴만큼 새빨갛게 달아오른 눈에 슬쩍 맺히는 눈물을 발견한 서준은 못 볼 것을 본 것처럼 고개를 돌렸다.

"얼른 약 먹어라."

들어왔을 때처럼 발소리를 죽인 채 밖으로 나간 서준은 소리 나지 않게 문을 닫고 잠시 멈춰 섰다. 그릇에 숟가락이 부딪히는 소리가 귓가에서 웅웅 맴도는 것 같았다.

고개를 저으며 방으로 향하던 그가 문득 주방으로 눈길을 돌렸다.

"아침에 국을 끓여야 하나."

콩나물을 사 놨던 것 같은데. 거기까지 생각하던 서준은 주먹을 불끈 쥐었다.

"내가 왜……."

내일 서도연이 먹을 아침을 벌써 생각하고 있는 거지.

사람이 길들여지는 데는 밥 먹는 것보다 더한 것이 없다더니, 자신이 딱 그 꼴이었다. 조금 다른 게 있다면, 밥을 먹는 게 아니라 먹이는 것에 길들여지고 있었다.

"미쳤지."

습관이 될 게 따로 있지. 버릇이 될 게 따로 있지. 겨우 몇 끼니 챙겨 줬다고 내일 아침 메뉴까지 미리 생각하고 있는 자신이 마음에 들지 않았다.

거칠게 머리를 헝클어트린 서준은 부러 쿵쾅거리며 자신의 방으로 향했다. 센 소리를 내며 문이 매섭게 닫혔다.

미쳤다고 생각하며 혼자 성질을 부린 것이 고작 몇 시간 전이었다. 보글보글 끓고 있는 맑은 콩나물국에 새우젓을 넣는 스스로가 우스워 서준은 헛웃음을 터트렸다.

"뭐 하고 있는 건지."

평소보다 한 시간 일찍 일어나 비몽사몽 하며 화장실 문을 연 것까지는 기억났지만 그 이후에 어떻게 씻고 옷을 입었는지는 기억나지 않았다. '취사를 시작합니다' 라는 안내 소리에 정신을 차리고 보니 가스레인지 앞이었다.

내가 왜 이러고 있는 거지.

서준은 어제저녁부터 자신을 괴롭히고 있는 질문에 억지로 대답을 붙였다. 뭐 하나 제대로 해 먹지도 못하고 미련하게 감기나 걸려서 들어오는, 어쨌든 집을 공유하는 동거인에 대한 인간으로서의 예의, 측은지심, 연민 그런 것들로.

"그래. 이것도 복지야. 복지 재단 임원으로서 당연한 거
야."

그는 입 밖으로 터져 나오는 헛소리를 정답으로 포장하곤
조그만 종지에 국을 떠서 간을 보았다. 아주 싱겁지 않은 정
도였다.

도연은 용케 일어나긴 했는지, 조금 전부터 화장실에서 잔
잔하게 물소리가 나고 있었다. 그녀가 나오는 때에 맞추기
위해 서준은 바쁘게 움직였다.

장조림 고기를 찢어 그릇에 담고, 냉장고에 두었던 물김치
를 꺼냈다. 식탁에 반찬을 정렬해 놓고 내내 끓이던 콩나물
국을 덜어 낼 때쯤, 주방으로 들어오는 익숙한 기척을 느꼈
다.

도연은 손에 쟁반을 든 채였다. 깨끗하게 비워진 그릇을
흘긋 보며 서준이 물었다.

"열은?"

무성의한 어조였다.

"대충."

그보다 더한 무성의한 대답에 서준은 국그릇을 놓으며 도
연을 보았다.

비척거리긴 해도 멀쩡히 걸어가 의자에 앉는 얼굴이 평소
와 비슷했다. 짤막하게 말하는 목소리가 여전히 갈라져 나오

는 것을 보니 목은 아직 낫지 않은 듯싶었다.

밥을 퍼 담으며 슬쩍 본 그 짧은 순간에, 서준은 저도 모르게 도연의 상태를 재빠르게 파악하고 있었다.

"뭘 봐."

낮게 갈라진 목소리를 듣고서야 도연에게 콕 박혀 있던 자신의 시선을 깨달았다. 그는 어색한 움직임으로 몇 걸음 걸었다.

"뭐가."

"뭘 그렇게 보냐고."

쌀쌀맞기까지 한 그녀의 말투에 서준은 무언가가 울컥 치민 표정을 지었다.

"됐어."

거친 소리가 나도록 밥그릇을 내려놓은 서준이 돌아서서 싱크대 앞에 섰다. 설거지를 하기 위해 커피포트에 물을 받는 그의 얼굴은 내내 뾰로통했다.

"열은 어느 정도 내렸고, 목은 아직 깔깔해. 이따가 점심에 병원 가서 주사 맞을 거고."

서준이 놀란 얼굴로 고개를 돌렸다. 도연은 차분하다 못해 가라앉은 목소리로 말을 이었다.

"이렇게 얘기해 주길 바라는 얼굴이길래."

잠시 놀란 티를 감추지 못했던 그가 얼른 표정을 갈무리했다. 그럼에도 풀리는 얼굴을 감출 수가 없어 부러 툴툴댔다.

"내 생각엔 네 천직은 이거인 것 같아."

콩나물국을 떠먹던 그녀의 뜬금없는 말에 서준이 고개를 돌렸다.

"뭐?"

"요리. 내 입으로 칭찬하기 싫어서 그동안 말 안 했는데."

서준은 더 알 수 없다는 얼굴이었다.

"맛있다고."

짧게 말한 도연은 남은 밥을 국에 말아 대차게 한 숟가락을 떠먹었다. 눈을 몇 번 껌뻑인 뒤에 온전히 이해한 서준은 당황한 티를 감추지 못하고 그녀를 바라보았다.

"내 생각엔 복지 재단이 아니라 식품으로 가는 게 더 좋을 것 같은데."

"……뭐래."

서준은 아무렇지도 않은 척 고무장갑을 꼈지만 크흠, 하고 세게 나오는 헛기침에서 민망하고 이상한 기분이 곧이곧대로 드러났다.

"원래 요리하는 게 취미였나?"

서준은 말도 안 된다는 얼굴로 답했다.

"취미는 무슨. 예전엔 집에 혼자 있었으니까 해 먹는 버릇 때문에 얼떨결에 실력이 늘었지. 매번 라면 끓여 먹기도 질리고."

아무렇지도 않게 말하는 그를 보며 도연이 의아하다는 듯 물었다.

"네가 혼자 있을 때가 있었어?"

"예전에. 그땐 계속 혼자였으니까."

바르르 소리를 내는 커피포트의 전원을 끄며 서준은 대수롭지 않게 물었다.

"혼자 있기는 너도 마찬가지였을 텐데, 넌 왜 그렇게 요리를 못해?"

"몰라. 엄마 닮았나 보지."

막 커피포트의 손잡이를 들어 올리던 서준의 손이 잠시 멈췄다.

"엄마도 끔찍하게 요리를 못했거든. 그래도 난 라면 물은 잘 맞췄는데 엄만 늘 한강이었어. 그런 사람이 밥 짓는 물을 맞출 리가 없지. 동네 어른들이 반찬을 나눠 주면……."

도연은 채 말을 잇지 못하고 입을 다물더니 이내 가벼운 웃음을 터트렸다. 갑작스러운 그녀의 웃음에 서준이 고개를 돌렸다.

"그냥, 갑자기 이런 얘기 하는 게 웃겨서."

서준은 문득, 아무에게도 하지 않았던 자신의 오래전 기억을 도연에게 꺼내 놓았음을 깨달았다.

'본가'라고 부르고 있는 집으로 들어오기 전의 일들은 누구와도, 누구에게도 말하지 않았다. 아버지인 태범과도 무언의 약속을 한 것처럼 꺼내지 않는 주제였다. 잊고 살았던 오

래전 기억들이 그녀의 앞에서 무분별하게 쏟아졌다. 스스로
도 인지하지 못할 정도로.

서준은 무언가 생각에 잠긴 듯한 도연의 얼굴을 바라보았
다. 여전히 미묘한 미소를 띠고 있었다. 지금 자신이 느끼고
있는 이 묘한 기분을 그녀 역시 느끼고 있는 것이라고, 그는
그렇게 생각했다.

"다 먹었음 그릇 가져와. 치우게."

"그냥 두고 출근해."

"됐어. 시간 남았어."

서준은 의자가 끌리는 소리를 들으며 수세미에 세제를 짰
다. 도연이 빈 그릇을 들고 와 싱크대에 조심히 내려놓았다.

"다음 주 금요일에 일 있어?"

뜬금없는 그녀의 질문에 서준이 되물었다.

"다음 주 금요일?"

도연은 답지 않게 입을 달싹이다가 먼 곳에 시선을 두며
말했다.

"그날 집에 좀 가야 해."

"너희 집 말하는 거야?"

도연이 고개를 끄덕이자 서준은 잠시 생각하는 듯했다.

"다음 주에는 보육원 공사 부지 때문에 시흥에 왔다 갔다
할 것 같은데. 무슨 일 있어?"

"기일이야."

오늘 저녁은 좀 춥대. 하고 말하는 것처럼 가벼운 어조였다. 기일이라는 단어가 주는 무게감을 눈치채지 못할 정도로.

"기일? 무슨……."

무슨 기일이냐며 물으려던 그가 입을 다물었다. 도연의 집에서 챙길 기일이라면 하나뿐이었다. 언젠가 자신이 갔던 장례식장에, 영정 속 그 여자.

서준은 쥐고 있던 그릇까지 떨어트렸다.

"그걸 왜 이제 말해?"

그는 집안 연례행사 날짜를 체크했던 달력을 곰곰이 되짚었다. 아무리 생각해도 그 날짜에 적힌 건 아무것도 없었었다.

"달력에 표시도 안 해 놓고. 나 그날 서울 오면 저녁 8시는 될 텐데."

"상관없어. 넌 잠깐 들렸다 인사만 하고 간다고 했으니까 늦어도 괜찮아."

도연은 컵에 물을 따라 마시며 대수롭지 않게 말을 이었다.

"그날 오전에, 아버지한테 전화만 해 줘. 몇 시쯤 갈 거라고."

"그래도……."

"나 먼저 준비하고 나간다."

도연은 그가 다시 말을 걸 새도 없이 빠르게 주방을 빠져
나갔다. 열리기가 무섭게 닫히는 그녀의 방을 서준이 황당한
얼굴로 바라보았다.

그날 저녁, 퇴근한 서준은 곧장 근처에 있는 대형마트로
향했다. 한참을 걸어야 하는 식품 코너를 유유히 가로지르며
카트를 채우기 시작했다.

"아침에 전골은 좀 그런가."

메뉴를 고민하던 그는 얼마 지나지 않아 어깨를 으쓱였다.
아직 감기도 낫지 않은 데다가, 고깃국이면 두 그릇도 뚝딱
비우는 도연이라면 상관없을 거라고 판단했다.

야채 칸에 멈춰선 그는 버섯 종류를 들었다 놓기를 반복하
며 고민했다. 어차피 고기만 건져 먹을 것이 뻔하니 야채는
국물을 내는 정도로만 사도 충분할 것이다. 심혈을 기울여
고른 버섯들을 카트에 넣고, 그 옆 정육 코너에서 전골용 고
기를 한참 고르다 둘이 먹기에도 넘칠 만큼 양껏 담은 뒤에
그 자리를 벗어날 수 있었다.

카트는 바닥이 보이지 않을 정도로 꽉 찼다. 계란 한 판,
조미김, 혹시 몰라 간단히 할 수 있는 유부초밥과 샌드위치
를 할 재료들까지. 일주일은 넘치게 먹고도 남을 정도였다.

팔이 아래로 떨어질 정도의 묵직한 무게감에 서준은 몇 번이나 손을 추켜올려야 했다.

유유자적 장을 보고 돌아오니 8시였다. 저녁으로 뭘 해 먹나 하는 생각에 빠진 채 엘리베이터에 탄 서준이 잠시 봉지를 바닥에 놓으며 습관적으로 휴대폰을 꺼내 메시지 함을 확인했다.

〈오늘 별다른 일 없음. 8시에 퇴근.〉

점심이 지나고 도연에게서 온 문자를 다시 읽던 그가 시간을 가늠했다. 냉장고를 정리하고 저녁을 만들면 그녀가 도착하는 시간과 얼추 맞물릴 것이다.

"혼자 먹다 들어오면 마주치는 것도 민망하고."

잠시 머뭇거리던 그가 액정 위에서 손가락을 움직였다.

〈어디야?〉

엘리베이터를 타고 올라가는 동안 답장은 오지 않았다.

"운전 중인가."

생각보다 금방 올 수도 있겠네. 그 생각에 마음이 조급해졌다.

엘리베이터 문이 열리자마자 봉지들을 한 손으로 쥐고 내린 서준은 한달음에 현관 앞에 도착했다. 도어록을 열고 신발을 대충 벗은 뒤 거실에 봉지들을 내려놓았다.

"아, 무거워."

굽혔던 허리를 편 서준은 눈이 환할 정도로 불이 켜져 있는 거실을 뒤늦게 인지했다. 잠시 주변을 살피던 그가 고개를 갸웃거렸다.

"아직 도착 안 했을 건데. 나갈 때 불을 안 껐나."

거실은 묘하게 깨끗했고 도연의 방문도 꼭 닫힌 상태였다. 그는 다시 봉지들을 주방으로 쭉 끌고 갔다. 저녁으로 먹을 것들만 식탁에 빼놓고, 나머지 것들을 정리하기 위해 냉장고 문을 열 때였다.

"아유, 청소하느라 들어오시는 소리도 못 들었네요."

서준은 갑작스런 기척과 말소리에 심히 놀라 냉장고 문에 바짝 붙어서 소리도 내지 못하고 입을 벌렸다.

"아이고, 놀라셨나 봐요."

기척을 낸 사람의 정체를 확인한 뒤에야 그는 벌떡거리는 가슴을 쓸어내렸다.

"⋯⋯아주머니."

잠시 존재조차 잊고 있었던 도우미였다. 벌써 올 때가 되었나. 눈을 깜빡이며 날을 세는 그를 눈치챘는지, 도우미가 손을 내저으며 말했다.

"사모님은 다음 주부터 출근하면 된다고 하셨는데 사정

봐준 것도 감사하고, 그간 제대로 못 챙겨 먹었을까 걱정이 이만저만 아니었거든요. 점심쯤 사모님이랑 통화하고 온 게 벌써 이 시간이네요."

"아…… 네."

도우미는 옆으로 몸을 움직여 냉장고 아래 널브러진 봉지들을 보았다.

"뭘 잔뜩 사 오셨어요?"

서준은 열어 두었던 냉장고 문을 닫으며 어색하게 대꾸했다.

"그냥 먹을 거요."

도우미는 기다렸다는 듯 박수까지 치며 말했다.

"내가 내 아들 보면서도 걱정이 되더라니까요. 너무 죄송해서."

"아니에요. 아드님은 좀 어때요?"

"내일모레 퇴원해요. 이제 거동도 하고요."

"퇴원하는 것까지 보고 나오셔도 되는데."

"아유, 걸었으면 된 거죠. 사정도 봐주시고, 또 병원비까지 내주셔서 제가 몸 둘 바를 몰랐어요."

"병원비요?"

금시초문인 얼굴을 하는 서준에게 도우미가 더 의아하다는 듯 물었다.

"모르셨나 보네. 사모님이 병원비를 다 내주셔서 걱정을 덜었어요."

도우미는 그의 안색을 살피며 중얼거렸다.

"말하면 안 되는 거였나. 제가 괜한 소릴……."

"아니에요. 걱정 덜으셨다니 다행이네요. 피곤할 텐데 얼른 가 보세요."

"아침 드실 거, 주먹밥으로 간단히 만들어 놨어요."

서준은 저도 모르게 봉지 쪽으로 시선을 돌렸다. 장을 보는 내내 고민했던 게 물거품이 되는 듯해 왠지 모를 씁쓸함을 느꼈다.

"이거 제가 정리하고 갈까요?"

"아, 아뇨. 괜찮아요."

"그러면 월요일에 올게요."

"네. 조심히 가세요."

서준은 도우미를 현관 앞까지 배웅했다. 살갑게 웃는 그녀에게 가볍게 인사하고 문을 닫는 그의 얼굴에서 웃음기를 찾을 수 없었다. 엘리베이터에서 집까지 왔던 시간보다, 현관에서 주방까지 걸어가는 시간이 배로 길었다. 주방으로 향하는 그는 맥이 풀린 얼굴이었다.

서준은 냉장고 문을 열고 털썩 앉았다. 어찌 됐든 사 온 것들이니 정리는 해야 했다. 야채들을 신경질적으로 쑤셔 담고, 그 위 칸에 마찬가지로 고기들을 툭툭 던졌다.

계란을 넣던 그의 시야에 도우미가 만들어 놓은 주먹밥이 들어왔다. 2주 전까지만 해도 준비물처럼 하나씩 챙겨가 회사에서 먹었던 메뉴였다.

그는 아직 정리하지 못한 재료를 대충 쑤셔 박았다. 힘이 빠져 발로 문을 밀어 닫는 순간 현관에서 잠금이 풀리는 소리가 났다.

서준은 일부러 모르는 척하며 눈길을 주지 않았다. 도연이 바로 뒤에 멈춰 섰을 때도 아무것도 없는 봉지만 구겼다.

"엘리베이터에서 아주머니 만났어."

"방금 나가셨으니까."

대꾸하는 말투가 삐뚤었다.

"너한테 말하는 거 까먹었어. 전화받은 게 한창 바쁠 때라."

도연은 주방 안으로 들어와 물 한 컵을 마셨다. 서준은 늦장을 부리며 냉장고 앞에서 일어나 꾸깃꾸깃해진 봉지들을 다용도 칸에 욱여넣었다.

"월요일부터 전처럼 오실 거야. 시간도 똑같고."

서준은 대답도 반응도 하지 않았다. 도연은 컵을 싱크대에 두며 그를 보았다.

"왜 그래?"

앞뒤를 다 자른 질문에 서준은 더 퉁명스럽게 말했다.

"뭐가."

"아저씨한테 혼났어?"

"내가 애냐, 혼나게. 혼나지도 않았고."

"근데 왜 혼난 애처럼 삐죽거려?"

"내가 언제."

"지금 그러고 있는데."

"아니거든?"

말과는 달리 말투는 여전히 비딱했다. 목소리나 말투가 통제되지 않는 것처럼 멋대로 나갔다. 스스로가 생각해도 애처럼 툴툴대고 있었다.

그런데 내가 왜 툴툴대는 거지?

서준은 이해가 되지 않는, 감정이 그대로 드러나는 자신의 말투에 당황했다.

"불만 있으면 말로 해."

아주머니가 다시 왔으니 앞으로 30분은 더 잘 수 있을 거고, 도연에게 아침을 차려 줄 일도 없으니 좋아서 펄쩍 뛰어야 될 일인데 그는 불만스러운 얼굴을 감추지 못했다.

"내가 뭐."

"아, 됐어. 피곤해. 나 먼저 들어간다."

평소와 다름없이 무신경한 서도연의 표정 하나에 왜 이렇게 짜증이 나지?

그는 원인을 알 수 없는 짜증을 이겨 내지 못했다. 도연을 따라 나간 서준은 그녀를 툭 치며 자신의 방으로 향했다.

"아, 야!"

"뭐!"

지지 않고 소리친 서준이 그보다 더 큰소리를 내며 문을 닫았다. '왜 저래, 진짜' 하고 중얼거리는 도연의 목소리가 들렸지만 그는 무작정 침대에 엎어졌다. 답답한 마음에 발을 버둥거릴 때마다 정돈되어 있던 시트가 엉망으로 뭉개졌다.

"아이씨."

욕지거리가 절로 나오는 상황이었다. 좋아서 날뛰어도 모자랄 판에 짜증을 참지 못하고 애꿎은 시트만 구기는 꼴이었다.

"이게 뭐야."

머릿속이 총체적 난국이었다. 왜 이렇게 짜증이 나는지, 뭐가 그렇게 불만스러운 건지, 왜 아주머니가 왔는데 씁쓸했는지…….

그보다 왜 답지 않게 도연과 저녁을 먹으려 했고, 왜 내일 아침 식사를 챙기려 그렇게까지 장을 봤을까.

서준은 몸을 뒤집어 두 손을 들었다. 무거운 짐을 들고 온 탓에 손바닥엔 아직도 봉지 자국이 빨갛게 남아 있었다.

그는 두 손으로 얼굴을 가렸다. 손에 열기가 남은 것인지, 아님 얼굴 위로 열이 동동 뜨는 것인지 알 수는 없었지만, 얼굴과 손에서 같은 온도의 열기가 맴돌고 있다는 것은 분명했다.

"이게 뭐냐고."

그 열기에 서준이 할 수 있는 거라곤, 같은 말을 되풀이하는 것뿐이었다.

저녁 내내 버둥거렸던 서준은 새벽이 돼서 겨우 잠에 들었다. 제대로 못 잔 탓에 눈 밑이 퀭했다. 그럼에도 습관이 무서운지, 아침을 준비할 시간에 눈을 뜬 서준은 하룻밤 사이에 비쩍 마른 얼굴을 손으로 훑으며 침대를 정리했다.

샤워하고 나왔는데도 그의 복잡한 심경이 얼굴에 그대로 드러나 있었다. 서준은 컵에 얼음을 가득 담은 냉수를 단숨에 들이켜며 억지로 속을 깨웠다. 골이 띵할 정도로 차가운 기운이 퍼지자 머리가 표백되는 것 같았다.

"하아."

한숨이 절로 터졌다. 식탁에 기대선 그가 주방 안을 살폈다. 적막하다 못해 싸늘했다. 본가에서 돌아온 뒤로 아침마다 음식 하는 소리와 온기로 가득했던 주방이었다. 지금과는 달리.

냉장고 문을 연 서준은 전골 재료 대신 도우미가 만들어 놓고 간 랩에 싸인 주먹밥을 꺼냈다. 한 손에 야구공처럼 꽉 차는 주먹밥을 한참 보다가 짧게 한숨을 쉬며 제자리에 두었다.

주방에서 나오는 그의 손에는 아무것도 들려 있지 않았다. 서준은 그대로 옷을 갈아입고 서둘러 집을 나섰다. 아주 이른 출근이었다.

회의실에서 나오는 재단 직원들은 회의실 상석 자리를 지
키고 앉은 본부장을 흘긋거렸다. 며칠 전만 해도 뭐에 들뜬
사람처럼 활기차게 인사하더니, 얼마 지나지 않아 축 처진
모습으로 회의실에 나타났다.

직원들끼리 입을 모아 '가끔 누구를 때려서 문제를 일으
키는 게 이해가 안 될 정도로 무던한 사람'이라고 그를 평했
는데, 오늘의 본부장은 그 무던함과 맞지 않는 사람이었다.
평소처럼 적당히 친근한 어조로 말을 하는가 싶다가도 어느
순간 목소리와 얼굴이 가라앉았다. 회의가 이어지는 1시간
30분 동안, 직원들은 회의 내용보다 그의 변덕스러운 얼굴과
목소리에 더 집중했다.

회의가 끝났음에도 여전히 자리를 지키고 있는 본부장의
현재 상태는 땅바닥을 파고 있는 중이었다. 직원들은 각자
자리에 앉자마자 누구 먼저랄 것도 없이 목을 쭉 빼 들며 서
로의 얼굴을 번갈아 보았다.

"오늘 왜 저러셔?"

"본사에서 무슨 말 들으셨나?"

"이번 주엔 본사 가신 적 없으시잖아요."

"혹시 사모님이랑 싸우셨나?"

가장 그럴싸한 추리에 모두가 고개를 끄덕일 때쯤, 잠자코 앉아 있던 직원 한 명이 입을 뗐다.

"저 증상 알아요. 나 임신했을 때 저랬거든. 통제 안 될 정도로 기복이 심해지고 그래."

"에이, 남자분이시잖아요."

"왜. 입덧도 남편이 대신하는 집도 있는데."

다른 직원이 고개를 갸웃거렸다.

"그렇긴 한데…… 진짠가?"

직원들이 헛다리를 짚고 있을 때, 회의실 문이 열리며 서준이 나왔다. 조금 전 우울은 온데간데없이 입꼬리를 위로 쭉 올린 채였다. 누가 보아도 일부러 기분 좋은 척 보이기 위해 애를 쓰는 얼굴이었다.

"한 주임님, 점심 전까지 일지 좀 받을 수 있을까요?"

"네. 정리되는 대로 보내 드릴게요."

"참, 본부장님."

끝에 있던 직원이 엉거주춤하게 선 채 말했다.

"시흥에서 공사 시작했는데, 그쪽 책임자가 금요일쯤 오셔서 확인해 줄 수 있냐고 물어봐서요."

도연의 본가에 가야 하는 날이었다. 예상은 했었기에 서준은 큰 고민 없이 대답했다.

"그날 갈게요."

"네. 그렇게 전하겠습니다."

서준은 돌아서는 직원의 등을 멀뚱히 바라보다 빠르게 손을 뻗었다.

"저기, 이 대리님."

"네?"

"혹시 일찍 가도 될까요?"

"시흥에요?"

"오전 중으로 갔다가 퇴근 시간 전에 마쳤으면 좋겠는데."

"상관없긴 한데…… 무슨 일 있으세요?"

"네?"

서준이 눈에 띄게 당황해하자 이 대리가 고개를 갸웃거렸다.

"평소엔 점심 지나고 가셨잖아요."

"아, 그날 오후에 다른 일이 있어서요."

부득이하게 도연의 얼굴을 떠올려야 했다. 오늘 날씨를 읊는 듯한 가벼운 어조로 말하던, 백지장 같은 얼굴의 서도연.

그의 얼굴이 다시 어두워졌다. 어깨까지 축 늘어트리고 사무실로 들어가는 서준의 등을 보며 직원들은 눈짓을 주고받았다. 임신설을 강력하게 주장했던 직원이 '거봐' 하며 쐐기를 박았다.

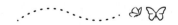

"관장님. 다음 정기전 리플릿 샘플이요."

적막을 깨는 소리에 도연은 고개를 들었다.

"아, 네."

직원은 도연의 책상 위에 리플릿을 두며 옆을 흘긋 보았다.

"식사하고 계신 줄 모르고, 죄송해요."

직원의 시선이 멈춘 곳엔 한 입 베어 문 주먹밥이 덩그러니 있었다. 도연은 뻘쭘하게 웃으며 화제를 돌리기 위해 물었다.

"저녁에 단체 도슨트(Docent) 준비는 다 됐어요?"

"네. 차질 없이 준비했습니다."

"그래요."

직원이 나가고 문 닫히는 소리가 얄팍하게 나자마자 도연은 먹다 만 주먹밥을 랩으로 쌌다. 얼마 전까지만 해도 아침 대용으로 잘만 먹었던 것이 영 내키지 않았다. 깔끄러운 밥알을 넘기느니 아침을 거르는 것이 나을 것 같았다.

"고작 며칠이라고."

며칠 동안 푸근히 먹었던 아침상 때문인지 조막만 한 주먹밥으로 대충 끼니를 때우는 것이 새삼 낯설었다.

서준에게 직접적으로 말한 것은 한 번뿐이었지만, 사실 도연은 그동안 먹었던 아침 식사에 엄청난 만족을 하고 있었다. 너무 짜거나 맵지도 않았고 담백한 반찬들과 조화를 이루는 흰 쌀밥을 떠올리는 것만으로도 입안에 침이 고였다.

"배고파."

무의식적으로 배를 쓰다듬던 도연은 미술관 근처의 유명한 밥집을 검색하기 시작했다. 꿩 대신 닭이라는 심정으로.

"관장님, 더우세요?"

"네?"

도연과 나란히 앉아 진행 상황을 확인하던 큐레이터가 의아한 얼굴로 말했다.

"더우신가 해서요. 물을 많이 드시길래."

도연은 점심 이후부터 손에서 떨어지지 않는 물컵을 보곤 아차 싶었다.

"아, 점심을 좀 짜게 먹어서요."

도연은 무안한 표정을 감추기 위해 웃어 보이곤 컵에 남은 물을 털어 마셨다. 점심을 먹고 양치한 이후에도 입안에 짠기가 남아 자꾸만 물이 먹혔다. 정수기에서 한가득 냉수를 받는 것도 벌써 몇 번째였다.

"담백하다더니."

점심에 밥을 먹으면 좀 나아질까 싶어 고심 끝에 찾아간 맛집은 소문난 것과 다르게 조미료 향만 강하게 느껴졌다. 단돈 만 원이 아까울 정도였다.

지금껏 식탐도 식욕도 없는 편이라 생각했는데, 오늘 보니 그것도 아닌 모양이다. 모락모락 김이 나고, 맛있는 냄새로 가득했던 주방 풍경이 떠올라 일에 집중이 안 될 지경이었다.

지금 느끼고 있는 새로운 감각이 무엇인지 그녀는 자연히 알아챘다.

"내가……."

이것은 무언가에 완전하게 길들여진 증상이었다. 자신도 모르는 사이에 몇 번의 아침에 완전히 익숙해지고 말았다.

도연은 헛웃음을 터트렸다.

고작 며칠 동안의 아침에.

시흥에서 공사 일정과 확인해야 할 서류 위에 사인하기가 무섭게 서준은 뒷정리를 다른 직원에게 맡기고 차에 올라탔다.

6시 30분. 예상보다 빨리 서울에 도착했다. 그는 갓길에 차를 세우고 휴대폰을 꺼냈다.

⟨일 마무리되는 대로 올라갈게.⟩

⟨서두를 필요 없어.⟩

점심에 짧게 주고받았던 문자를 읽다가 도연에게 전화를 걸었다. 스피커 모드로 해 놓은 휴대폰에서 지루한 연결음이 끊어지나 싶더니, 연결이 되지 않는다는 안내 음성이 흘러나왔다.

그는 조수석에 둔 검은색 재킷을 꺼내 입고 넥타이를 매며 다시 통화 버튼을 눌렀다.

"왜 전화를 안 받아."

넥타이를 다 맸을 즈음 방금과 똑같은 안내 멘트가 흘러나왔다. 서준은 하는 수 없이 종료 버튼을 누르고 메시지 함을 열었다.

〈나 서울이야. 너희 집까지 10분 안에 도착.〉

답장은 바라지도 않았지만 혹시나 싶었던 그는 마지막이라는 마음으로 도연에게 전화했다. 역시나 받질 않자 답답한 마음에 핸들을 거칠게 꺾었다.

도연의 본가에 도착한 시간은 문자를 보내고 정확히 10분이 지난 뒤였다. 서준은 시간을 한 번 더 확인한 뒤 적당한 곳에 차를 주차하고 휴대폰만 챙겨 들었다.

대문 앞으로 간 그가 잠시 숨을 골랐다. 수능을 보기 몇 주 전, 마지막 과외를 끝으로 이곳에 온 적이 없었으니 거의 8년 만이었다.

도연이 그의 집을 자주 온 반면에, 서준은 한 번도 찾지 않았다. 미선이 도연을 예뻐하듯 그를 보듬어 주는 사람도 없었을뿐더러, 동환과 도연의 일을 목격한 이후로는 이곳을 떠올리는 것만으로도 목이 답답해지는 기분이 들어서 생각조차 하지 않았다.

그런 집에 다급한 마음으로 헐레벌떡 올 줄이야.

두껍고 큰 검은색 대문은 살짝 열려 있었다. 기일이라 드나드는 손님이 많아 열어 놓은 건가. 서준은 혼자 생각하며 문을 안으로 밀었다.

현관까지 서둘러 걸으면서도 마당을 훑어보던 그의 눈이 점차 어두워졌다.

면적을 가늠하기도 힘든 넓은 마당에 눈이 가는 나무 한 그루가 없었다. 이름 모를 꽃 한 송이조차도. 일정한 길이로 잘려져 있는 잡초가 전부인 삭막한 풍경이었다.

그의 눈이 2층 오른쪽 끝에 있는 큰 창문으로 향했다. 온통 환한 불빛인 창가와는 다르게 그곳에만 밤이 온 것처럼 깜깜했다.

"아이씨."

이 집에 새끼손톱만 한 정도 붙이지 못한 이유가 떠올라 그의 얼굴이 사정없이 구겨졌다.

어깨를 가볍게 털어 낸 서준이 큼, 하고 목을 가다듬었다. 계단을 밟고 올라가는 발에 힘이 실렸다. 억지로 입꼬리를 올리고 손가락으로 미간의 주름을 꾹 눌러 피며 현관에 다다랐다.

문을 살짝 쥔 그의 손을 따라 문고리가 쉽게 돌아갔다. 덜걱, 하고 열리는 문틈으로 들려오는 소리는 꽤나 소란스러웠다.

집 안으로 들어오는 서준을 가장 먼저 발견한 것은 낯선 중년의 여성이었다. 막 신발을 벗는 그와 맞닥뜨린 여성은 당황한 듯 눈을 몇 번 깜빡이다가 물었다.

"혹시……."

"안녕하세요. 한서준입니다."

"아, 그……."

여자는 그를 살짝 훑어보더니 묘한 미소를 지으며 말을 건넸다.

"동환이 이모예요."

이모. 그 단어를 잠시 생각하던 서준이 고개를 숙여 인사했다.

"네. 처음 뵙겠습니다."

"여기서 뭐 하세…… 어머."

이모라는 여자의 뒤로 쓰레기봉투를 쥐고 오던 다른 여자가 서준을 보고 걸음을 멈추었다. 그나마 낯이 익는 것을 보니 이 집에 오래 상주한 가정부인 듯했다. 서준은 그녀를 향해 차분한 어조로 말했다.

"들어가도 될까요?"

"그럼요. 들어와요."

서준은 두 명의 여자를 지나쳐 복도를 걸었다. 뒤로 들리는 나지막한 수군거림이 그의 신경을 건드렸지만, 얼굴에 티를 내지는 않았다.

거실로 들어서자 소파에 앉아 있던 사람들이 일제히 눈을 반짝였다. 그중 도연의 아버지인 혁수만이 자리에서 일어나 서준을 맞이했다.

앉아 있던 자리에서 일어서는 사람은 혁수뿐이었다.

그가 허리를 숙여 인사했다.

"그동안 안녕하셨어요."

아버님이라는 말이 좀처럼 떨어지지 않아 서준은 그대로 입을 다물었다.

소파에서 정면으로 보이는 벽에는 십자고상이 걸려 있었고, 그 아래에는 옛날 장례식장에서 보았던 영정 사진과 과일 몇 가지가 놓여 있었다. 제사는 끝난 분위기였다.

"아니다. 생각보다 일찍 왔구나."

"인사는 드려야 할 것 같아서요. 늦어서 죄송합니다."

"괜찮다. 식구들끼리 간소하게 했어."

서준은 사람들이 삼삼오오 모여 앉아 있는 이곳에 도연이 없음을 깨달았다.

"식을 안 올려서 하필 이런 날 보게 되네."

처음 서준과 마주쳤던 여자가 소파로 가며 말을 이었다.

"이쪽은 다, 동환이 이모들."

그녀와 어깨를 나란히 하고 있는 두 명의 여자가 보였다.
서준이 고개를 꾸벅 숙였다.

"한서준입니다."

"동환이보다 어려 보이네."

"동갑이에요. 도연이랑."

서준은 동굴에서 울리는 듯한 낮은 목소리로 대답하며 혁
수의 뒤에서 일어서는 동환을 보았다.

"오랜만에 보네요."

"네."

동환이 손을 내밀며 악수를 청했지만 그는 대꾸만 할 뿐
손을 잡지 않았다. 싫어한다는 것을 티 내지 않으려 했는데
막상 마주치니 순간적으로 얼굴이 굳어졌다. 잠시 기다리던
동환은 대수롭지 않은 표정으로 손을 거뒀다.

어색한 분위기가 감돌았다. 서준은 소파에 다닥다닥 앉은
사람들을 외면하며 주변을 두리번거렸다.

"도연이는요?"

"아마 방에……."

말끝을 흐리는 혁수의 모습에 서준은 고개를 갸웃거렸다.

마당에서 도연의 방을 봤을 땐 불이 꺼져 있었다. 그대로 방에 틀어박혀 있는 건가 싶어 계단을 흘긋 바라보았다.

"주방에 있어요."

낯선 여성의 목소리에 서준이 고개를 돌렸다. 여자는 은근한 웃음기가 있는 얼굴로 말했다.

"아까 밥을 못 먹었잖아요. 지금 혼자서 먹고 있을걸요."

비아냥대는 여자와 아무것도 모르는 눈치인 혁수를 번갈아 보던 서준은 지체 없이 몸을 돌렸다.

"명온 복지 재단 본부장이랬나? 처음 보는데 인사는 시켜 주세요, 형부."

카랑카랑한 목소리에 서준이 움직임을 멈췄다. 혁수가 뭐라 말하기도 전에 그가 먼저 빠르게 대꾸했다.

"인사는 나중에 기회가 되면 하겠습니다."

자신의 말에 불쾌해할 것을 알았지만, 지금 그에겐 처음 보는 여자의 감정은 중요하지 않았다. 이곳에 있는 것만으로도 숨이 턱턱 막히는 기분이었다. 한시라도 빨리 여기에서 나가고 싶었다.

그는 서로의 눈치를 살피는 사람들을 헤치며 걸음을 옮겼다. 주방과 거실을 분리하고 있는 긴 천을 옆으로 치우자 곧바로 도연이 보였다.

"왜 전화를 안 받……."

서준은 말을 채 잇지 못했다. 식탁 앞에 앉아 있던 도연은 무덤덤한 표정으로 옷소매를 걷어 손목에 걸친 시계를 보았다.

"왜 이렇게 일찍 왔어?"

서준은 물음에 대답하는 대신 그녀 쪽으로 가까이 걸어갔다. 식탁에는 손도 대지 않은 밥과 도연이 풀떼기라고 부르는 반찬 몇 개가 대충 놓여 있었다.

아무도 없는, 아무 소리도 나지 않는 주방 안. 두 사람이 누워도 남을 만큼 넓은 식탁에 덩그러니 앉아 있는 서도연.

"아까 밥을 못 먹었잖아요."

조금 전 들었던 낯선 목소리와 형편없는 밥상 앞에 앉아 있는 도연이 그의 신경을 바짝 긁었다. 현관문을 열자마자 소란스러웠던 거실과 달리, 그녀가 혼자 앉아 있던 주방에는 아무 소리도 나지 않았을 것이 분명했다.

서준은 가스레인지 위에 있는 큰 냄비를 보았다. 국물이 튀긴 부분만 색이 묘하게 변해 있었다. 그는 다시 식탁과 그녀를 보았다. 평소와 다름없는 무심한 얼굴이 유난히 신경에 거슬렸다.

"아버지한테 인사했어?"

"……일어나."

서준은 그녀의 팔을 잡아 일으키며 말했다. 얼결에 일어선 도연은 그의 손에 잡힌 자신의 팔을 빼냈다.

"왜 그래?"

"가자."

떨어진 장식장처럼 앉아 있는 도연을 보는 순간, 서준은 왜 이렇게까지 서둘러서 이곳에 왔는지를 깨달았다.

그는 다시 한번 도연의 팔을 잡아 가볍게 당겼지만, 그녀는 방금과 마찬가지로 서준을 뿌리쳤다. 그러곤 아무 일도 없다는 평온한 표정으로 의자를 안으로 집어넣었다. 그 무심한 얼굴이 자꾸만 신경을 긁었다.

서준은 이곳이 싫었다. 이곳에 있는 도연은 그보다 더 싫었다. 그녀 주변에만 맴도는 적막한 분위기, 살아 있는 것이 하나도 없는 듯한 싸늘함, 그녀를 향해 시위를 겨누고 있는 화살의 날카로움. 모든 것들을 견딜 수 없었다.

서둘러 온 이유는 오직 하나였다. 도연과 함께 나가기 위해서.

"오빠도 거실에 있는데. 인사했어?"

도연이 태연한 만큼 서준은 짜증이 치밀었다. 침을 한 번 삼킨 그가 최대한 차분한 어조로 물었다.

"전화는 왜 안 받아?"

"전화…… 아, 가방에 두고 안 꺼냈다."

천하태평인 그녀의 얼굴에 울컥 치미는 화를 삼켰다. 서준은 손등으로 이마를 꾹 누르며 말했다.

"가방은 어디에 뒀는데."

도연은 곰곰이 생각하다 아, 하며 인상을 구겼다.

"차 안에. 집에 갈 때 네 차 타고 가려고 미술관 주차장에
두고 왔어. 거기에 가방 두고 왔네."

주머니를 뒤적거린 그녀의 손에 잡혀 나온 것은 달랑 카드
하나뿐이었다.

서준은 눈썹을 구긴 채 도연의 등을 부드럽게 밀어 자신의
앞에 세웠다.

"가."

도연의 등에 가까이 붙어 걷던 서준은 팔을 뻗어 그녀 대
신 천을 옆으로 치웠다. 거실로 두 사람이 나란히 나오자 사
람들의 시선이 한곳에 쏠렸다.

서준은 도연을 대신해 혁수에게 말했다.

"저희 먼저 가 보겠습니다."

"늦었는데 자고 가죠."

대답한 사람은 동환이었다. 서준은 그를 보며 짧게 대꾸했
다.

"내일 출근해야 해서요. 죄송합니다."

혁수가 고개를 끄덕이며 대답했다.

"둘 다 바쁠 텐데 얼른 들어가야지."

"네. 갈게요."

도연은 고개를 가볍게 숙이고 몸을 돌렸다. 그녀가 한 걸

음 걷는 것을 보며 서준 역시 발을 뗄 때였다.

"어지간한 철판이 쟤 얼굴보다는 얇을 거야."

차게 날아오는 말에 먼저 반응한 것은 서준이었다.

"지 엄마랑 죽은 날만 달랐어도 얼굴 안 비쳤을걸. 만난 적도 없는 이 집 안주인 기일이 뭐 중요하겠어?"

"처제."

경고하듯 낮게 깔리는 혁수의 목소리에도 가시 박힌 말은 이어졌다.

"내가 언니였음 그렇게 쓰러지지는 않았을 거야. 죽더라도 저년 먼저 죽이고 죽었지."

"그만해."

"지 어미는 그날 죽어 죗값이라도 치렀지. 저건 어쩜 저렇게 멀쩡해. 어쩜 저렇게……."

"처제, 그만."

"독한 년. 천벌 받아 죽을 년."

"그만하라니까!"

혁수의 고함이 거실을 울렸다.

서준은 더 생각하지 않고 도연의 손을 낚아채듯 잡아 현관까지 빠르게 걸었다. 그가 어지러운 신발장에서 그녀의 신발을 찾아 앞에 두고 제 신발을 찾아 신었다. 도연은 멍하니 신발을 내려다볼 뿐이었다.

"빨리 신어."

그녀는 대답도 하지 않았고, 신발도 신지 않았다.

서준은 어쩔 수 없이 한쪽 무릎을 꿇고 앉았다. 도연의 발목을 감싸 쥐고 신발을 끼워 넣어 다시 그녀의 손을 잡아끌었다.

"가족끼리 조용히 보내는 날인데, 쟤 이제 그만 보고 싶어! 멀쩡히 커서 이 집 돌아다니는 것만 봐도 끔찍해 죽겠다고!"

비명 같은 소리와 동시에 문이 닫혔다. 서준은 단 1초도 머뭇거리지 않고 마당을 가로질러 대문 밖으로 나갔다. 담 옆에 주차된 차의 조수석에 도연을 태우는 데까지 2분도 걸리지 않았다.

단숨에 운전석에 올라탄 서준이 긴 한숨을 터트렸다. 자신을 향한 말도 아닌데, 누구에게 맞은 것처럼 등허리와 어깨가 욱신거렸다.

가슴이 옅게 부풀 정도로 심호흡한 뒤에 서준은 시동을 걸었다. 조수석에 앉은 도연은 창가로 고개를 완전히 돌린 채였다. 그는 옆을 흘긋 보며 안전벨트를 당겼다.

둘은 비슷했지만 달랐다. '밖에서 낳아 온 자식'이라는 점에서 서준은 그녀에게 동질감을 느꼈지만 그는 집안의 장손이었다. 아버지인 태범이 한 회장의 친아들이었고, 서준은 그의 유일한 아들이었으니 문제 될 것이 없었다.

하지만 도연은 근본적으로 달랐다. 그녀의 친부인 혁수는 이미 아내와 아들이 있음에도 모두의 눈을 속이며 불륜을 저질렀고, 그 사이에서 도연이 태어났다. 그녀의 존재는 모든 문제의 근원이었다.

그 집안에서 도연이 인정받지 못한다는 사실은 알고 있었다. 동환과의 사이는 말할 것도 없었기에 시간이 지날수록 그녀와 자신의 차이를 알아 갔다. 사람들이 도연을 두고 '반쪽짜리'라고 말하던 그때부터.

머리로 알고만 있던 것과 직접 눈으로 확인하는 것은 하늘과 땅 차이였다. 식구란 이름으로 뭉쳐 있던 사람들, 그 속에 포함되지 못하고 고요한 식탁 앞에 덩그러니 앉아 있던 도연. 다른 세계처럼 동떨어져 있으면서도 아무렇지 않은 표정, 말투. 그리고 그녀에게로 쏟아지던 폭언.

다시 떠올리는 것만으로도 가슴이 쿵쿵거렸다. 서준은 여전히 창밖을 응시하는 도연을 바라보았다.

"서도연……."

그녀의 이름을 부르는 목소리가 흐릿해졌다. 어둠이 짙게 깔린 차 안이어서 잘 보이지는 않았지만, 그는 알 수 있었다. 도연의 어깨가 잘게 떨리는 것을. 무릎에 나란히 올려 둔 주먹 쥔 손이 흔들리는 것을.

서준은 시동을 거는 대신 차 문을 열고 밖으로 나갔다. 뒤로 몇 발 움직여 뒷문을 등지고 선 그는 여전히 쿵쿵거리는 가슴 위로 손을 올린 채 눈을 질끈 감았다.

"아."

목을 하늘로 젖히고 있던 그가 나직이 욕을 뱉을 때 웬 물방울이 얼굴 위로 뚝 떨어졌다. 손으로 닦아 내자 기다렸다는 듯이 또 얼굴에 떨어졌다.

"때맞춰 내리는 것도 아니고."

빗방울이 점차 굵어지기 시작했다. 반사적으로 이마 위로 손을 펴는 순간 차 문이 열리는 소리가 났다.

"비 와."

도연의 목소리는 뱉은 말만큼 단조로웠다. 살짝 밖으로 나온 그녀의 얼굴 위로 금세 빗물이 달라붙었다.

"가자며."

짧게 말한 그녀가 차 안으로 몸을 감췄다. 조수석 문이 닫히는 것을 보고 있던 서준은 다시 운전석에 올라탔다.

말없이 안전벨트를 매고 있는 그녀를 따라 서준도 안전벨트를 맨 뒤 시동을 걸었다. 차가 출발하는 순간 도연은 아까처럼 창밖으로 고개를 돌렸다.

서준은 와이퍼가 규칙적으로 움직이는 차창을 보다가 한 손을 핸들에서 뗐다. 바지 뒷주머니에서 손수건을 꺼내 도연의 허벅지 위로 성의 없이 툭 던졌다.

"훌쩍거리지 말고 풀어."

심드렁하게 말한 서준이 운전석과 조수석 창문을 아주 살짝 열었다. 쏟아지기 시작한 빗소리가 좁은 틈새로도 우렁차게 울렸다. 거칠게 내리는 빗소리에 코를 푸는 소리가 잠겨 들었다.

서준은 손수건을 이리저리 돌려가며 코를 푸는 도연을 흘 긋 바라보았다.

"네가 빨아서 다려 놔."

도연은 긍정도 부정도 하지 않고 코를 한 번 더 크게 풀었다. 아, 하고 나지막하게 나오는 목소리가 갈라져 나왔다.

"감기 아직도 안 나았냐."

"코 풀어서 그래."

서준은 더 이상 별다른 말없이 운전에 집중했다.

풀 만큼 풀었는지, 손수건을 몇 번 접어 코끝을 닦은 그녀 는 의자에 머리를 편히 기대며 몸을 늘어트렸다.

잠시간의 침묵을 깬 것은 서준이었다.

"미안."

갑작스런 사과에 도연은 아무 대답도 하지 않았다.

"편 못 들어 줘서."

낮은 웃음소리가 대답 대신 이어졌다.

"사과할 필요 없어. 틀린 말도 아닌데, 뭐."

"틀렸어."

웃고 있던 도연의 입매가 굳어졌다.

"틀렸다고. 전부 다."

서준은 도연을 반쪽짜리라고 생각했던 것을, 또 그렇게 반쪽이라고 말했던 지난날을 후회했다. 주워 담지 못할 그 말이 그녀에게 상처를 남겼을 수도 있다는 생각에 괴로워졌다.

"네 얼굴보다 얇을 철판은 세상에 없어. 그 집 사람들한테 잡혀 죽어야 될 이유도 없고."

"……."

"치를 죗값도 없고, 천벌도 안 받을 거야."

벌어진 채 아무 소리도 나지 않는 도연의 입술을 보며, 그가 단호히 말했다.

"아니라고 말 못 해 줘서 미안해."

어느새 비가 그치고 있었다. 미련을 남기듯 창문에 떨어지는 빗물처럼, 그녀의 볼을 타고 눈물이 흘러내렸다. 서준은 도연이 쥐고 있던 손수건을 빼내 반으로 접어 그녀의 손에 쥐여 주었다.

"깨끗한 면으로 닦아."

삐뚤빼뚤, 투박한 위로에 그녀의 입에서 어설픈 웃음이 터져 나왔다.

서준을 향해 있던 도연의 얼굴이 반대로 돌아갔다. 전과 다른 점이 있다면 더 이상 어깨나 손을 떨지 않는다는 것이었다.

그는 도연이 콧물과 눈물을 멈추고 난 뒤에야 창문을 올렸다. 차 안은 순식간에 조용해졌다. 그녀가 어렴풋이 잠에 들 정도로.

두 사람이 집에 도착했을 때는 비가 완전히 그친 뒤였다.

샤워를 마치고 나온 서준은 주방으로 가서 냉장고를 뒤적거렸다.

그는 야채 칸에서 반쯤 남은 두부와 소고기를 꺼내며 안도의 한숨을 쉬었다. 국 한 그릇은 만들 수 있을 정도의 양이었다. 젖은 머리를 말릴 새도 없이 시간을 확인해 가며 다른 날보다 더 빠르게 국을 끓여 냈다.

김이 폴폴 나는 탕국과 도연이 사다 놓았던 소주 한 병을 나무 쟁반 위에 올리고 받쳐 들어 그녀의 방문을 조심스럽게 두드렸다. 금세 열린 문틈 사이로 도연의 얼굴이 위로 향했다가 아래로 떨어졌다.

"뭐야?"

"거실로 나올래. 아님…… 내가 들어갈까."

도연이 문을 완전히 열었다. 발 디딜 틈이 안 보이는 바닥 곳곳을 바라보던 서준은 옅은 한숨을 쉬곤 말했다.

"네가 나와야겠네."

그녀는 군말 없이 거실로 따라 나와 알록달록한 테이블 위에 나무 쟁반을 내려놓는 서준을 의아한 표정으로 바라보았다.

국그릇 하나에 소주 한 병이 전부인 게 아쉬운지, 그는 수납장에서 캔들을 하나 꺼내 와 불을 붙였다.

"뭐 해?"

"아직 오늘 안 지났잖아."

여전히 모르겠다는 듯 고개를 꺾는 도연에게 서준이 나지막이 말했다.

"그러니까…… 아직 기일이잖아. 뭐라도 해야 할 것 같아서."

떨려 오는 도연의 눈과 서준의 눈이 허공에서 부딪쳤다.

"우리 집에 장미 화분 만들어 줬잖아. 우리 아빠한테 그림 선물도 주고."

서준이 그녀에게 소주잔을 내밀었다.

"그거 보답으로."

깨끗한 소주잔을 바라보던 그녀가 바람 빠진 웃음소리를 내며 잔을 받아 들었다. 그의 옆에 털썩 앉아 국그릇 위에 수저를 올리고, 소주병 뚜껑을 열었다. 아로마 향이 은은하게 코끝을 스치며 지나갔다.

서준은 잔에 채워지는 맑은 술을 바라보며 침묵을 지켰고, 도연은 술이 가득 찬 잔을 망설임 없이 입가로 가져가 고개를 뒤로 젖혔다.

"한 잔은 그냥 둬야 하는 거 아니야?"

서준의 물음에 도연은 다른 대답을 했다.

"엄마는 술 안 마셨어."

도연은 빈 잔을 제자리에 두고 입가에 매달린 물방울을 손 끝으로 털어 냈다.

"옆집 아줌마가 그러더라고. 나 가졌을 때 술 못 마시는 걸 제일 괴로워했다고."

도연이 입을 달싹일 때마다 은은하게 알코올 향이 퍼져 갔 다.

"그런데 나는 엄마가 술 마시는 걸 본 적이 없었거든. 그 래서 한번 물어봤었어. 술 마시는 거 좋아했냐고. 한참 뒤에 엄마가 말하더라. 열 달 참고 나니까 좋아했었나 싶더라고."

도연은 다시 빈 잔에 술을 채운 뒤 잔을 비웠다.

"어느 날은 너무 피곤해서 저녁도 거르고 일찍 잤었는데, 옆집 아줌마 목소리에 잠이 깼어."

그녀의 입가에 술보다 쓴 미소가 걸렸다.

"아줌마가 그러더라고. 아직도 술 안 마시냐고. 너무 괴롭 고 힘들 때는 그냥 마시는 게 낫지 않느냐고."

서준은 숨소리조차 죽인 채 귀를 기울였다.

"엄마는 무서워서 못 마신다고 했어."

잔에 찰랑이는 술처럼 도연의 눈동자가 출렁이고 있었다.

"한 잔으로 끝나지 않을 것 같아서 무섭다고. 취할 정도로 마시고 나면…… 취해 버리면, 돌이킬 수 없을 짓을 할 것 같 다고."

도연은 다시 빈 잔에 술을 채웠다.

"그땐 그게 무슨 말이었는지 잘 몰랐어. 시간이 지나면서 잊게 됐고…… 나중에 알게 됐지."

도연이 입을 달싹일 때마다 화한 알코올 냄새가 그에게 스며들었다. 술엔 입도 대지 않았는데 서준은 왜인지 취하는 기분이 들었다.

"엄마가 죽은 날, 장례식장에 날 두고 가던 날."

서준은 자연스레 떠올려지는 과거의 도연을 회상했다.

"그날 아침에 엄마가 밥도 안 먹고 술을 두 병 넘게 마셨거든. 택시 뒷자리에 엄마랑 앉아 있었는데, 술 냄새가 진동을 했어."

어느 순간부터 그녀의 목소리가 잘게 떨려 왔다.

"엄마는 화장도 안 하고, 향수도 안 뿌리고, 심지어는 요리도 안 해서 아무 냄새가 안 나는 사람이었거든. 신기할 정도로 비누나 샴푸 냄새조차 없었는데 그날따라 술 냄새가 정말 지독했었어."

도연은 검지로 술잔 끝을 따라 원을 그렸다.

"그래서 매년 오늘이 되면, 방 안에 앉아서 술을 마셨었는데."

도연은 장난스럽게 숟가락을 쥐고 그릇을 톡 치며 말했다.

"오늘은 네 덕에 안주도 있네."

도연은 서준을 바라보며 입술을 휘었다.

"엄마 얘기는 아무한테도 한 적 없는데, 할 수도 없었고. 그런데 너한테는 하게 돼."

술기운 탓인지 그녀의 눈 아래가 붉어져 있었다. 서준은 자신에게 가감 없이 다가오는 도연의 시선을 곧이곧대로 받았다.

은은한 아로마 향에 진한 알코올 향이 섞여 서준에게 닿았다. 미묘한 향기였다. 지금 그가 느끼고 있는 감정처럼.

"고맙다."

"……."

벼락을 맞는다면 이런 기분일까.

"진심으로."

벽돌로 뒤통수를 맞는다면 이런 느낌일까.

"다행이야."

절벽 아래에서 나뭇가지 하나를 붙잡고 버티게 된다면 이런 감정일까.

"지금 나랑 있는 사람이 한서준 너여서."

도연의 눈이 술기운을 이기지 못하고 느리게 감겼다. 힘이 풀린 몸이 옆으로 조금씩 기울었다.

서준은 카펫 위로 고꾸라지려는 그녀의 몸을 놓치지 않았다. 팔 안으로 들어온 도연의 고개가 힘없이 뒤로 젖혀졌다.

"서도연."

서준의 목소리에 도연의 눈꺼풀이 파르르 떨렸다. 감겨 있던 눈이 차츰 떠지는 것을 바라보며 그가 속삭였다.

"나 안 취했어."

그녀의 입술 새로 흘러나오는 알코올 향에 눈앞이 몽롱했다.

"멀쩡해, 나."

발아래까지 곤두박질치던 심장이 목구멍 위까지 치솟다가 제자리로 돌아갔다.

서준은 도연의 어깨를 붙잡은 손에 힘을 주었다.

"후회 안 할 거야."

이렇게 될 줄 알았으면, 차라리 맨몸으로 쫓겨날걸.

그는 조금도 머뭇거리지 않고 도연에게 다가가며 그대로 눈을 감았다.

코끝에 감돌던 알코올 향이 그의 입안에 스며들었다. 도연의 입술에 입술을 포개는 순간, 알싸한 향에 취하듯 그녀의 입술 사이를 파고드는 그 순간, 서준은 그녀를 향한 새로운 감정이 터져 나왔음을 알았다.

서준은 그 감정의 꼬리를 붙잡으려 하지 않았다. 도연의 입안을 더 집요하게 파고들어 옅은 숨결조차 모조리 삼켰다. 숨이 막힌 그녀가 그의 옷깃을 쥐어 틀 때까지.

여느 때와 다름없는 아침이었다. 서준은 어제 끓여 놓았던 국에 약간의 고춧가루를 풀어 얼큰하게 끓여 냈다. 그도 모자란지 청양고추 몇 개를 다지듯 썰어 넣었다.

노릇노릇하게 구워진 햄을 키친타올을 깐 접시에 옮겨 담고, 프라이팬에 남은 기름 위로 계란 두 개를 깼다. 그가 바쁘게 움직이는 와중에 밥솥에서 취사가 완료되었다는 안내 음성이 나왔다.

서준은 전자레인지에서 불고기가 담긴 그릇을 꺼내 식탁 가운데에 놓고, 넓은 그릇에 국을 양껏 담아 기름을 뺀 햄과 함께 나란히 놓았다. 마지막으로 바짝 익힌 계란 두 개를 뒤집개로 들어 올릴 때쯤 주방 안에 은근한 꽃향기가 스멀스멀 피었다.

서준은 고개도 돌리지 않고 입을 뗐다.

"밥 먹을 만큼 퍼."

도연이 기척을 내지 않아도 주방에 왔음을 알 정도로, 서준은 그녀가 늘 쓰는 바디워시 향에 익숙해져 있었다.

잠이 덜 깬 표정으로 서 있던 도연이 낮게 중얼거렸다.

"……뭐야?"

"앞으로 계속 이렇게 아침 먹을 거야."

"뭐?"

"아주머니한테도 조금 전에 전화해서 얘기했어. 앞으로 식사 안 챙겨 주셔도 된다고. 내가 할 거니까."

서준은 도연에게 밥주걱을 내밀었다. 얼떨결에 받아 든 그녀가 잠시 머뭇거리다가 밥솥으로 향했다.

"주걱으로 좀 뒤적인 다음에 퍼."

서준은 완벽하게 익힌 계란을 마지막으로 놓고 싱크대로 가서 손을 씻었다. 그가 수건에 손을 닦는 동안 도연은 밥그릇과 수저를 챙겨 식탁 앞에 앉았다.

도연은 가장 먼저 국을 한 입 떠먹었다.

"아."

그녀의 입에서 탄성이 터졌다. 끓이는 냄새만으로도 매웠으니 맛을 보지 않아도 얼마나 얼큰할지 가늠할 수 있었다.

"어제 술 먹어서 일부러 맵게 했어."

서준은 싱크대를 등지고 돌아서 식탁 앞에 섰다. 입을 오물거리고 있는 도연의 모습에서 어제의 그녀가 겹쳐 보였다. 추위가 느껴질 정도로 삭막했던 주방 안에서 혼자 멀뚱히 있던 모습이.

햄을 베어 물던 도연이 서준과 눈을 맞췄다.

"왜 그렇게 봐?"

도연이 입 주변을 더듬으며 물었지만 그는 넋 놓고 그녀를 바라볼 뿐이었다.

그녀에게 밥을 차려 주던 날들과 다름없는 아침이었다. 식사한 뒤 먼저 나가면 도연이 설거지를 하는 게 암묵적인 규칙처럼 이어지는 그런 아침이었다.

그동안 주방을 나간 뒤로 도연을 돌아본 적이 있었나. 밥 먹는 모습을 보고 있었던 적이 있었나.

그녀가 어떤 얼굴로 밥을 먹는지 보았던 적이 없었다.

"한서준."

이제야 도연이 보였다.

"내 얼굴에 뭐 묻었어?"

보고 있는 사람이 쓸쓸해질 정도로 혼자에 익숙한 도연이 눈에 밟혔다.

그는 이렇게 아침을 보내게 된 이후 처음으로 순서를 깼다. 도연을 등지고 집을 나가야 할 시간이었지만, 서준은 현관으로 향하는 대신 찬장에서 밥그릇을 하나 꺼냈다.

"그래. 뭐 묻었다."

그의 간결한 대답에 도연이 손등으로 입가를 훔쳤다.

서준은 그릇 안에 밥을 한 주걱 퍼 담고 젓가락을 챙겨 도연의 맞은편에 앉았다.

일어난 지 얼마 되지 않은 이 시간에 밥을 먹는 것은 수험생 시절 이후로 꽤나 오랜만이었다.

서준은 말없이 밥을 숟가락으로 퍼 입안에 넣었다. 우물우물 씹는 그의 머리 위로 도연의 목소리가 떨어졌다.

"출근 안 해?"

그는 입안을 비운 뒤에 대답했다.

"해."

"너 아침밥 안 먹잖아."

"먹어. 오늘은."

"오늘은?"

"앞으로도."

바닥에 닿은 발이 가만히 있지 못하고 자꾸만 꼼지락거렸다. 밥알이 넘어갈 때마다 목 안이 간지러워 그는 몇 번이나 물을 마셨다.

"한서준."

"왜?"

불러 놓고 모른 척하는 그녀를 빤히 쳐다보자 도연은 입을 달싹이는 대신 그의 밥그릇 위에 계란 프라이 하나를 툭 올렸다.

그녀의 젓가락을 따라 서준의 시선이 움직였다. 시선 끝에 닿은 것은 은근하게 웃고 있는 도연이었다. 서준은 젓가락으로 푹 익은 노른자를 도려내어 그녀의 밥 위에 턱 올렸다.

"나 완숙 노른자 안 먹어."

도연은 보란 듯이 노른자를 한 입 물었다.

"안 익은 노른자를 어떻게 먹냐. 비리게."

"다 익은 건 퍽퍽해서 맛이 없거든. 목 메이고."

그 이후로 완전히 반대되는 서로의 음식 취향을 트집 잡고 티격태격하며 식사를 이어 갔다. 탕수육을 부어 먹는지 찍어 먹는지에 대해서까지 토론 아닌 토론을 한 뒤에야 말소리가 끊어졌다.

식기가 부딪치는 소리만 연이어 이어지던 식탁 위에 서준의 목소리가 퍼졌다.

"서도연."

"왜?"

"언제 물어볼 거야?"

도연이 무어라 말하기도 전에 그가 차분한 어조로 말을 이었다.

"어제 왜 키스했냐고."

"큽! 콜록!"

서준은 빈 컵에 물을 따라 건넸다. 심각하게 사레가 들렸는지 연신 기침을 하던 도연이 다급하게 물을 들이켰다.

그녀가 물을 마시는 것을 확인한 서준이 다시금 입을 뗐다.

"어제 다 말했어. 안 취했고, 정신 멀쩡했고, 후회도 안 한다고."

잔기침이 이어졌다. 입을 틀어막는 도연을 바라보며 그가 또박또박 말했다.

"네 이름 뒤에 이 말을 붙이게 될 줄은 몰랐는데."

"너……."

"떨려. 네 이름을 부르는 게."

도연의 손에서 힘없이 컵이 떨어졌다. 컵에 남아 있던 물이 식탁을 타고 다리 위로 쏟아지는데도 그녀는 혼자 시간이 멈춘 것처럼 꼼짝도 하지 않았다.

서준은 확인 사살을 하듯 목소리에 더 힘을 주어 말했다.

"너랑 마주 보는 지금, 설레고."

더 커질 수 없을 정도로 확장되는 도연의 눈동자를 보는 것이 퍽 즐거웠다. 그는 미소를 지으며 더없이 단호하게 말했다.

"좋아하는 것 같은데."

"……너 미쳤냐?"

불쾌한 질문에도 서준은 전혀 개의치 않은 얼굴이었다.

"멀쩡하다니까."

"지금 네가 무슨 말을 했는지 제대로 알고……."

"제대로 알고 말하는 거야. 모를 수가 없어. 가슴이 너무 뛰고 있어서."

도연에겐 오늘이 처음이었다.

"네가 좋아서 떨리고 설레. 서도연."

"……."

"확실하게, 분명하게, 좋다고."

그와 알고 지내는 동안 아무 반박도 하지 못하고 말문이 막힌 것은.

"생각 많이 했었는데, 이제 그만하려고."

"한서준."

"그냥 하고 싶은 대로 할 거야. 마음 가는 대로 얘기할 거고."

씩 웃는 서준의 얼굴을 보며, 도연은 할 말을 잃고 굳어 버렸다.

6. 감정의 곡선

"취향 좀 말해 봐."

스킨을 듬뿍 묻힌 화장 솜을 든 도연은 문가에 기대 서 있는 서준을 보며 시큰둥하게 대꾸했다.

"출근 안 해?"

"오늘 시흥 내려가서 늦게 나가. 이상형이 어떻게 돼?"

아침 댓바람부터 허락도 없이 문을 열더니 허무맹랑한 이야기를 하는 그에게 도연은 좀처럼 적응할 수 없었다.

며칠 전, 식탁 앞에서 믿을 수 없는 고백을 한 서준은 자신의 진심을 꺼내 보여 줄 기세로 매순간 달라진 모습을 보여 줬다. 아침저녁마다 지극정성으로 밥을 차려 주는 것은 물론이고, 점심에 먹으라며 먹기 좋게 자른 과일 도시락을 챙겨 주기도 했다.

도시락 가방이 얼마나 깜찍한지, 우연히 보게 된 큐레이터 중 한 명이 '신혼이 좋긴 좋네요' 하며 너스레를 떨 정도였다.

변한 것은 태도만이 아니었다. '야' 혹은 '너'가 입에 붙어 있던 지난 10년이 꿈처럼 느껴질 정도로 서준은 단 한 번의 실수나 머뭇거림도 없이 '도연아'라고 불렀다.

그 말투와 목소리, 순간마다 보이는 서준의 얼굴이 잘 때에도 떠올라 최근 그녀는 불면에 시달리고 있었다.

"아침부터 무슨. 그리고 누가 마음대로 문 열래? 노크도 없이."

"앞으로는 보고 싶을 때마다 불쑥불쑥 열 건데."

"야."

"싫으면 문 잠가."

도연은 이런 서준이 당황스러웠다. 저가 알고 있던 한서준이 맞나 싶을 정도로 모르는 사람을 보는 듯한 착각이 들 정도였다.

"말하면 문 닫을게."

"무슨 말."

"남자 취향."

어이가 없는 얼굴로 웃던 도연은 진지한 표정으로 서 있는 그를 향해 차분히 물었다.

"병원 갈래?"

그녀의 검지가 곧게 뻗어 귀 옆에서 둥글게 돌았다.

"정신 차려. 나 서도연이야. 10년 동안 너랑 치고받고 못 괴롭혀서 안달이었던. 어떻게 하루 만에 대하는 태도가 손바닥 뒤집듯이……."

"적응 안 된 김에 말이나 해 봐. 남자 취향."

결국 도연은 포기한 얼굴로 빠르게 중얼거렸다.

"까무잡잡하고 키 작고 쌍꺼풀 진한, 그다지 돈은 없는 남자."

희고 키가 큰, 쌍꺼풀이 선만 얇게 있는 부잣집 아들인 서준과 완벽히 반대되는 조건이었다.

도연의 의도를 알아챘는지 그는 아무 동요도 없이 피식 웃기만 할 뿐이었다.

참을 수 없다는 얼굴로 벌떡 일어선 도연은 그에게로 다가갔다. 기대 서 있던 서준이 똑바로 섰다. 두 사람의 손이 동시에 문고리를 잡았다. 서준은 바깥쪽, 도연은 안쪽 문고리를 잡은 채 팽팽히 맞섰다.

"말했으니까 나가."

"대부분 사람들은 이상형과 반대되는 사람과 연애하고 결혼한대."

"그럼 뭐하러 물어봤어?"

"네가 이렇게 대답할 줄 알고."

할 말이 없어진 도연은 문고리를 잡아 앞으로 밀었지만 문은 꼼짝도 하지 않았다.

"나가라니……."

"도연아."

날카로워져 있던 도연의 눈이 부드러운 목소리에 일순간 풀어졌다.

"너 예쁘다."

그녀의 아랫입술이 아래로 점점 떨어졌다.

"너…… 진짜 뭐 하는 거야."

"짝사랑."

그녀가 머뭇거리는 사이 서준에 의해 문이 닫혔다.

도연은 이미 사라지고 없는 서준과 여전히 마주 보고 있는 것처럼 벙찐 표정을 짓고 서 있었다. 발목과 손목이 갑작스럽게 풀어진 것처럼 찌르르한 감각에 어깨가 들썩일 정도로 떨었다.

"이게 뭐야."

바닥을 보며 멍하니 중얼거리던 도연은 밖에서 들리는 노랫소리에 고개를 치켜들었다. 그녀의 나잇대라면 모를 수가 없는 유명한 남자 그룹의 노래였다. 본인 의지와 상관없이 노래 제목을 자연스레 떠올렸다.

반대가 끌리는 이유.

도연의 얼굴색이 불그스름하게 변해 갔다.

"관장님 덕분에 저희도 호사하네요."

도연은 억지로 웃느라 볼이 뻐근할 지경이었다. 점심시간에 때맞춰 배달 온 고급 도시락에 미술관 직원들은 너 나 할 것 없이 사진을 찍기 바빴다.

화기애애한 분위기 속에서 불편한 속을 감추고 있는 사람은 도연 하나뿐이었다.

"관장님, 저희 놀라게 하려고 점심 뭐 먹을까 물어보신 거예요?"

"아니에요. 저도 몰랐어요."

평소에도 호들갑스러운 성격의 큐레이터가 별안간 꺄아, 비명을 지르며 손뼉을 쳤다.

"서프라이즈! 너무 로맨틱하다."

그녀의 호들갑에 동조된 듯, 다른 직원들마저 한마디씩 보태기 시작했다.

"좋겠다. 남편분이 엄청 다정하시네요."

"나도 결혼하고 싶다."

달콤한 이야기에 흐물흐물 녹아 버린 직원들 사이에서 도연은 뻑뻑한 입꼬리를 가까스로 올렸다.

도연은 면허를 딴 이래로 처음 대리 기사를 불렀다. 차 키를 받아 든 기사는 술 한 잔 마신 것 같지 않은 그녀를 의아하게 바라보았다.

기사의 짐작대로 도연은 술 한 잔도 입에 대지 않았지만, 이미 만취한 사람처럼 운전대를 잡을 수 없었다. 점심 이후부터 눈앞이 어지러운 탓이었다.

다름 아닌 서준 때문에.

"감사합니다. 조심히 가세요."

도연은 기사에게서 차 키를 받고 집으로 향했다. 익숙하게 비밀번호를 누르고 문을 연 그녀는 들어갈 생각이 없는 사람처럼 가만히 있었다.

"깜깜하네."

도연은 혼잣말을 중얼거리며 현관으로 들어섰다.

신발을 대충 벗어 놓고 거실로 와 불을 켰다. 갑작스러운 환한 빛에 눈을 찡그린 그녀가 주변을 둘러보았다. 집 안은 적막하고, 고요했다.

소파에 앉아 고개를 뒤로 젖히며 눈이 시리도록 깨끗한 하얀 천장을 바라보았다.

"한서준."

그의 아버지이자 명온 그룹의 회장인 태범에게 처음 결혼 제의를 받았을 때, 도연은 깊이 고민하지 않고 고개를 끄덕였었다. 때마침 동환이 한국으로 돌아와 더 이상 본가에서 살 수 없다는 결론을 내렸기 때문이었다.

　그녀는 안전한 울타리가 필요했고, 서준은 모든 조건을 갖춘 남자였다. 자신을 잘 알고, 결혼이라는 것에 대한 부담감을 낮춰 주고, 동환으로부터 안전한 방패막이 되어 줄 수 있는.

　서준이 복지 재단의 이사장이 될 때까지 형식적인 결혼 생활을 유지하다가 조용하게 이혼 절차를 밟을 예정이었다. 다시 혼자가 되고 나면 미술관을 정리하고 서울에서 먼 지방이나 외국으로 가 자유를 만끽하며 살려고 했다.

　서준에게 반지를 주며 프러포즈 아닌 프러포즈를 하던 날, 도연은 많은 변수를 예측했다. 둘의 결혼이 모종의 계약이란 사실이 밖으로 새어 나갈 변수, 그 사실을 알게 된 동환이 자신의 약점으로 잡게 될 변수, 추후 서준과 이혼 절차를 밟게 될 때 벌어질 수 있는 다양한 경우에 대해서 나름의 대비를 세웠었다.

　하지만 이것은 예상하지 못했던 상황이었다.

　너무 있을 수 없는 일이라 '그럴 일은 없겠지'라고도 생각하지 않았던.

　"네가 좋아서 떨리고 설레."

　"너…… 진짜 뭐 하는 거야."

　"짝사랑."

대비하지 않은, 그래서 어떻게 해결해야 할지 방안을 생각
할 수 없는 변수였다.

　"너 예쁘다."

　입술 새로 터져 나가는 깊은 한숨이 위를 향해 날아올랐
다. 도연은 눈을 질끈 감고 저도 모르게 입술 위를 손가락으
로 더듬었다.

　방금 닿았다 떨어진 것처럼 감각이 생생했다. 입술 위로
얹어진 서준의 숨이 얼마나 뜨거웠는지도, 차라리 잊고 싶을
정도로 감촉과 온도가 너무 선명했다.

　삐리릭, 현관에서 도어록이 풀리는 소리가 들렸다. 도연은
손가락으로 더듬거리던 입술을 손등에 누르며 달아오른 열
기를 애써 지워 냈다.

　"뭐 하고 있어?"

　도연은 눈만 살짝 떴다. 어느새 서준의 얼굴이 천장을 가
리고 있었다.

　"뭐 하고 있냐고."

　"생각."

　"무슨 생각?"

　"한서준, 너."

도연은 불그스름한 그의 입술에 시선을 두며 말했다.

"네가 날 왜 좋아하는지 생각하고 있었어."

도연은 자세를 고쳐 소파에 똑바로 앉고선 그를 향해 물었다.

"내가 왜 좋아? 아니, 왜 지금 좋아? 너랑 내가 알고 지낸지가 10년인데. 아니, 나는 그동안 계속 예뻤는데 왜 이제야 예쁘다 어쩐다 하는 거야?"

서준은 웃음을 터트렸다.

"그건 모르겠는데, 내가 널 진짜 좋아하고 있는 건 알겠네. 예전이었으면 헛소리한다고 넘겼을 말에도 웃음이 나오는 걸 보면."

도연의 얼굴이 아연실색하게 변하자 서준의 웃음은 끊이질 않았다.

"이유는 몰라. 굳이 따지자면 그냥, 네가 서도연이니까."

서준은 도연과 약간 거리를 두곤 소파 끝에 앉았다.

"볼 때 느낌이 달라졌어. 저릿저릿하고, 두근거리고, 무슨 말을 어떻게 해야 할지 모르겠고."

"……."

"이제 네가 대답해 봐."

아무렇지 않은 척, 도연이 표정을 가다듬고 대꾸했다.

"뭘."

"내 생각은 왜 하는데?"

"뭐?"

"우리 집에 과외 하러 올 때 가끔 뒤에 멍청한 놈 하나씩 달고 다녔잖아. 너 좋다고 쫓아다니는 놈."

"갑자기 그 얘기는 왜……."

"너 좋다고 울고불고 생쇼를 해도 듣는 체도 안 했잖아. 나도 아는 이름을 모를 정도로 관심도 없었고."

도연의 표정이 굳어질수록 서준의 얼굴이 환하게 펴졌다.

"근데 내가 널 좋아하게 된 이유는 왜 생각해?"

서준의 얼굴엔 여유가 넘쳐 흘렀다. 요 며칠, 그는 얼굴만 같은 다른 사람처럼 행동했다. 늘 자신에게 한 방 먹고 얼이 빠지거나 화를 주체하지 못하던 그 한서준이 맞는지 의심될 정도였다. 비유하자면 갓 게임을 시작한 레벨 1짜리가 갑작스레 고수가 되어 게임판을 한 번에 장악하는 것을 보는 기분이었다.

서준을 어떻게 대해야 할지 감조차 오지 않았다.

"신경 쓰여서?"

"……여자로도 안 보인다며, 나."

이 상황에서 할 수 있는 거라곤 그의 마음을 부정하는 게 전부였다.

"그날부터 여자야."

어느새 둘 사이의 간격이 좁아지고 있었다.

"우리 키스하던 날부터."

"난……."

가까이 다가오는 서준을 피하며 몸을 뒤로 젖힐수록 서준은 그만큼 다가오고 있었다. 무릎과 무릎이 맞닿을 정도로 거리가 좁혀진 순간, 참지 못한 도연이 자리에서 일어섰다. 아니, 일어서려 했다.

"그때 네가 그랬잖아. 나 남자 맞다고. 그것도 너한테 필요한."

도연은 앉지도 일어서지도 못한 어중간한 자세로 섰다. 손목 전체를 감싸는 온기에 그녀의 얼굴이 예민하게 반응했다. 억세게 잡지도 않았는데 쉽게 뿌리칠 수 없어 그녀는 힘겹게 입을 뗐다.

"그다음 말도 기억해야지. 적당히 시간 죽이다가 헤어져 줄 남자라고."

"그 마음 조만간 변하게 될걸."

도연은 불시에 손을 당긴 서준에게 밀리지 않기 위해 다른 한 손으로 소파 등받이를 잡고 강하게 버텼다.

"뭘 믿고 그렇게 확신해?"

"확신하는 거 아니야. 내 바람이지."

서준은 도연의 팔을 놓아주며 일어섰다. 순식간에 두 사람의 눈높이가 역전되었다.

"지금 다 해 보고 있잖아."

"한서준."

"다정하게도 해 보고, 강하게도 나가 보고. 어떻게 하면 맘 돌릴까 싶어서."

서준은 도연의 팔 사이로 손을 밀어 넣어 대번에 그녀의 등허리를 감쌌다. 갑작스러운 스킨십에 당황스러움을 감추지 못한 도연이 그를 올려 보았다.

"뭐 하는……."

"키스해도 돼?"

도연은 정신이 깬 사람처럼 눈을 번뜩 뜨며 그의 가슴팍을 후려쳤다. 확 밀려나서 아플 법한데도 서준은 아무렇지 않은 얼굴이었다.

도연은 굳은 얼굴로 그를 향해 말했다.

"이건 아니야. 한서준, 너랑 내가 이렇게 될 수는 없잖아."

"이렇게 되는 게 뭔데?"

"가까이 있는 거."

서준은 고개를 옆으로 꺾으며 나직이 말했다.

"우리 한집에 살잖아. 부부로."

부부. 낯선 그에게서 나오는 단어를 되새기던 순간, 도연은 느꼈다.

서준과 자신을 묶고 있는 그 뜻의 무게를.

도연은 망설이지 않고 서준을 피해 자신의 방 문고리를 쥐었다. 문고리를 돌리기도 전에 그의 손길이 손등 위로 내려앉았다.

"나 미리 말했다. 앞으로 뭐든 할 거라고."

굳어 있는 도연을 대신해 서준이 방문을 열어 그녀의 어깨를 부드럽게 밀었다.

"아침에 또 문 열 거야. 노크 안 하고."

그는 아주 천천히 문을 닫았다.

"싫으면 잠가. 열쇠 가지고 있어서 상관없어."

얼굴의 반절이 겨우 보일쯤, 도연은 닫히려는 문을 손으로 잽싸게 막고 쏟아 내듯 말했다.

"계약서 잊었어? 사생활은 존중하자고……."

"앞으로 내 사생활은 이게 전부야."

문을 막았던 그녀의 손이 힘없이 떨어졌다.

"잘 자."

문이 완전히 닫히기 직전, 서준이 마지막 한 방을 날렸다.

"내 꿈꾸고."

도연은 황망한 표정으로 닫힌 문을 바라보았다. 그와 원수로 지낸 10년의 역사 중 단 한 번도 져 본 적이 없는 그녀가 속수무책으로 말려들고 있었다.

서도연과 한서준은 개와 고양이, N극과 S극, 오른쪽과 왼쪽, 북과 남. 모든 것이 반대인 둘도 없을 원수지간이라는 것이 그녀가 머릿속에 입력해 놓은 전부였다.

그 관계가 바닥에 떨어진 유리처럼 금이 가고 조금씩 갈라지기 시작했다.

전부 깨어지고 나면 그 자리엔 뭐가 있을지, 어떤 걸 새롭게 쓰게 될지…… 도연은 알고 싶지 않았다.

"관장님, 요즘 많이 피곤해 보여요."

"저요? 괜찮은데요."

"눈 밑도 퀭하시고, 눈도 좀 충혈되고…… 피곤해 보이셔서."

"맞아요. 얼굴 살도 좀 빠지신 것 같고. 너무 무리하시는 거 아녜요?"

도연은 어색하게 웃으며 얼굴을 더듬었다.

"별일 없으니까 신경 쓰지 마세요."

거짓말이었다. 도연은 내심 직원들의 날카로운 눈썰미에 놀란 상태였다. 직원들의 말처럼 최근 그녀는 눈이 충혈되고, 눈 밑이 퀭해진 것뿐만 아니라 볼이 살짝 패일 정도로 살이 빠졌다.

이유는 하나였다. 만성 피로. 도연은 며칠 동안 잠을 이루지 못하고 있었다. 피로의 원인 또한 하나였다.

"아이참, 두 사람 다 너무 순진한 거 아니에요?"

"네?"

"당연히 안색이 나빠 보일 수밖에 없죠."

도연은 불안한 낯빛을 띠며 음흉하게 웃고 있는 직원을 보았다.

"신혼이시잖아요. 서프라이즈 이벤트도 해 주는데 집에서는 더 지극정성이지 않겠어요?"

손을 내젓던 다른 직원들까지 '하긴, 맞아' 하며 동조하더니 하나같이 똑같은 눈빛으로 미묘한 미소를 지었다. 견디다 못한 도연이 얼른 가방과 재킷을 챙겨 들었다.

"저 먼저 퇴근할게요."

"네, 일찍 가셔야죠. 신혼이시니까……."

빌어먹을 한서준.

도연은 피로의 원인을 씹고 또 씹으며 얼른 자리를 피했다.

짙은 어둠이 깔린 시각, 양치를 다 끝낸 그녀는 섣불리 화장실 밖으로 나가지 못했다. 거실에서 자신이 나오기를 기다리고 있을 서준 때문이었다.

도연은 문에 찰싹 달라붙어 바깥 소리에 집중했다. 기다리다 못한 서준이 방으로 들어가기를 바라며 온 신경을 집중했다.

가라, 가라, 좀 가라. 들어가라. 도연은 주문을 외듯 쉴 새 없이 중얼거렸다.

끼이익, 쿵.

주문이 먹힌 듯 문이 열렸다 닫히는 소리가 들렸다. 이때다 싶어 도연은 얼른 문을 활짝 젖혔다.

"이 다 닦았어?"

도연의 얼굴에 설핏 절망이 스쳤다. 방문에 기대선 서준이 팔짱을 끼곤 여유롭게 웃었다.

"나도 이제 자려고."

도연은 다시 한번 주문을 외듯 속으로 중얼거렸다.

그냥 가. 그만 말해. 그만······.

"잘 자. 서도연."

서준은 잘 자라고 인사했지만, 도연은 화답할 수 없었다.

"내 꿈 꼭 꾸고."

오늘도 너 때문에 자기는 글러 먹었다고 되받아치고 싶은 충동이 목구멍까지 치솟았다. 도연은 간신히 충동을 억누르며 서준을 외면했다.

낮 동안에 바쁘게 일하며 잊어 본들 소용없는 짓이었다.

잘 자. 내 꿈꿔.

매일 밤마다 반복되는 간지러운 저녁 인사가 하루도 거르지 않고 되새김질 되는 탓에 잠을 설친 것이 벌써 며칠째였다. 잘 자라는 말에 진심이 있기는 한 건지 의심스러울 지경이었다.

억지로 눈을 감으면 사근사근한 그의 목소리가 또렷해져 눈을 감을 수도 없었다. 흰자가 충혈될 때까지 천장을 노려

보고 있노라면 자연스레 서준의 얼굴이 그려졌다. 눈을 감을 수도, 뜰 수도 없는 무한한 어둠 속에서 도연은 괴로움으로 몸부림쳤다.

새벽 내내 잠을 설치다가 겨우 선잠에 들었을 때, 해사한 표정의 서준이 멋대로 방에 쳐들어와 아침이 왔음을 알려 왔다.

바로 지금처럼.

"잘 잤어?"

도연은 무거운 눈꺼풀을 억지로 들었다.

"피곤해 보이네."

설치기만 했으면 차라리 낫지. 동틀 때까지 잠 못 들고 몸부림쳤는데. 도연은 마른침을 삼키며 그에게 말했다.

"한서준. 저녁에 꼭, 그래야 돼?"

"저녁에 뭐?"

"자기 전에 인사하는 거."

"잘 자라고 하는 거?"

"아니. 잘 자라는 것까지는 괜찮은데, 그다음에."

"내 꿈꾸라고 하는 거?"

"그래. 그거."

도연은 피곤에 절은 눈을 깜빡였다. 서준은 영문을 모르겠다는 얼굴이었다.

"그게 왜?"

"왜냐니. 그것 때문에……."

잠을 못 자.

뒷말을 잘라 낸 도연이 입을 다물었다. 왜 잠을 못 자느냐고 그가 되묻는다면 뭐라고 대답해야 하나.

네 목소리, 네 얼굴이 너무 또렷하게 들리고 선명하게 보여서 눈을 감을 수도 없고 뜰 수도 없고, 네 생각을 그칠 수도 없어서 매일 몸부림치고 있어.

말할 수 있을 리가 없었다.

"난 계속하고 싶은데."

서준은 아무 말 없는 도연을 지그시 바라보며 말을 이었다.

"밤에 인사할 때마다 짓는 네 표정이 좋거든."

"내 표정…… 뭐?"

"잘 자. 내 꿈꿔."

어제저녁과 같은 목소리, 같은 말에 도연이 어깨를 흠칫 떨었다. 어깨뿐만 아니라 바람이 스친 듯 떨리던 눈꺼풀이 아래로 내려앉았다.

"지금 네 표정이 좋아서, 계속 보고 싶어."

도연은 그제야 자신이 어떤 표정을 지었는지 깨달았다. 떨림을 감당하지 못한 마음이 소용돌이에 휩쓸리는 것 같았다. 눈앞이 빙글빙글 돌고, 높은 곳으로 들렸다가 한순간에 바닥

아래로 떨어지는 기분이었다.

"얼른 나와. 밥 먹자."

돌아서 나가는 서준의 등을 바라보며, 도연은 가슴을 움켜쥐었다. 마음이 주체할 수 없이 혼란스러웠다.

혼란은 또 다른 혼란을 불러와 그녀의 안에서 똬리를 틀고, 그도 모자라 폭풍우가 되어 휘젓고 다녔다.

뭐든 다 할 거라는 그의 말은 허튼소리가 아니었다. 서준은 미술관으로 도시락을 보내고, 때로는 큼지막한 장미꽃다발이나 화환을 보내는가 하면, 특별전 준비로 바쁜 날에는 일이 끝나는 시간에 맞춰 데리러 오기도 했다.

한번은 함께 나오던 큐레이터가 차는 어디에 있냐고 묻자 서준은 살갑게 웃으며 대답했었다.

"두고 왔는데요. 같이 걷고 싶어서."

그야말로 혼란 속의 카오스였다.

미술관으로 무언가를 보내올 때마다 집중되는 이목 때문에 싫은 티를 낼 수도 없었다.

그나마 기분 내키는 대로 보일 수 있는 집에서라도 단호하게 나가려 했지만, 오히려 집에서 대항하는 것이 더 힘들었다. 이유는 단순했다.

"밥 먹어."

도연은 눈을 질끈 감았다.

"오늘은 좀 늦어서 간단하게 김치볶음밥 했어. 계란도 완숙으로 다 익히고."

"안……."

안 먹는다고 말해야 하는데, 참기름에 볶은 고소한 김치 냄새가 견디지 못할 정도로 코를 찔렀다.

"김 줄까?"

오늘도 음식 앞에 굴복한 나약한 자신의 의지에 고개를 숙였다. 도연은 고슬고슬 잘 볶아진 김치볶음밥을 한 숟갈 크게 먹으며 서준을 바라보았다.

"안 짜?"

"……차라리 짰으면 좋겠다."

먹을 걸로 사람 마음을 이렇게 쥐락펴락할 줄이야.

서준이 해 주는 음식은 쓸데없이 맛있고, 짜증 나게 맛있고, 성질이 날 만큼 맛있었다. 도연은 오늘도 어김없이 그릇을 싹싹 비우고 말았다.

설거지를 하는 서준의 등을 보던 그녀가 나직이 중얼거렸다.

"길들이는 데는 먹을 게 최고라더니."

언젠가 코피가 터졌던 날, 그가 구워 준 소고기를 먹었던 그날로 돌아가고 싶었다. 그럴 수만 있다면 서준이 만든 음식은 입에 대지도 않을 텐데.

말도 안 되는 상상을 하다가도 자괴감에 빠져 도연은 자신의 머리카락을 헤집었다.

이미 알아 버린 맛을 거부할 능력은 없었다. 주방이 훈훈해지면 자동으로 몸을 일으킬 만큼 뼛속까지 길들여져 있었다.

"내일 아침엔 뭐 먹을래?"

"······아무거나."

"그럼 저녁은?"

"내일 저녁에 수 호텔 창립 기념일 행사 있잖아."

도연은 자연스럽게 오가는 대화가 마음에 들지 않아 속으로 혀를 찼다.

"아, 깜박했네. 달력에 체크한 거 봤었는데. 7시였나?"

"응."

"미술관에서 가는 게 더 빠르니까 6시까지 데리러 갈게."

도연은 그럴 필요 없다고 선뜻 대답하지 못했다. 창립 기념 행사에 오는 사람들을 생각하면 둘이 함께하는 모습을 보이는 것이 맞았기에 어쩔 수 없이 고개를 끄덕였다.

"그래. 그럼······ 내일 봐."

서준은 슬쩍 입매를 올려 웃었다.

"응. 잘 자."

이제는 익숙해질 법도 한 그의 말에, 도연은 다시 어깨를 떨며 적나라하게 반응했다. 서준은 그녀를 보며 입을 달싹이다가, 이내 돌아서서 자신의 방으로 들어갔다.

도연은 서준을 멀거니 바라보다가 방 안으로 모습이 사라지고 난 뒤에 조용히 중얼거렸다.

"지 꿈꾸라는 말은 안 하네."

오늘은 왜 안 하지.

무심코 생각하던 도연의 얼굴이 하얗게 질렸다.

"미친."

욕이 나오지 않을 수 없는 상황이었다.

"미친. 이런 미친 서도연. 이 미친……."

도연은 손으로 입을 틀어막았다. 아무도 없는 주변을 살피다가 깨끗해진 식탁 위에 이마를 쿵 박았다.

"이러면 안 돼. 이러면 안 돼. 이러면 안 돼……."

누구에게 하는 건지 모를 말을 몇 번이나 중얼거리며, 그녀는 식탁에 이마를 박은 채 새벽을 지새웠다.

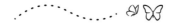

도연은 수 호텔로 가는 차 안에서 몇 번이나 화장을 고쳤다. 밤을 꼴딱 새워 피곤함이 그대로 드러나는 얼굴을 감추기 위해 눈가를 컨실러로 콕콕 찍어 바르고, 그도 모자라 핑크빛이 감도는 블러셔를 평소보다 넓게 펴 발랐다. 입술 주변을 퍼프로 깨끗하게 정돈하고 립스틱을 펴 바른 뒤에 마지막으로 눈을 확인했다.

자연스러운 눈 화장은 번짐 하나 없이 완벽했다. 눈썹부터 입술까지 완벽하게 마무리되었음에도 도연은 몇 번이나 거울을 보고 또 보았다.

"거울 그만 봐도 돼."

이전 같았으면 '찍어 발라도 그 얼굴이 그 얼굴이다' 라고 맥을 끊거나 '옆에서 보는 내가 다 지겹다. 지겨워' 하고 면박을 주었겠지만, 서준은 완전히 반대되는 반응을 보였다.

"더 안 해도 예뻐."

블러셔를 아예 들이부은 것처럼 그녀의 볼 전체가 진하게 물들었다.

도연은 서준의 닭살 돋는 말에 어떤 대답도 하지 못했다. 립스틱을 바른 뒤라 입술을 깨물 수도 없어서 숨을 크게 고르며 마음을 진정시켰다.

알고 지낸 지가 10년이었다. 좋든 싫든, 이쪽 부류의 또래 중 유독 긴밀한 사이였고, 서로가 스스럼없이 속내를 내보이는 유일한 관계였다. 이름 세 글자 아래에 쓸 것들이 무궁무진할 정도로 새로울 게 없는 관계였다.

그런 관계라고 생각했다.

가장 새로울 것이 없다고 생각했던 서준이 처음 본 사람보다도 더 낯설게 다가오고 있었다.

"너 눈 아래에……."

"수작 부리지 마."

"수작 아니고 진짠데. 눈 아래에 속눈썹 붙었어."

섣불리 얼굴을 더듬지 못하는 도연을 대신해 서준이 손을 뻗었다. 그의 손가락이 세심하게 움직이며 그녀의 눈 아래에 붙어 있던 속눈썹 한 가닥을 조심스럽게 떼어 냈다.

손톱만 한 나비가 날개를 사부작대며 가슴 안을 부유하는 것처럼 간지러웠다. 가을밤 풀벌레가 귀 뒤에서 찌르르, 찌르르 우는 듯한 착각이 들었다.

"간지럽지도 않냐."

"다른 게……."

"응?"

다른 게 간지러워서 몰랐나 보지.

하마터면 그대로 대답할 뻔했다. 도연은 고집스럽게 입을 꾹 다물고 머리카락을 귀 뒤로 넘겨 정돈했다.

"준비 다 했어."

그녀의 말에 서준은 더 묻지 않고 차에서 내려 조수석으로 빙 돌아 왔다.

"이러지 마. 이렇게 떨지 마."

도연의 혼잣말이 끝나자마자 조수석 문이 열렸다. 서준이 내민 손을 보던 그녀는 두근거림이 고스란히 느껴지는 손을 말아 쥐었다.

"안 잡아 줘도 돼."

도연은 부러 차갑게 말했지만, 살며시 떨리는 목소리는 미처 감추지 못했다.

"보는 사람도 없고, 매너 부릴 필요 없어."

"매너 아닌데? 사람들 보라고 내민 것도 아니고."

서준은 도연의 손을 가로채듯 잡고 부드럽게 당겼다.

"내가 잡고 싶어서 잡는 거야."

그는 벌어진 틈을 놓치지 않고 속 안 깊숙이 스며들어 왔다. 앞을 향해 올곧게 뻗어 있었던 직선들 사이를 파고들며 끄트머리를 둥글게 말아 맴돌았다.

도연은 서준으로 인해서 직선의 끝이 무뎌지기 시작함을 느꼈다.

"이렇게 보니까 정말 놀랍다."

"그러게. 결혼 생활은 어때요?"

이런 행사가 있을 때면 도연은 늘 끄트머리에서 적당히 시간을 보냈지만 오늘은 달랐다. 서준과 동행한 이 장소에서 그녀는 변두리의 엑스트라가 아닌 주연이었다.

같은 공간에 있는 사람들이 자연스럽게 몰려들어 그녀의 주변에 원을 그렸다. 도연은 낯섦을 느끼기도 전에 최대한 자연스럽게 웃어야 했다.

"궁금하다. 사실 이쪽 사람들은 마냥 좋아서 결혼하는 경우가 별로 없잖아."

"둘이 그렇게 좋아하는지 몰랐는데, 언제부터예요?"

다가온 이들은 사람 좋은 얼굴로 물었지만, 의도까지 친절하지 않다는 것을 잘 알고 있었다. 이런 장소에서 틈을 보여선 안 된다.

"언제부터랄 게 있나요. 그냥 어느 순간부터…… 그랬어요."

도연은 떨리는 입가를 가리기 위해 다급히 샴페인 잔을 입술에 댔다. 톡 쏘는 탄산이 정신을 일깨워 주었다.

서준이 그녀의 어깨를 살며시 감싸며 귓가에 속삭였다.

"나 잠깐 실장님한테 전화 좀. 아직 도착 안 하신 것 같아."

"응."

"같이 갈래?"

"아니. 여기 있을게. 사람 너무 많다."

"그래. 잠깐만."

도연은 서준이 멀어지는 것을 보며 어깨를 더 폈다. 의연한 척, 어색하게 인사를 건네는 사람들과 눈인사를 하며 없는 여유를 꾸며 냈다.

"저기 저쪽……."

"한태범 대표는 안 보이는데, 아들도……."

속닥거리는 소리가 유독 잘 들렸다. 도연은 편하게 눈을 둘 곳을 찾기 위해 부지런히 눈동자를 돌렸다.

"보이는 걸로는 모르겠는데요. 사실 규모가 그렇게 큰 미술관도 아니고……."

"쉬이, 들리겠다."

미술관이라는 세 글자에 그녀의 신경이 곤두섰다. 도연은 티 나지 않게 주변을 둘러보는 척하며 목소리의 주인을 찾아 눈동자를 움직였다.

"이상하잖아. 호텔 경영에서는 쏙 빠지고 뜬금없이 웬 미술관? 이쪽 사람들이 미술관을 어떻게 이용하는지 모르는 것도 아닐 거고."

조금 떨어진 곳에서 등진 채 서 있는 두 여자가 목소리를 낮춰 이야기하고 있었지만 도리어 그녀의 귀에 정확하게 박혔다.

도연은 뒤를 흘긋 돌아보는 여자의 시선을 피해 웃는 표정을 유지했다.

"좋아서 한 결혼은 무슨. 꽤 오래전부터 명온을 집안사람처럼 오가던데."

"여사님들, 여기 계셨어요? 무슨 얘기를……."

두 여자 앞에 선 중년 남자의 목소리가 급격히 잦아들더니 동시에 도연에게로 눈길을 두었다. 도연은 태연스레 머리카락을 귀 뒤로 넘겼다.

"뒤로 명온이랑 손잡고 무슨 일을 하려는지."

도연의 얼굴이 일순간 굳었다.

"저는 여사님들한테 처음 듣는 얘기인데요."

"어머, 사장님. 이렇게 소식이 느려서 어떻게 해요. 이미 소문이 파다한데."

"그 아들은 알고 있나 몰라."

"왜 몰라요, 알겠지. 그러니까 부리나케 귀국해서 한 자리 차지하고 있는 거 아니겠어요?"

도연은 머릿속으로 두 여자의 말을 되뇌며 눈을 지그시 감았다 떴다. 미술관, 명온이랑 뒤로 손을 잡고, 소문이 파다하다.

도대체 이런 헛소문은 어디서부터 퍼지기 시작한 건지. 고개를 가로저으며 마른 목을 샴페인으로 축였다.

"저기."

도연은 등을 톡톡 두드리는 손길에 놀라 커진 눈으로 뒤를 돌아보았다. 낯이 익은 듯 아닌 듯한 여자가 어색하게 웃고 있었다.

"관장님이라고 불러야 할까요?"

"네, 편하신 대로."

"듣던 것보다 훨씬 미인이시네요."

도연은 갑자기 말을 걸어 온 이 여자가 누군지에 대해 생각했다. 겉으론 부드럽게 미소 짓고 있었지만 머릿속은 이미 엉망진창이었다.

"그동안에도 이런 행사에 얼굴 좀 자주 비추시지."

그동안에도 계속, 이런 행사에 매번 얼굴을 비췄었는데.

도연은 말을 삼키며 가식적인 웃음을 보였다. 이 사람도 날 잘 모르는구나. 그런데도 친근하게 굴며 다가온 이유는 뻔했다.

"결혼 축하드려요. 그런데 한 대표님은 어디에 계세요?"

"아직 안 도착하셨어요. 서준⋯⋯ 씨가 모시러 갔고요."

물꼬를 텄다고 생각했는지 여자의 옆으로 금세 다른 사람들이 모여들었다.

"그런데 식은 언제 올릴 참이에요?"

"그러게. 날짜는 잡았어요?"

도연은 말을 아끼며 주변을 살폈다. 호기심이 잔뜩 어린 눈빛, 거짓말쟁이를 보는 듯한 의심의 눈초리들, 각기 다른 시선을 온몸으로 견디며 차분히 입을 뗐다.

"식은 여유 있을 때 하려고요."

"말씀 중에 죄송하지만."

도연은 자신의 어깨를 부드럽게 감싸는 손길을 느끼곤 고개를 돌렸다.

눈이 멈춘 곳에 서준이 있었다. 안도의 한숨과 동시에 뻣뻣해져 있던 몸이 느슨하게 풀리는 것을 느끼는 순간, 가슴이 쿵쿵 뛰기 시작했다.

그녀가 감당하기 힘들 정도로 뜀박질을 하는 심장 소리가 밖으로 새어 나갈까 숨마저도 옅게 쉬어야 했다.

이렇게 쉬지 않고 미친 듯이 가슴이 뛰는 이유는.

"저희 아버지한테 가 봐야 해서 이만 실례하겠습니다."

어느 순간부터 맞잡고 있는 손 때문이었다.

"가자."

손에서 가시지 않는 그의 온기 때문이었다.

서준을 뒤따라 계단을 오르는 내내 도연은 아이를 다독이듯 몇 번이나 가슴을 쓸어내렸다.

"한서준?"

계단을 오르던 두 사람이 동시에 뒤를 바라보았다.

"맞네. 어딜 그렇게 가?"

서준을 부른 남자는 도연으로 시선을 옮기며 불량스럽게 고개를 까닥였다.

"서도연 씨는 오랜만에 보네."

"누구……."

도연은 알 듯 말 듯한 남자의 얼굴에 눈을 가늘게 떴다. 낯익은 거로 보아 알 만한 집 아들인 건 확실한데, 어느 집 누구였는지 기억이 나질 않았다.

"너무 오랜만이라 모르나?"

남자가 한 계단 오르자 서준은 한 계단 내려가 도연의 앞을 가로막았다.

자신의 시야를 가로막은 서준의 뒤통수를 바라보던 도연

이 고개를 옆으로 꺾었다.

"너한테 볼 일 없는데, 서도연 씨한테 할 말이 있어서."

"쓸데없는 짓 하지 말고 꺼져."

도연은 꽤나 놀란 얼굴을 했다. 지금처럼 서준이 누구의 면전에 대놓고 적대감을 보인 건 처음이었다.

남자는 그의 태도에 아랑곳하지 않고 여유롭게 한 발 옮겨 대각선으로 그녀를 마주 보았다.

"저 윤필규입니다. 윤성 전자 차남이요."

윤필규. 도연은 자신의 머릿속 어딘가에 옅게 남아 있는 그를 끄집어냈다.

그녀의 기억이 잘못되지 않았다면 서준이 처음, 그리고 마지막으로 주먹을 휘두른 사람이었다. 처음 마주쳤을 때 서준에게 멱살이 잡힌 채로 발악하던 지질한 놈.

"결혼 축하해요. 식을 안 올려서 갈 수도 없고, 축하 인사 꼭 해 주고 싶었는데. 오늘 만나서 다행이네요."

"꺼지란 말 안 들려?"

도연은 평소답지 않게 흥분하는 서준의 어깨를 잡으며 필규를 향해 대답했다.

"축하 인사 감사히 받았으니 이만 가 보겠습니다."

도연은 서준의 팔을 끌며 한 계단 올랐다.

"한서준 취향은 변한 게 없네요."

서준을 억지로 끌고 올라가려던 도연이 멈칫 굳었다.

"무슨 말이에요?"

"지 엄마가 꽃뱀 아니랄까 봐 똑같은 여자랑 결혼한 거 보면."

"그 입 안 닥쳐?"

"열 받으면 평소처럼 한 대 쳐. 너 잘하잖아."

필규는 과거의 그때처럼 서준을 자극하기 위해 입을 놀렸다.

"근데 도연 씨 많이 성공하지 않았나? 누구처럼 돈 뜯어먹으려고 남자 꼬실 필요 없잖아요."

"맞을 만하네."

"네?"

그녀의 중얼거림에 서준과 필규가 동시에 눈을 크게 떴다. 도연은 빙긋이 웃으며 다시 말했다.

"윤필규 씨 맞을 만하다고요."

도연이 서준을 제치고 계단을 내려간 것은 순식간이었다.

"이제야 확실히 생각나네. 윤필규."

서준이 막을 새도 없이 팔을 뻗은 도연은 필규가 대응하기도 전에 검지를 치켜들어 그의 머리를 툭 건드렸다.

"윤필규, 머리가 있음 생각 좀 하고 살아."

"뭐……."

"맞다. 너 장식으로 머리 들고 다니지? 그때 그렇게 얻어터지고도 정신 못 차렸나 보네. 대학도 못 가고, 미국 유학

275

보냈는데도 한인들이랑만 놀아서 영어도 제대로 못 한다며. 약이나 빨다 와서 없는 자식처럼 지질하게 박혀 살지."

도연은 필규의 뒷덜미를 쥐어흔들었다.

"없는 말로 사람 엿 먹이는 게 네가 할 수 있는 전부고. 그 딴 식으로 주절거린다고 해서 아닌 게 진짜가 되지도 않는데."

"이, 뭣도 아닌 반쪽짜리 년이!"

참지 못한 서준이 필규에게 팔을 뻗으려는 찰나 그녀가 먼저 필규의 뒷덜미를 뿌리치듯 놓았다. 중심을 잃어 휘청거리는 그에게 그녀가 조용히 말했다.

"가서 또 일러. 뭣도 아닌 년 앞에서 주절거리다가 얻어맞을 뻔했다고. 그럼 사람들이 널 안타까워할까? 아니면 네 아버지처럼 한심해할까."

"이년이……!"

서준은 그녀의 팔목을 부드럽게 잡고 자신에게로 끌어당겼다. 품에 들어온 도연을 감싸 안으며 그가 낮게 말했다.

"윤필규. 굴러떨어지고 싶으면 그렇다고 말을 해."

"……."

"아예 기어 다니지도 못하게 해 줄 테니까."

두 사람은 약속이라도 한 듯이 동시에 필규에게서 등을 돌렸다.

도연은 남은 계단을 오르며 제 의지로 그의 손을 붙잡았다. 서준의 손은 안타까울 정도로 바르르 떨리고 있었다. 분노로 인한 떨림이었다.

"괜찮아."

그의 상처 위에 새살을 얹듯, 도연은 차분하게 다시 한번 말했다.

"괜찮아."

계단을 다 올랐을 때 손의 떨림이 멈췄다. 서준도 도연처럼 차분한 목소리로 말했다.

"그래…… 괜찮아."

서준과 도연이 간 곳은 3층의 한적한 테라스였다. 선선한 바람에 머리카락이 뒤로 흩날렸다. 꽉 막혀 있던 속이 뚫어지는 느낌에 도연은 난간 가까이로 다가갔다.

"안 추워?"

"시원해."

도연은 고개를 살짝 돌려 등 뒤에 선 서준을 바라보았다.

"아저씨는?"

"지금 아빠한테 가면 한 30명한테 붙잡혀서 얼굴 떨리도록 웃어야 할걸. 나중에 갈 때 잠깐 인사하자. 네 아버지는?"

"서동환이 왔어. 아버지 대행으로."

"……안 봐도 되겠네."

도연은 한쪽에 비치된 긴 의자에 앉아 등을 기댔다.

"좀 있자. 조용해서 좋아."

서준이 옆에 앉자 도연은 입고 있던 재킷을 벗어 그의 무릎에 덮어 주었다. 자신에게 다시 걸쳐 주려는 그에게 도연이 대수롭지 않게 말했다.

"덮거나 걸치고 있어. 너 추위 타잖아."

여름에 죽어나고 겨울에 괜찮은 도연에 비해 서준은 여름에 쌩쌩하고 겨울을 못 견뎌 했다. 도연이 초여름부터 남보다 심하게 더위를 타듯, 서준은 가을이 깊어지는 때부터 겨울이 온 것처럼 추위에 고생했다.

저녁 바람의 쌀쌀함을 이기지 못하고 허벅지에 재킷을 덮는 그를 보며 도연이 피식 웃었다.

"왜 웃어?"

"신기해서. 너랑 난 뭐든 반대잖아. 타고난 체질도, 성격도, 하다못해 좋아하는 음식도 하나 겹치는 게 없고."

"또 반대가 끌리는 이유 듣고 싶어서 그래?"

도연은 질색하며 주머니를 뒤적거리는 서준의 손목을 붙들었다.

"하지 마. 그 말만으로도 지금 닭살 돋았어."

도연은 자신을 바라보는 그의 시선을 느끼며 말을 이었다.

"얼마 전까지만 해도 같이 있는 건 상상도 할 수 없었는데, 지금은 나름 자연스러워서. 그게 신기하다고."

"제일 신기한 건 왜 쏙 빼?"

"뭐를?"

"내가 너 좋아하는 거."

사고가 정지하는 순간이었다. 도연은 빨갛게 달아오르는 얼굴의 열기를 느끼며 황급히 고개를 돌렸다. 머리 위에 툭 하고 떨어지는 서준의 웃음소리가 그녀의 체온을 더 높게 만들었다.

"……목마르다. 마실 거 좀 가져와."

"목까지 빨개진 건 처음 보네."

"야, 한서준."

낮게 웃던 서준이 고개를 뒤로 젖히며 말했다.

"고마워."

"뭐가?"

"아까, 괜찮다고 해 줘서."

도연은 눈을 감고 있는 그를 바라보았다.

"엄마는 나한테 시한폭탄 버튼 같은 거야. 누르면 펑, 하고 그냥 터져 버리는."

서준은 잠시 침묵을 지키다가 다시 입을 뗐다.

"아빠는 엄마를 너무 사랑해서 모든 걸 포기했어. 원래 결혼할 상대가 따로 있었는데, 엄마와 함께하는 조건으로 집을 나갔어."

설핏 미소를 지은 그가 말을 이었다.

"드라마 같은 일이지. 가난은 시간이 지나도 익숙해지지

않았지만…… 엄마와 함께하는 일상이 너무 행복해서 배고
픈 것도 몰랐대."

그의 잔잔한 목소리를 듣던 도연은 얼마 전의 기억을 떠올
렸다. 서준이 끓여 준 탕국과 소주를 앞에 두고 오랫동안 혼
잣말을 했던 그날 밤을.

"나를 가졌을 때 너무 기뻐서 무서울 정도였다고 했어. 엄
마 발이 땅에 닿지도 못하게 유난을 떨었대. 예전에 동네 슈
퍼 아줌마가 얘기해 주더라. 세상에 둘도 없는 한 쌍이었는
데, 그 반을 뚝 떼어 간 하늘이 무심하더라고."

도연은 그날 밤, 자신의 이야기를 조용히 들어 주던 서준
처럼 귀를 기울였다.

"내가 태어나고, 몸을 뒤집고, 걷고, 어설프게 옹알이하
고, 놀이터에서 놀다가도 저 멀리서 엄마가 날 부르는 소리
를 알아차리게 됐을 때…… 엄마가 죽었어."

서준은 쓰게 웃었다.

"아빠는 혼자서 날 키웠어. 내가 중학교 졸업할 때쯤, 공
장에서 일하던 아빠가 우연히 실장님과 마주쳤대. 그때 할아
버지, 할머니와 다시 연락이 닿았고. 결국 줄다리기 끝에 아
빠가 진 거지."

도연은 담담하게 이야기하는 그를 위로하듯 바라보았다.
지난밤 그가 자신을 바라보았듯.

"엄마 이름은 정은혜야."

정은혜. 도연은 조용히 이름 세 글자를 되새겼다.

"아빠를 처음 만났을 때 스물셋, 날 낳은 건 스물여섯. 아빠와 날 두고 죽은 건 서른둘."

서준의 목소리가 점점 잦아들었다.

"잘하는 요리는 김밥, 좋아하는 음식은 아빠가 끓여 주는 콩나물 해장국. 내가 종이를 접으면 꼭 옷핀을 달아 자기 옷에 꽂았고, 그림을 그리면 벽에 붙였어."

그의 회상에 지나가던 바람마저 소리를 죽였다.

"저녁 먹을 때가 다 되도록 내가 집에 돌아오지 않으면, 놀이터에 날 데리러 왔지. 흙장난을 하다가도 엄마 목소리가 들리면 달려가서 안겼는데, 엄마는 흙이 잔뜩 묻은 내 손에 자기 뺨을 비비곤 했어."

서준은 회상을 끝내듯 눈을 떴다.

"이게 내가 아는 엄마의 전부야."

"······."

"우리 엄마는 그런 사람이었어. 나와 아빠를 사랑하고, 웃는 게 예쁘고. 내 손에서 나는 흙냄새를 좋아했던····· 그런 엄마를 본 적도, 알지도 못하면서 함부로 지껄이는 걸 참을 수가 없었어."

주먹을 말아 쥔 서준의 손등에 핏줄이 돋아났다.

"날 일부러 자극한단 걸 알면서도, 견딜 수가 없어."

서준은 괴로운 얼굴을 했다.

도연이 그의 어깨에 손을 대는 순간, 벼락같은 감정이 내리쳐 숨을 들이켰다. 손끝까지 심장 박동이 느껴져 잠시 멈춰 있던 그녀는 천천히 입을 뗐다.

"견디지 않아도 돼."

"……."

"참지 않아도 되고."

서툰 위로에 서준은 낮게 웃음을 터트렸다.

도연은 그를 바라보았다.

지금 벼락처럼 내리쏟아지는 이 감정이 지난밤 그가 느꼈던 것과 같은 거라면.

"서도연."

지금 내가 느끼고 있는 이 두근거림이 너와 같은 거라면.

"너, 눈 밑에 속눈썹 또 붙었다."

불시에 다가오는 그의 손에 도연은 반사적으로 눈을 감았다.

눈 아래에 닿는 감촉은 속눈썹을 떼는 손가락이 아니라 보들보들한 입술이었다. 쪽, 하는 간지러운 소리와 동시에 도연의 눈이 동그랗게 떠졌다.

"지금은 수작 부린 거야."

"너……."

도연은 코가 닿을 정도의 거리에서 웃고 있는 서준 때문에 가슴이 터질 지경이었다. 그는 멀어지지도, 더 가까워지지도 않은 채 입을 달싹였다.

"또 물어봐도 돼?"

"……뭘."

"키스해도 되냐고."

도연은 이렇게 가까워지는 동안 서준을 밀어낼 생각도 하지 않고 가만히 있는 스스로를 깨달았다. 입술이 닿을 정도로, 콧날이 닿을 정도로 가까워지는데도 손은 그 어느 때보다도 얌전했다.

어느새 자신의 어깨에 닿아 있는 그의 손목을 도연이 그러쥐었다.

"한서준, 내가 너랑……."

도연의 다른 팔이 서준의 목덜미를 감쌌다.

"진짜 너랑 이 짓까지 할 줄은 몰랐다."

그와 키스한다는 것은 꿈에서도 상상하지 않았던 일이었다. 그만큼 상상할 수 없을 정도로 짜릿한 키스였다.

도연은 눈을 질끈 감고 입술을 겹치며 그의 목덜미를 옥죄였다. 두 번째 입맞춤이었다. 몽롱한 기억 속 아득했던 첫 키스를 되새기듯 그녀는 더 깊이 그의 입안에 혀를 넣어 유영했다.

내가 느끼는 이 기분이 네가 느꼈던 것과 같다면.

등을 단단히 끌어안고 있는 그의 품 안에서 금방이라도 녹아 버릴 것 같았다. 맞닿은 가슴에서 뛰어오르는 심장 소리

에 귀가 멀 것 같았다. 헤엄치듯 입안을 가로지르는 그의 혀
와 부드러운 입술에 사로잡혀 숨이 멎을 것 같았다.

　서준의 품에 안겨 입을 맞추는 지금, 도연은 모든 걸 인정
할 수밖에 없었다.

　둥글게 휘어 버린 자신의 모든 마음을.

7. 파기

"사모님이 임신한 거 맞다니까. 기복이 심한 게 완전 임산부야. 입덧처럼 감정도 같이 느끼는 거라고."

한 주임의 강력한 확신에 팀원들 중 누구도 아닌 것 같다며 반박하려 들지 않았다.

"기복이 심해 보이진 않은데. 아침부터 계속 업되어 있으시잖아요. 로또 당첨된 사람인 줄…… 아, 하긴. 본부장님은 로또 당첨돼도 그냥 그러려니 하시려나."

"임신하면 하루 종일 우울하다가, 다음 날에는 종일 신나다가, 또 어떤 날은 엉엉 울기도 해. 오늘은 신나 죽는 날인 거야. 이유도 없이."

확고한 한 주임의 주장에 팀원들 모두가 고개를 끄덕였다.

유일한 경험자이기도 했고, 그녀의 주장을 뒷받침하듯 서준이 평소와 너무 다른 모습을 보이고 있기 때문에 일리가 있다고 생각했다.

그러나 한 주임은 총 세 가지를 틀렸다. 첫째로 그녀가 '사모님'이라 칭하는 서준의 아내, 도연은 임신하지 않았다. 두 번째는 임신을 하지 않았으니 서준은 그녀의 감정을 함께 느끼는 것이 아니었으며, 마지막 세 번째는 이상할 정도로 즐거워하는 그의 모습엔 명확한 이유가 있었다.

〈퇴근하고 나서 마트 가지 말고 집으로 곧장 와.〉

무미건조한 문자였지만, 어젯밤 키스로 들떠 있는 그의 마음을 흔들기에는 충분했다.

서준은 팀원들이 자신을 안주 삼아 속닥거리는 것도 눈치채지 못하고 퇴근 시간이 될 때까지 몇 번이나 휴대폰 화면을 켰다 끄기를 반복하며 문자를 바라보았다.

3층 테라스, 아무도 오지 않는 조용한 그곳에서 도연과 한 키스는 지금껏 꿨던 어떤 꿈보다 더 달콤했다. 깨야 하는 꿈이 아니라 깨어지지 않을 현실이라는 것에 서준은 소리를 지르고 싶은 심정이었다.

입술이 떨어지자마자 다급히 나가는 그녀의 뒷모습, 쫓아가며 불러도 돌아보지 않는 고집스러운 뒤통수, 집에 도착하자마자 방문을 꼭 닫아 버린 것까지 서준으로 하여금 이 모든 게 꿈이 아니라고 말해 주었다.

도연의 방문 앞에서 그는 입을 틀어막고 발을 동동 구르며 기쁨에 몸부림쳤다. 감정을 제어하지 못한 제자리걸음은 새벽녘까지 이어졌다.

그녀에게 거짓 없이 마음을 보이며 고백했던 그날, 서준은 스스로에게 다짐했다. 좋아하는 마음을 자각한 이상 전처럼 대할 수 없으니, 차라리 완전히 다르게 행동하자고. 한 번 보인 감정이 물러지지 않을 테니 가슴에 느껴지는 감정들을 있는 그대로 내보이자고.

그래서 도연의 이름을 다정하게 불러 보고, 그녀의 입맛을 당길 법한 음식들을 끼니때마다 정갈하게 차리고, 혹시나 점심을 거를까 미술관으로 직원들의 몫까지 챙겨 도시락을 보냈다.

그녀의 앞에 서면 자연스럽게 쏟아져 나오는 다정함을 굳이 막으려 하지 않았다. 보고 싶으면 망설임 없이 방문을 열었다. 예쁘게 보이기에 예쁘다고 말했다. 입을 맞추고 싶어 키스해도 되느냐고 물었다.

어떻게 해야 그녀의 마음을 단 한 조각이라도 얻을 수 있을지 서준은 치열하게 고민했다. 고민이 꼬리에 꼬리를 물고 이어지는 날에는 대놓고 취향이 무엇이냐며 묻기까지 했다. 일부러 자신과 반대되는 것들만 줄줄이 읊는 도연에게 유명

가수의 노래인 '반대가 끌리는 이유'를 유치하게 틀어 주기도 했다.

저돌적인 짝사랑이었다. 좋아하는 마음을 표현하지 못해 안달이 난 사람처럼, 브레이크가 고장 난 폭주 기관차처럼 달려들었다. 스스로를 멈추지 않았던 것도 잠시, 어느 순간부터는 멈출 수가 없었다.

당황하고 얼굴을 붉히는 도연을 보며, 말문이 막혀 허둥지둥 시선을 회피하는 그녀를 보며 서준은 점점 기대할 수밖에 없었다.

어쩌면 너도, 나를…….

혹시 모를 기대감이 부풀어 오른 것은 처음 엄마에 대해서 얘기했던 그날 밤, 어깨에서 느껴졌던 부드러운 손길 때문이었다.

파르르 떨리는 속눈썹이 그녀의 흔들림을 확실히 보여 주었다. 자신의 목덜미를 감싸고 먼저 입을 맞추고, 입술이 떨어지자 홧홧하게 붉어진 얼굴을 감추려 도망치는 도연의 뒷모습이 그의 가슴을 두드렸다.

서준은 기다렸다. 자신의 일방통행을 멈추게 할 오직 하나를. 손길이나 속눈썹이 아닌, 두근거리는 심장 소리나 붉어진 얼굴이 아닌 그녀의 입에서 나오는 단 한마디를.

집으로 들어온 서준은 현관에서부터 코를 찌르는 냄새에 눈을 휘둥그레 떴다. 많이 맡아 본 냄새인 듯하다가도 짐작되질 않아 코를 킁킁대며 주방으로 향했다.

재킷을 벗던 그의 움직임이 순간 멈췄다. 주방에서 툭 튀어나온 도연의 모습에 놀라 헉 소리를 내며 엉거주춤 뒤로 물러섰다.

"왜 벌써 집에 있어?"

"점심 지나고 일찍 퇴근했어."

앞치마를 두르고 있는 도연을 살펴보던 서준의 시선이 그녀가 들고 있는 국자에 닿았다.

"너 설마."

"손 씻고, 편한 옷으로 갈아입고 와."

"요리……했어?"

도연이 고개를 끄덕이자 서준은 입을 떡 벌리곤 다급하게 주방 안을 살폈다. 난장판이 되어 있을 거라고 생각한 것과 달리 처음 보는 큰 냄비가 가스레인지 위에 있는 것 외에 별다른 변화는 없었다.

눈을 가늘게 뜨며 한참을 여기저기 들여다보던 서준이 도연에게 물었다.

"냄비에 뭐야?"

"너 먹을 거."

감격스러워 해야 할 말에도 서준은 왜인지 겁이 났다. 침을 꿀꺽 삼키며 입 밖으로 터져 나오려는 물음을 억지로 삼켰다.

먹을 수 있는 거겠지?

편한 옷으로 갈아입고 나온 서준은 최대한 침착한 표정을 유지하며 식탁 앞에 앉았다. 식탁에 올라와 있는 거라곤 가정부 아주머니가 가져다주셨던 배추김치와 소금 한 수저가 담긴 종지 그릇이 전부였다.

서준은 냄비에서 무언가를 꺼내는 도연의 등을 보며 찬물을 들이켰다.

"왜 이렇게 무거워."

낑낑거리는 도연의 목소리를 뒤이어 덜커덩하고 흔들리는 소리가 세게 울렸다. 앉아 있던 서준이 놀라 엉덩이를 뗄 정도였다.

"뭐야?"

"……너 먹을 거."

도대체 뭘 먹이려고 하는 거지. 그는 불안한 눈으로 도연의 뒤통수를 바라보았다.

도연은 허리를 우스꽝스럽게 꺾은 채 떨어질 뻔했던 그릇을 들고 그 위에 국자를 몇 번이나 기울였다. 국물을 덜어 내는 것 같은데, 등에 가려져 서준에겐 보이지 않았다.

아까부터 풍겨 오는 냄새는 아주 익숙하면서도 왠지 모르게 낯설어 그의 혼란을 가중시켰다. 반찬이라곤 배추김치와 소금, 넙데데한 그릇에 꺼내 담아 국물을 따르는 음식.

곰곰이 생각하던 서준의 머릿속에 한 단어가 불현듯 떠올랐다.

"아! 혹시……."

말을 마치기도 전에 그가 생각했던 음식이 식탁 위에 놓였다.

"먹어."

"나 혼자?"

"너 먹이려고 한 거야."

"왜 하필 삼계탕이야?"

"보니까 제일 간단한 게 삼계탕인 것 같아서."

"어디서 뭐, 찾아봤어?"

"인터넷."

서준은 김이 모락모락 나는 삼계탕을 보았다. 닭이 아니라 오리를 사 온 것처럼 어마어마한 크기였다. 도연이 인터넷을 뒤적여 찾은 요리 중 제일 간단해 보여서 만들기를 시도한, 이 집에서 만든 그녀의 첫 요리였다.

"먹어 봐."

서준은 진한 색의 국물을 한 수저 떴다. 한약재란 한약재는 다 쓸어 넣었는지 초록도 검정도 아닌 요상한 색을 띠고 있었다.

"보약이다 생각하고 먹으래."

"갑자기 웬 요리야? 그것도 삼계탕을."

"해 주고 싶어서."

"그러니까 왜?"

도연은 곧바로 대답하지 않았다.

대답을 기다리던 서준은 국물을 한 입 떠 꿀꺽 삼켰다. 혀
에 남은 맛을 가만히 음미하다가 깜짝 놀란 듯 눈을 동그랗
게 떴다.

"삼계탕 맛이 나네?"

"삼계탕을 끓였으니까."

도연은 그를 흘기며 물었다.

"맛없을 줄 알았나 보네?"

"그동안 네 전적이 있잖아."

서준은 다시 국물을 한 입 떠먹었다. 끝 맛이 씁쓸하긴 했
지만 보약이라 생각하면 먹을 만했다.

"자꾸 먹으니까 맛있다. 혼자 어떻게 끓였어?"

"다 때려 넣고 펄펄 끓이는 게 다인데, 뭐. 생닭 만지는 것
도 나쁘지 않았고."

도연은 그에게 비닐장갑을 건넸다.

"고기도 먹어 봐."

'다 삶아졌나 모르겠네' 하는 불길한 소리가 뒤이어 어렴

풋이 들렸지만, 서준은 모르는 척 장갑을 끼고 호기롭게 다리 하나를 잡았다.

"이렇게 큰 건 어디서 샀어?"

"사다 주셨어, 아주머니가. 장닭이래. 몸보신하는 데 좋다니까 다 먹어."

장닭은 한참을 삶아야 하는데, 보통 삼계탕 할 때보다 배로 시간을 써야 하는 건데. 튼실한 다리 살을 보며 서준은 침을 꿀꺽 삼켰다.

다 익었겠지.

용감하게 입을 크게 벌려 한 입 베었다. 생전 엄청난 근육질을 자랑했던 말의 허벅지를 깨무는 것 같은 착각이 들 정도로 질겼지만 앞에서 느껴지는 도연의 시선에 죽기 살기로 힘을 주었다. 살이 갈라지는 소리가 쩌적 하고 날 정도로 고된 한 입이었다.

"어때?"

닭고기를 씹는 건지 껌을 씹는 건지 헷갈릴 정도였지만 서준은 꿀떡 삼켜 버리곤 고개를 끄덕였다.

"맛있어."

"다행이네. 먹어."

서준은 우격다짐으로 살을 뜯어 먹었다.

"한서준."

입안 가득 넣은 채 우물대느라 그는 대답하지 못하고 눈만

들어 도연을 보았다.

"좋아해."

"켁!"

하마터면 씹고 있던 고기가 그대로 튀어나올 뻔했다. 서준은 손으로 입을 막고 캑캑거리며 기침을 쏟아 냈다. 갑작스레 숨이 탁 막혀 눈물이 고일 정도였다.

새빨개진 얼굴로 마른기침을 하는 그에 비해 도연은 차분한 태도를 유지했다.

"좋아한다고."

"콜록! 켁!"

"앞으로 넌 계속 나한테 남자야. 적당히 시간 죽이다가 헤어질 남자가 아니라, 계속 내 곁에 있어 줄 남자."

뭐라고 대답을 해야 하는데 서준의 입에서 나오는 건 기침이 전부였다.

도연은 그에게 물을 가득 채운 컵을 내밀며 말을 이었다.

"뭘 그렇게 놀라? 먼저 들이대 놓고."

"아니……."

그가 어이없는 얼굴로 웃음을 터트렸다.

"이런 타이밍에, 아무 예고도 없이 말할 줄은 몰랐지."

콜록거리던 기침이 멎자 큭큭 대는 웃음소리가 끊이지 않았다. 서준의 웃음이 조금씩 잦아질 무렵, 도연이 그에게 물었다.

"그럼…… 이제 우린 뭐야?"

올라가 있던 서준의 입매가 차분하게 내려왔다. 서준은 그녀의 질문을 몇 번이나 곱씹으며 과거를 거슬러 올라갔다.

처음엔 악연도 우연도 아닌 이상한 만남이었다. 하룻밤 만에 부잣집 도련님이 된 남자애와 하루아침에 장례식장에 버려져 엄마를 잃은 여자애. 다음에는 말보다 행동이 앞서는 치기 어린 한서준과 모든 것에 초연하게 구는 서도연.

10년 동안 세상에 둘도 없을 원수지간이었다가 서로의 필요에 의한 계약 파트너, 조금 더 정확한 말로는 가짜 부부가 되었고, 며칠 전까지는 고백을 하는 쪽과 받는 쪽.

그리고 지금은.

"방금 고백해 놓고, 똑똑한 서도연이 그것도 몰라?"

서준은 비닐장갑을 끼지 않은 손으로 도연의 손을 그러쥐었다. 형식적으로 끼고 있던 반지가 동시에 반짝였다.

"고백하고, 손잡고, 키스하는…… 애인이지."

붉어진 도연의 얼굴 위로 어느새 서준의 얼굴이 가까이 다가왔다.

"도연아."

"……."

"다시 한번 말하지만, 좋아한다."

결투를 신청하는 것처럼 들리는 씩씩한 목소리에 도연은 웃음을 터트리고 말았다.

"그래. 한서준."

도연은 자신에게로 가까이 다가오는 그의 뺨을 감싸며 속삭였다.

"나도 좋아해."

깍지 낀 두 손에 동시에 힘이 가해졌다. 허리를 완전히 뺀 채 고개를 숙인 그의 입술이 도연의 입술 위로 내려앉았다. 완전히 포개지는 순간 두 사람의 눈이 동시에 감겼다.

"예전에 썼던 우리 계약서, 그거 파기하자."

잠시 떨어진 입술 사이로 긴 숨이 흘렀다. 서준은 그녀의 이마에 제 이마를 가볍게 대며 속삭였다.

"계약은 끝났어."

그리고 다시 이끌리듯 더운 숨이 터져 나오는 그녀의 입술 위로 입을 맞췄다.

모든 것을 새로 시작하는 첫날이었지만 그다지 새로울 것은 없었다. 도연은 여느 평일과 같은 시간에 일어나 씻고, 서준이 차려 준 아침을 먹고, 설거지를 한 뒤 먼저 출근하는 그를 배웅했다.

새로운 것이 있다면 배웅을 하며 쪽 소리가 나도록 입을 맞춘다는 점이었다. 어김없이 출근하는 그의 등을 잠시 바라보다 방으로 돌아온 도연은 간단히 화장하고 집을 나섰다.

오늘은 지난여름 첫 전시회를 열었던 작가의 특별전이 열리는 날이었다. 개관 전 체크해야 하는 사항이 많아 도연은 평소보다 30분 일찍 미술관으로 향했다. 이르게 출발한 데다가 유달리 도로가 막히지 않아 예상했던 시간보다 더 빠르게 도착할 듯했다.

시간을 가늠하던 도연은 운전대를 왼쪽으로 꺾어 미술관에서 도보로 10분 거리에 떨어진 공영 주차장에 차를 대고 내렸다.

가을볕이 따가울 정도로 눈부신 아침이었다. 햇볕에 반짝이는 아스팔트 길을 걸으며 오랜만에 여유를 즐겼다.

미술관에 도착한 도연의 두 손에는 커피와 샌드위치가 가득했다. 어깨로 현관문을 밀고 안으로 들어간 그녀는 보폭을 넓게 해 걸었다. 마지막 점검이 한창일 2층으로 가는 발걸음이 가벼웠다.

"다들 일찍 나왔네요."

모여 있던 직원들이 동시에 뒤를 돌았다. 도연은 한쪽에 있는 간이 테이블에 커피와 샌드위치를 내려놓곤 카디건을 벗어 의자에 걸었다.

"샌드위치랑 커피 사 왔는데, 간단하게 먹고 하죠."

"……관장님."

도연은 머리카락을 하나로 모아 묶으며 뒤를 돌았다. 직원들의 표정이 심상치 않았다.

"왜 그래요?"

도연은 미처 묶이지 않은 잔머리를 귀 뒤로 넘기며 직원들에게 다가갔다. 그림이 훼손됐나 싶은 생각에 그녀의 얼굴 역시 어두워졌다.

"무슨 문제라도 생겼어요? 왜 다들 말도 안 하고……."

"관장님. 기사 보셨어요?"

"무슨 기사요?"

질문을 한 직원이 대답 대신 조심스럽게 휴대폰을 내밀었다. 얼떨결에 받아 든 도연은 의아한 얼굴로 액정을 바라보았다. 어느 포털 사이트의 기사를 읽던 그녀의 얼굴이 점점 창백해졌다.

"이게……."

"저희도 출근하고 봤어요."

단독 입수, 독점 취재. 휘황찬란하게 제목을 건 기사는 도연이 지금 서 있는 미술관에 관한 내용이었다. 화면에 닿는 도연의 손끝이 잘게 떨렸다.

[단독 입수] 뉴스오 독점 취재. N미술관의 어두운 이면

K호텔 차녀 S씨가 관장으로 운영하는 서울의 N미술관. 관장 S씨는 신인이나 무명작가들의 작품을 선뜻 걸어 주고, 지역 구청과 연계하여 저소득층 가정의 자녀들을 주기적으로 초대해

무료로 전시를 관람할 수 있도록 운영하는 등의 행보로 대중과 문화 예술계의 많은 지지를 받았다.

그러나 익명의 제보를 단독 입수해 독점 취재한 결과, S씨는 미술관에 전시했던 그림 중 일부를 K호텔의 대표이자 아버지인 S대표의 명의를 사용해 고가로 구입하거나, S대표의 명의로 구입한 그림을 다시 팔아 돈을 횡령하고 있었다는 것이 드러났다.

뿐만 아니라 S씨는 미술관에 전시되었던 그림을 타 기업에 뇌물로 사용했다. 최근 결혼하여 한 가족을 이룬 M그룹의 대표에게 준 그림 역시 그러한 용도로 사용된 것이 아니냐는 추측이 나오면서, 결혼하는 과정에서 모종의 거래가 있을 수도 있다는 이야기가……

도연은 기사를 끝까지 읽지 못하고 직원에게 휴대폰을 돌려주었다. 심장이 극한에 내몰린 듯 시끄럽게 울리는 통에 소리가 잘 들리지도, 앞이 잘 보이지도 않았다.

악질이라는 말도 가볍게 느껴질 정도로 악랄한 기사였다. 단독 입수, 독점 취재. 눈엣가시였던 두 단어를 반복해 중얼거리던 도연은 일제히 울리는 전화벨 소리에 퍼뜩 정신을 차렸다.

언젠가 자신을 긴장하게 했던 사람들의 수군거리는 목소리가 머릿속을 뒤흔들었다. 뜬구름 이야기, 말도 안 되는 헛소문으로만 치부하고 넘어갈 것이 아니라 그때 확실히 짚고 넘어갔었어야 했다. 터무니없는 말이라고 넘겼던 루머가 수면 위로 떠오를 것이라고는 미처 예상하지 못했다. 증거라곤 하나 없는 무의미한 기사였지만 사람들은 마녀사냥을 하듯 몰아갈 게 분명했다.

도연은 크게 심호흡했다. 잠깐 멈칫하는 사이에도 사람들은 자신을 묻어 버릴 구덩이를 깊게 파고 있을 게 분명했다. 당황할 틈 없이 빠르게 움직여야 했다. 어떻게든 중심을 잡기 위해 다리에 바짝 힘을 주었다.

"작가님한테 먼저 연락해 주세요. 오늘 예정이었던 특별전 오픈 미루게 됐다고. 사정 설명 최대한 자세히 하고, 피해 보상은 확실히 해 준다고 꼭 전해 주시고요."

휴대폰을 확인하던 직원 한 명이 다급하게 말했다.

"기자들이 이쪽으로 몰릴 건가 봐요. 건물 로비에 벌써 몇 명 있던데."

"우선 미술관 폐관하세요. 저는 지금 가서 바로 반박 기사 내서 입장 발표할 테니까……."

쿵, 쿵, 쿵, 쿵.

누군가가 성급하게 계단을 밟고 올라오는 소리에 모두의 시선이 돌아갔다.

"기자 출입 안 된다고 전달했는데……!"

다급하게 계단으로 가는 직원의 등 너머로, 발소리의 주인이 모습을 드러냈다.

"도연아!"

직원을 지나쳐 도연에게로 한달음에 달려온 사람은 무더위를 헤매고 나온 사람처럼 땀을 흘리고 있었다.

"한서준……."

그를 향해서 손을 뻗기도 전에 서준이 그녀의 몸을 붙잡았다. 가까스로 버티고 있던 다리에 힘이 풀리면서 그녀는 기다렸다는 듯 서준의 품에 기대었다.

"더 시끄러워지기 전에 나가자."

"여기에 어떻게 왔어?"

"회사에서 기사 보고. 우선 가자. 건물 뒤쪽에 주차해 놨어."

도연은 붉게 충혈된 눈으로 몸을 똑바로 일으켰다. 그러는 사이 부리나케 1층으로 내려갔다 온 직원이 말했다.

"입구 잠그고 폐관했습니다."

"미안해요. 최대한 빨리 해결할게요."

도연은 겨우 말을 잇곤 서준과 함께 아래로 내려갔다.

뒷문으로 향하던 그녀는 우뚝 멈춰 섰다. 발소리가 들리지 않자 서준이 뒤로 돌아 도연에게 말했다.

"왜 그래?"

"아니. 아니야."

도연은 주먹을 꾹 쥐었다. 여전히 머릿속은 빙글빙글 돌고 가슴은 터질 것 같았지만, 도망가지 말라는 경고음이 들리는 듯했다.

도연은 뒤로 살짝 물러섰다가, 이내 완전히 몸을 돌렸다.

"앞으로 가자."

"로비에서 기자들한테 잡혀."

"그래서 가자는 거야."

어차피 맞닥트려야 하는 일이라면 처음부터 정면 돌파하는 게 옳았다. 그녀는 걱정스럽게 자신을 바라보는 서준을 향해 손을 내밀었다.

"같이 가 줘."

서준은 그녀의 손을 망설임 없이 붙잡았다. 압박감이 느껴질 정도로 꽉 잡아 주는 손길이었지만 답답하기는커녕 오히려 기둥처럼 든든했다.

도연은 순간적으로 바짝 말랐던 입술을 혀로 축이며 표정을 갈무리했다.

앞으로 내딛는 발에 조금씩 힘이 실렸다. 피가 통하지 않을 정도로 서준의 손을 꾹 붙잡은 채 정면을 향해 빠르게 걸었다.

밖에 나가자마자 대기하고 있던 기자들이 마이크를 들이대며 도연에게 달려들었다.

"서도연 씨! 미술품을 이용해서 돈을 횡령했다는 게 사실입니까!"

"명온 그룹의 한태범 대표에게 뇌물 수수를 한 정황이 나왔는데, 해명해 주시죠!"

"횡령 사실에 대해 한 말씀 부탁드립니다!"

어쩔 수 없이 경직된 그녀의 어깨를 서준의 팔이 단단히 감쌌다. 도연은 그의 손등 위로 손을 올린 채 말했다.

"기사에 나온 모든 내용은 사실이 아닙니다. 빠른 시일 내에 모든 진실을 밝히겠습니다. 또한, 사실 확인 없이 독점 타이틀까지 내걸고 잘못된 기사를 내보낸 기자와 그 신문사를 허위 사실 유포죄로 고소하겠습니다."

도연은 집중되는 카메라 플래시 앞에 떳떳하게 섰다. 어깨를 펴고 걸어가는 그녀를 누구 하나 제대로 막아서지 못했다.

"괜찮아."

오직 서준의 목소리에만 귀를 기울였다.

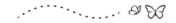

서준의 차를 타고 도착한 곳은 켄트 호텔 지하 주차장이었다.

도연은 쥐 죽은 듯 조용한 차 안에서 휴대폰을 꺼냈다. 포털 사이트 메인엔 방금 전에 찍힌 사진과 함께 기사가 새로 올라와 있었다.

"괜찮아?"

"······아니."

갑작스러운 상황에 놀라 바르르 떨리는 그녀의 어깨 위로 서준의 손이 닿았다. 따뜻하게 감싸 다독이는 손길에 조금씩 떨림이 잦아들었다.

도연은 잠시 눈을 감고 생각을 정리했다.

독점 취재라고는 했지만 미술관 직원들은 아무것도 모르는 눈치였고, 내부에서 정보가 나갔다고 생각하기엔 정확한 물증도 없는 추측성 기사였다.

명온 그룹과 켄트 호텔까지 건드려 가며 제보할 수 있는 사람은 한 명뿐이었다. 도연은 용의자를 단번에 알아낼 수 있어 차라리 다행이라고 생각했다.

그녀와 똑같은 생각을 하고 있었는지, 서준이 낮게 속삭였다.

"서동환이지?"

"아마도······ 아니, 확실해."

도연은 주먹을 쥐었다. 언젠가는 자신을 내치기 위해 어떤 짓이라도 할 거라 생각했지만 이런 식으로 들쑤실 줄은 몰랐다. 썩은 뿌리를 도려내듯 동환은 명온과 자신이 임원으로 있는 켄트 호텔까지 묶어서 폭탄을 던졌다.

도연은 손으로 전해지는 그의 온기를 온전히 느끼기 위해 눈을 감으며 입을 뗐다.

"도와줘."

"도와줄게. 일단⋯⋯."

"그냥."

도연은 그의 손을 더 굳세게 잡았다.

"그냥 이렇게 내 손 잡아 줘. 끝까지."

둘은 어두운 차 안에서 한참이나 손을 붙잡고 있었다. 두 사람의 휴대폰이 번갈아 가며 시끄럽게 울릴 때쯤, 도연은 천천히 그에게서 손을 빼냈다.

"금방 올게."

서준은 차게 얼은 그녀의 뺨을 가볍게 쓸었다. 그의 손등이 볼에 스치자 도연은 눈을 가볍게 깜빡이며 입꼬리를 살짝 올렸다.

"괜찮아."

"⋯⋯그래. 괜찮아."

서준은 얼굴 옆에 붙은 그녀의 머리카락을 뒤로 넘겨 주며 말을 이었다.

"혹시 안 괜찮아도⋯⋯ 내가 괜찮게 해 줄게."

"갔다 올게."

차 문을 가볍게 닫고 돌아선 그녀는 기자들 앞에 모습을 드러내기 직전처럼 다시 한번 표정을 가다듬고 엘리베이터 안으로 걸음을 옮겼다.

탁. 도연의 등 뒤에서 문이 닫혔다.

둔탁한 소리에 반응하듯 창문을 향해 있던 의자가 앞쪽으로 방향을 바꾸었다. 도연은 눈을 살짝 내려 책상 앞 명패를 훑어보았다.

경영기획실장 서동환

"감투 좋은 거 썼네."

"관장이나 대표보단 덜하지."

"……그래서 그랬어?"

도연은 천천히 걸음을 옮겼다.

"또 나보다 덜 한 것 같아서."

무표정했던 동환의 얼굴에 주름이 졌다.

"또, 나한테 지고 있는 것 같아서?"

어느새 코앞으로 다가와 선 그녀는 동환의 시선을 피하지 않았다. 도리어 더 빳빳하게 고개를 치켜들고 그를 노려보았다. 한 치도 물러서지 않는 두 사람의 시선이 허공을 갈랐다.

동환의 얼굴이 일순간 풀어졌다. 그러나 도연은 그의 무심한 얼굴 뒤에 숨겨진 온갖 더럽고 치졸한 감정들을 읽었다. 아주 오래전부터 보였던 속내였다.

혁수의 본처이자 동환의 친모는 오래전부터 심장병을 앓고 있었다. 병을 이기고 어렵게 동환을 낳았지만 혁수는 가정을 버리고 다른 여자와 불륜을 저지르고 말았다.

동환의 친모는 그가 고등학교에 들어갈 무렵부터 병세가 악화되었다. 그녀의 심장이 기어코 멎어 버린 이유에 대해서 도연은 자신이 많은 지분을 차지한다고 생각했다. 얼굴 한 번 본 적 없는 여자였지만 죄책감은 있었다. 그렇기에 엄마가 죽은 건 다 너 때문이라는 동환의 악에 받친 말도 스스럼없이 받아들였다. 사실이었으니까.

도연은 자신을 버리고 간 엄마가 그날 저녁 죽었다는 것을 알게 된 그때, 천벌을 받은 거라고 생각했다. 불륜의 씨로 태어난 죄에 대한 천벌을.

동환과 그의 얼마 남지 않은 외가 식구들 역시 그렇게 말했다. 그러면서도 벌을 더 받아야 한다는 듯 지독히도 괴롭혔다. 집은 그녀의 울타리가 되어 주지 못했다.

폭언을 쏟아 내던 동환이 처음으로 그녀에게 폭력을 가했던 날은 도연이 검정고시를 통과한 뒤 수능을 준비하며 처음 모의고사를 봤던 날이었다. 그녀의 점수가 월등하여 혁수의 기대를 받았다는 이유 때문이었다.

"서도연. 네 주제에 관장 이름 달고, 고개 빳빳이 들고 사는 게 말이 안 되잖아."

무서웠다. 쏟아지는 폭언이 고통으로 다가왔다. 그러나 얼마 지나지 않아 도연은 동환의 악랄한 눈 안에 또 다른 감정을 목격했다.

두려움. 자기 것을 다 빼앗길 것이라는 공포.

그가 겁내고 있단 것을 알게 된 이후부터는 동환이 두렵지 않았다.

"네가 캐나다에 처박혀 있는 동안, 내가 여기서 이룬 게 너무 많지."

도연은 그가 했어야 할 몫까지 대신해 많은 것들을 경험하고 이루어 냈다. 한국에서 알아주는 명문대를 졸업했고, 켄트 호텔 인턴으로 들어가 웨딩 컨벤션의 기틀을 다지며 실전을 배웠다.

본격적으로 경영에 참여해 보겠냐는 혁수의 제안을 거절하고 그의 투자를 받아 미술관을 연 것은, 언젠가 이 지긋지긋한 집에서 떨어져 나가기 위한 대비책이었다.

"미술관은 온전한 내 거야. 투자금도 다 회수해 줬고, 켄트 호텔과 아무 연관 없이 내 힘으로 운영했어. 네가 건들 자격도, 이유도 없어. 서동환."

도연은 단 한 발짝도 뒤로 물러서지 않았다.

"넌 여전히 나에 대한 열등감으로 뭉쳐서, 내 앞을 막을 생각밖엔……."

동환에게 멱살이 잡힌 도연의 미간에 주름이 졌다. 금방이라도 목을 조를 것처럼 틀어쥐는 그의 손목을 붙잡으며 그녀가 어렵게 입을 뗐다.

"10년이 지나도록 이것밖에 못 하지."

도연은 손톱을 세워 그의 손목을 긁었다. 그 정도의 반항으로는 동환을 떨어트릴 수 없었다. 더 조여 오는 손힘에 그녀의 얼굴이 빨갛게 변해 갔지만 도연은 필사적으로 입을 뗐다.

"너…… 한참 잘못 건드렸어."

미술관은 그가 유학에 가 있는 동안 도연이 시작한 것이었다. 어떻게 만들었는지, 누구의 그림을 어떻게 전시했는지 알 길이 없었다. 처음 혁수에게 받은 투자금을 제외하면 그의 명의로 사들인 기록은 위조하지 않는 이상 어디에도 있을 수 없었다.

도연은 한쪽 다리를 휘둘러 뾰족한 구두 앞코로 동환의 다리를 정확히 가격했다. 갑작스러운 타격에 주춤하는 순간을 놓치지 않고 있는 힘껏 그의 가슴을 밀어내며 또박또박 말했다.

"난 네가 만들어 낸 그 말도 안 되는 얘기에 하나하나 반박할 거야. 이따위 거짓말을 한 사람을 역으로 추적할 거고."

도연은 구겨진 셔츠 깃을 정리하며 차갑게 말을 이었다.

"최선을 다해서 아닌 척해 봐."

그녀가 돌아서려던 그때, 동환의 음울한 목소리가 바닥을 기었다.

"네가 명온에서 떨어져 나오기만 해도, 그것만으로도 충분해."

"……"

"너 때문에 그런 루머에 휘말렸는데 그냥 지켜보고만 있을까? 이미지로 먹고사는 회사잖아, 거기. 아무리 해명해도 한 번 엇나간 건 다시……."

"서동환."

도연은 비스듬히 돌아서서 어느새 손에 쥐고 있던 휴대폰을 흔들어 보였다.

"넌 나한테 안 돼."

"너……!"

도연은 여유롭게 녹음 완료 버튼을 누르고 휴대폰을 가방 안에 넣었다.

"아마 영영 질 거야. 나한테."

동환이 붙잡을 새도 없이 도연은 사무실 문을 열고 나갔다. 완전히 닫히지 않은 문틈 사이로 깨부수어지는 소리가 울려 퍼졌다.

엘리베이터에 올라탄 그녀는 방금 녹음한 음성 파일을 틀어 휴대폰을 귀에 갖다 댔다.

—너 때문…… 루, 에 휘말…… 이미지, 잖…… 한 번 엇나, 건 다시…….

"녹음 기능이 왜 이렇게 후져."

거리가 있어서 그런지 생각만큼 제대로 되지 않았다. 도연은 인상을 쓴 채 파일을 미련 없이 삭제했다. 녹취된 증거가 있다고 생각할 테니 아무것도 하지 못할 게 분명했다.

도연은 쓴웃음을 지으며 지하 주차장에 도착한 엘리베이터 밖으로 걸어 나갔다.

"도연아."

나직이 울리는 목소리에 그녀가 고개를 들었다. 어느새 그가 다가와 있었다.

도연은 남은 힘을 끌어모아 서준에게 다가갔다. 그의 어깨에 머리를 기대자 힘이 온전히 풀어졌다.

"조금 전에 실장님한테 전화 왔었어. 아빠가 많이 걱정하신다고 집에 올 수 있으면 오래. 정아 아주머니도 너 걱정돼서 서울로 올라오시나 봐."

꼭 끌어안아 주는 서준의 품 안에서 그녀는 편히 눈을 감았다.

함께 있어 주는 사람이 없어 고작 말 한마디에 바르르 떨던 예전과는 달랐다. 아무도 필요 없다는 얼굴을 하고 강한 척할 필요도 없었다.

이제는 울타리가 되어 줄 집도, 손을 내밀면 잡아 줄 사람도 있었으니까.

"일단 집으로 갈래?"

"우리 집에 가자."

도연은 서준의 손을 꼭 붙잡은 채, 둘만의 집으로 돌아왔다.

　방에 오자마자 침대에 누운 그녀는 아주 깊은 잠에 빠졌다. 잠을 이룰 수 없었던 허울뿐인 집에서 나와 지금의 둥지로 들어왔던 첫날처럼.

8. 완벽한 시작

도연은 꼬박 하루 하고도 반나절을 잤다. 일어났을 땐 햇
살이 커튼을 뚫고 들어오는 이른 아침이었고, 휴대폰에는 온
갖 부재중 전화와 문자들이 산이 될 정도로 켜켜이 쌓여 있
었다.

도연은 기지개를 켜 몸에 붙어 있던 피로를 떨어트리곤 침
대 밖으로 나왔다. 카디건을 어깨에 걸치고 문을 열자 정면
에 보이는 시계는 오전 5시 50분을 가리키고 있었다. 서준이
일어나기에도 이른 시간이었다.

커피라도 끓일까 싶어 주방으로 걸어가던 중 소파 밖으로
대롱대롱 나와 있는 길쭉한 다리에 놀라 걸음을 멈췄다. 설
마 하는 얼굴로 걸음을 옮긴 도연은 불편한 자세로 잠이 든

서준을 보며 눈을 크게 떴다.

"한서준."

불편할 텐데도 얼마나 깊이 잠에 빠졌는지, 서준은 묵묵부답이었다.

"왜 여기서 자?"

좀처럼 미동이 없어 도연은 바닥에 앉아 그의 어깨를 토닥였다.

"일어나 봐."

연속적으로 어깨를 두드리자 서준의 눈꺼풀이 파르르 떨리며 반응을 보였다. 겨우 눈 한쪽을 뜬 그가 갈라진 목소리로 물었다.

"몇 시야?"

"6시."

"……오후?"

"아니. 아침."

시간을 가늠하지 못하는 걸 보니 서준도 한참이나 잠에 빠져 있었던 모양이었다. 도연은 다시 설마 하는 표정으로 물었다.

"나 방에 들어가고 계속 여기에 있었어?"

"응……."

아직도 잠에 취한 듯한 목소리였다. 도연은 그의 손을 잡아끌었다.

"잠깐이라도 방에 들어가서 편히 자. 오늘은 아침 안 먹어
도 되니까……."

느릿느릿 일어나는가 싶던 서준은 불시에 소파 쪽으로 몸
을 눕혔다. 그 반동에 도연까지 소파로 넘어지듯 기울어졌
다.

억, 하는 짧은 비명과 함께 도연의 몸이 그의 몸 위로 어
중간하게 떨어졌다.

몸을 일으키려던 그녀는 서준의 팔에 붙잡혀 일어나지도
어쩌지도 못하는 사면초가에 빠졌다. 좁은 소파 위에 두 몸
이 하나처럼 엮였다.

"뭐 해."

"잠깐만 이러고 있자."

"안 불편해?"

"불편해."

"방에 들어가서 자라니까."

"그래도 좋아."

"불편한 게?"

"아니. 너랑 이러고 있는 게."

헛바람이 나오는 듯한 웃음소리가 서준의 턱을 간질였다.
도연은 결국 그의 말에 따랐다.

언제부턴가 그의 행동에 이끌려 가는 자신의 모습이 낯설
었지만 싫지는 않았다. 맞닿은 가슴이 간질간질해서 오히려

더 좋았다.

서준의 손을 잡고 일어난 그녀가 소파에 앉으며 말했다.

"오늘 일찍 퇴근할 테니까 저녁 같이 먹자."

"먹고 싶은 거 있어?"

"당연히…… 고기지. 오늘 같은 날은 고기에 고기를 싸 먹어야 한다고."

도연이 '고기'를 말할 때마다 잔뜩 힘을 주자 서준이 설핏 미소를 지었다.

"같이 가 줄까?"

도연은 고개를 저었다. 괜찮다는 얼굴로 웃어 보이는 그녀의 고집을 꺾을 도리가 없어 같이 웃어 버리고 말았다.

"저녁에 보자."

"그래. 저녁에."

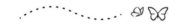

도연은 유리 테이블 위에 김이 모락모락 나는 머그잔을 내려놓았다. 입가에 원두의 쓴 향이 돌았다.

"집 안이 썰렁하네요."

가볍게 주위를 둘러보던 도연이 차분한 어조로 말했다.

"앞으로 이 집에 올 일 없을 거예요."

"……갑자기 무슨 소리냐."

"미술관 개관하고 딱 1년 만에 투자받았던 원금에다가 적당한 이자까지 쳐서 돌려 드렸어요. 그 이후로 켄트 호텔에서 도움 받은 적 없고 엮인 적도 없는 거, 제가 아는 만큼 잘 아실 거라고 생각합니다."

"동환이가 실수를 했다."

"실수가 아니죠. 실수처럼 느껴질 정도로 멍청하긴 했지만."

도연은 맞은편에 앉은 혁수를 바라보았다. 불편한 얼굴이었다. 자신의 아버지는 이렇게 마주 앉을 때마다 늘 이런 표정을 지었다.

어쩔 수 없이 거둔 자신의 과오를 마주 보는 게 싫고 불편하겠지. 하고, 도연은 때때로 그를 이해했다. 그러나 이해하는 날보다 화가 나는 날이 더 많았다.

"모르는 척하지 마세요."

"몰랐다."

"이번만큼은 모르는 척하실 수 없어요. 제가 누구랑 결혼했고, 서동환이 어디까지 건드렸는지 아시잖아요."

"……."

"서동환이 제 목을 조르고, 집안사람들이 절 외톨이로 만드는 걸 못 본 척, 모르는 척한 건 상관없어요. 그런데 이건 안 돼요."

도연은 목소리에 힘을 주었다.

"이건 온전한 제 거예요. 눈치 보면서 억지로 가진 게 아니라, 제가 제 힘으로 만들어서 가진 거라고요. 이걸 건드리는 건…… 이걸 못 본 척하는 건 안 돼요."

"원하는 게 뭐냐."

"아무것도 하지 말고 가만히 계시는 거요."

도연은 가방을 뒤적여 파일 하나를 꺼내 테이블 가운데에 놓았다.

혁수는 말없이 손을 뻗어 파일을 넘겼다. 그녀가 지금껏 미술관을 운영하면서 사고팔았던 작품 목록, 그에 대한 현금 영수증과 계약서들, 구입한 작품이나 판매한 작품의 유통 경로, 그리고 월별로 나누어진 2년간의 예산안과 사용 내역이 상세하게 기록되어 있었다.

"서동환은 그렇게 생각했을 수도 있겠더라고요."

가라앉은 도연의 얼굴에 미소가 그려졌다.

"간혹 재벌들이 미술품으로 비자금 만들고 횡령도 하니까, 혹시 서도연도 그걸 이용해 이 호텔을 먹으려고 뒤에서 일을 꾸미는 거 아닐까."

"지금 무슨 말을……."

"처음 미술관을 만들 때 들어갔던 돈이 마침 아버지 이름이었으니 자기 생각이 맞았다 싶었겠죠."

동환의 머릿속이 훤히 보이는 듯, 도연은 거침없이 말을 이었다.

"거기에 명온 그룹 외아들이랑 결혼까지 했으니, 그 생각엔 확신이 들었을 거예요. 뭐 눈엔 뭐만 보인다고."

"서도연."

"아, 이게 정말 내 걸 통째로 빼앗아 먹으려고 하는구나. 그러기 전에 내가 먼저 건드려야지."

"……."

"저는 지금 나가서 사실을 바로 잡을 거예요. 꾸며 내지도 않을 거고, 누군가를 모함하지도 않을 거고, 그냥 있는 그대로의 사실만 얘기할 거예요. 이게 그 증거고요."

파일 마지막 장에는 그녀가 혁수에게 투자 원금과 이자를 갚을 때 받았던 확인증이 있었다. 도연은 다시 파일을 덮었다.

"그냥 가만히 계세요."

도연은 혁수를 똑바로 바라보며 또박또박 말했다.

"앞으로 이렇게 찾아올 일도, 볼 일도 없을 거예요."

"네 뜻은 알겠다만, 한 번 가족으로 묶인 이상 완전히 안 볼 수는……."

"아니요. 한 번도 가족으로 묶여 있었던 적 없었어요. 전이 집에서 계속 혹 같은 존재였잖아요. 뗄 수도 없고, 감출수도 없고, 잘라 내면 아플까 봐 무섭고. 이젠 알아서 떨어져 나가려고요."

도연은 지체하지 않고 몸을 일으켰다.

"키워 주셨던 보답은 충분히 해 드렸으니까 감사하다는 말은 안 할게요."

그의 얼굴에 어둠이 드리우는 것을 보며, 도연은 입꼬리를 올려 웃었다.

"안녕히 계세요."

쿵 닫힌 문을 등지고 선 도연은 가방끈을 꼭 쥐었다.

언젠가 어른이 되면, 혼자 힘으로 뭐든 할 수 있는 그때가 되고 나면 보란 듯이 떨어져 나가 줘야지. 나가는 김에 발로 한 번 뻥 차 버려야지.

기억도 잘 나지 않는 어느 날, 혹이 하나 딸려 왔다는 사람들의 수군거리는 목소리를 듣지 않기 위해 귀를 막아야 했었던 그날 밤에 몇 번이나 다짐하고 상상했었다.

도연은 복도를 씩씩하게 걸으며 밀려 나오는 웃음을 참지 않았다. 무게감 없는 가벼운 웃음소리가 공기 중을 빙빙 떠돌았다. 땅에 닿는 구두가 깃털로 만들어진 것처럼 걸음이 가벼웠다.

엉망진창으로 꼬인 넝쿨 사이를 유유자적 빠져나가는 바람 한 줄기처럼, 자신의 앞을 막아서려 했던 장애물을 가뿐하게 넘어갔다.

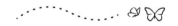

서준은 주차장에 차를 세우곤 안전벨트도 풀지 않은 채 한참이나 자리를 지키고 앉아 있었다. 휴대폰 액정을 보는 얼굴이 심각하게 굳어 있는 것과 달리 화면을 톡톡 건드리는 손가락의 움직임은 가벼웠다.

나무 미술관의 서도연 관장은 처음 미술관 초기 자금을 부친인 켄트 호텔의 서혁수 대표의 이름으로 마련했을 뿐, 투자금을 돌려준 뒤에는 어떤 영향도 받지 않았다는 것을 강조했다.

서 관장은 "처음 미술관을 개관할 때부터 유명한 작가의 작품보다는, 앞으로 올라가야 할 길이 많은 신인 작가들과 함께하고 싶었다. 조그만 어린나무들이 자라 울창한 숲을 이루기를 바라는 마음에서 미술관 이름도 나무 미술관으로 지었다. 나무 미술관은 앞으로도 막 오르막길을 걷기 시작하는 신인 작가들의 작품만을 선별해 전시할 예정이다" 고 의견을 밝혔다.

또한 서 관장은 미술관을 개관한 이후부터 지금까지 정리해온 예산안과 사용 내역, 미술품의 유통 경로 내역과 판매에 따른 현금 영수증, 계약서 등을 빠짐없이 공개하며 지난 독점 기사로 루머를 유포한 뉴스오를 허위 사실 유포와 명예 훼손으로 고소할 예정이라고 입장을 밝혔다. 앞으로 이 같은 허위 사실이 유포되지 않도록……

도연을 단독 취재한 기사가 나간 이후부터, 그녀의 미술관에서 처음 작품을 전시했던 신인 작가들이 직접 쓴 해명 글들이 인터넷상에 쏟아져 나오기 시작했다.

얼마 전 나무 미술관에서 처음 얼굴을 보였던, 태범이 생일 선물로 가지고 싶다며 서준을 곤란하게 했던 문제의 그림을 그린 신인 작가 역시, 도연과 작품을 두고 이야기할 때를 회상하는 글을 올리며 든든한 편이 되어 주었다.

"서도연이 이렇게 미담이 많은 사람이었나."

나무 미술관 이름으로 후원을 받은 단체들 역시 발 벗고 나섰다. 도연은 비자금을 만들고 횡령을 일삼는 사기꾼에서 하루 만에 신인 예술가들을 위해서 앞장서는 의인이 되어 있었다.

미술관은 다시 문을 활짝 열었고, 도연은 선뜻 일정을 미뤄 주었던 작가의 전시 준비를 위해 사무실로 돌아간 상태였다.

서준은 후속으로 나오는 기사들과 실시간으로 올라오는 반응까지 확인한 뒤에야 차 밖으로 나갔다.

막 엘리베이터를 타고 층수 버튼을 누르던 그는 주머니에서 진동이 느껴져 휴대폰을 꺼냈다. 발신자는 도연이었다. 서준은 목을 한 번 가다듬곤 전화를 받았다.

"응."

ㅡ어디야?

서준은 빠르게 올라가는 숫자를 흘긋 보며 대답했다.

"아직 회사지."

―점심 먹었어?

"그냥 간단하게. 넌?"

―전시 준비 때문에 아직인데, 시간이 애매해서 못 먹을 것 같아. 그래서 전화했어. 나 저녁에 엄청 먹을 거니까 고기 많이 사 오라고.

서준은 자신도 모르게 웃음을 터트렸다.

"그 얘기가 먼저야? 난 지금 네 기사란 기사는 다 찾아봤는데."

―제일 중요해. 알았지?

서준은 엘리베이터에서 내리며 복도를 가로질렀다. 복도에 서 있던 몇몇 사람들이 그를 알아보곤 저들끼리 눈짓을 주고받았다.

"다른 건?"

―오늘 같은 날은 술도 한잔해야 되는데…… 술은 내가 사 갈게. 너 좋아하는 와인으로.

"알았어."

―참, 아저씨한테는 아까 연락 드렸어.

"아빠한테?"

전화를 이어 가면서도 걸음은 쉬지 않은 서준은 이윽고 장대같이 높은 문 앞에 멈춰 섰다.

―잘 해결돼서 다행이라고, 누구랑 달리 아주 꼼꼼해서

그런 거에 안 당할 줄 알았다고 하시던데.

"그 누구가 나인가 보네?"

─당연하지. 나 보고 배우라고 좀 전해 달래.

"그래. 오늘 한 수 잘 가르쳐 주라."

─집으로 가면서 전화할게.

"응."

서준의 앞에서 문이 활짝 열렸다.

"도연아."

─응?

"다행이다. 금방 잘 풀려서."

낯선 사무실 안으로 한 발짝 들어간 서준이 나긋한 목소리로 말했다. 귓가를 간질이는 웃음소리에 그의 얼굴이 부드럽게 풀어졌다.

─이따가 봐.

"그래."

여운을 남기고 전화가 끊어졌다. 서준은 어두워진 액정 화면을 잠시 보다가 황당한 얼굴로 자신을 바라보는 남자의 이름을 불렀다.

"서동환."

서준은 동환이 피할 새도 없이 한달음에 다가가 그의 멱살을 움켜쥐었다.

"윽!"

"꼭 한 번은 이렇게 해 주고 싶었는데."

처음부터 마음에 들지 않았던 남자였다. 음습한 눈빛, 도연을 향해 표독스럽게 드러내는 열등감과 질투. 이 두터운 손으로 여린 목덜미를 움켜쥐었을 생각을 하면 피가 거꾸로 솟는 기분이었다.

어젯밤, 잠에 취한 도연의 몸 위로 이불을 덮어 주다가 목 언저리에 있는 빨간 생채기를 본 순간부터 그는 동환의 목을 똑같이 조르고 싶었다.

서준은 동환을 책상 앞까지 강하게 밀어붙이며 낮게 읊조렸다.

"앞으로 우리 눈에 띄지 마. 또 이렇게 목 졸리고 싶지 않으면."

서준이 손을 거칠게 놓자 중심을 잡지 못한 동환이 책상 앞에 고꾸라졌다. 그의 손에 치여 떨어진 명패가 서준의 발에 부딪혀 데구루루 굴러갔다.

"또 네 멋대로 날뛰면 그땐 나도 가만히 안 있어. 지난 일로 치사하게 협박하고 싶지도 않고."

"무슨 말을 하는……!"

"캐나다에서 공부만 하고 온 건 아닐 텐데?"

"!"

서준은 동환의 표정을 세심하게 살폈다. 툭 던진 떡밥에 당황한 표정을 숨기지 못하는 것을 보니 켕기는 게 많아 보였다.

서준은 입을 대각선으로 비틀며 일어날 생각도 하지 않는 동환에게 경고했다.

"다시는 도연이 앞에 얼쩡대지 마. 그땐 정말 죽여 버릴 테니까."

서준은 어제 도연이 그러했듯 미련 없이 몸을 돌려 걸어 나갔다. 더러운 것이 묻은 것처럼 몇 번이나 손을 털고, 그의 손이 잠시 닿았던 재킷은 아예 벗어 쓰레기통에 던져 넣었다.

주차장까지 단숨에 내려온 서준은 차에 타자마자 막힘없는 손짓으로 운전대를 꺾었다. 그의 차가 소리도 내지 않고 흔적 없이 사라졌다.

삐리릭. 문이 열리는 소리에 뒤이어 다급히 걸어오는 발소리가 들렸다.

보지 않아도 도연이 온 것을 안 서준은 한참 달군 프라이팬에 두껍게 썰린 스테이크용 고기를 올렸다.

"얼른 손 씻고 와. 올 때까지 팬만 달구면서 기다렸어."

도연은 재킷을 대충 벗으며 물었다.

"언제 왔어?"

"한 시간 전에. 바짝 구울까?"

"아니. 오늘은 날이 날이니만큼 피 맛을 좀 봐야겠어. 레어로."

서준은 군말 없이 고기를 뒤집었다. 짙은 갈색빛이 띨 정도로 겉만 바짝 구운 고기를 접시 위에 각을 맞춰서 놓고, 그위에 같이 구운 마늘을 가지런히 얹었다.

그가 정신없이 오가는 사이 도연은 손을 씻고 주방으로 와소매를 위로 걷었다.

"아, 맞다. 와인."

도연은 소파에 던져둔 쇼핑백에서 와인 세 병을 꺼내 식탁앞에 돌아왔다.

서준이 깨끗하게 씻은 와인 잔 두 개를 놓자마자 도연은오프너로 코르크 마개를 따 와인을 따랐다.

"반만 채워야 되는 거 아냐?"

"집에서 마시는 건데 뭐 어때."

맥주나 소주를 채우듯 잔에 와인을 가득 채우는 그녀를 보며 서준이 실소를 내뱉었다. 도연은 꿋꿋하게 두 잔에 와인을 가득 따르고는 자리에 앉았다. 와인이 위태롭게 찰랑거렸다.

"뭘로 할까. 위하여? 아니면 짠?"

서준이 잔을 가볍게 들고 말했다.

"짠."

"그래. 짠."

두 사람은 동시에 잔을 살짝 들어 건배를 대신했다. 가볍게 한 모금 마시고 내려놓은 서준과 달리 도연은 단숨에 반이나 마시며 크으, 하는 소리까지 냈다.

"소주 마셔?"

"오늘은 쓰게 마셔야 돼. 그냥 소주 사 올 걸 그랬나? 소고기랑 안 어울릴 것 같아서 와인으로 산 건데."

"이렇게 단 와인을 왜 쓰게 마셔?"

"그냥. 오늘로 쓴맛 나는 건 다 끝내고 싶어서."

서준은 씁쓸하게 웃는 도연을 잠시 바라보다가, 그녀의 잔에 자신의 잔을 부딪쳤다. 챙, 하는 소리에 도연의 눈이 그를 향했다.

"이 잔으로 쓴맛은 다 끝내. 앞으로는 전부 달 거니까."

"좋아. 그럼 이번에는 위하여로 하자."

"뭘 위할 건지도 정해야지."

도연은 환하게 웃으며 잔을 쥐었다.

"뭐든, 전부 다. 앞으로의 모든 하루하루를."

허공으로 떠오른 두 잔이 챙, 하고 다시 한번 부딪쳤다.

"위하여."

"위하여."

자리는 어느새 주방에서 거실로 옮겨졌다. 비워진 지 오래

된 와인 두 병은 소파 아래에 키를 재는 아이처럼 세워져 있
었다.

서준은 조금 전보다 풀어진 눈으로 똑똑 떨어지는 불그스
름한 물방울을 바라보았다.

"다섯 병은 사 왔어야 했나 봐."

도연은 흔들던 빈 병을 두 병 옆에 가지런히 세웠다. 마지
막 잔이었다. 예고한 대로 고기에 고기로 탑을 쌓아 먹으며
한 병 반을 비우고, 거실 소파 아래로 자리를 옮겨 또 한 병
반을 비웠다.

덜그럭거리는 빈 잔을 도연의 손이 닿지 않는 곳으로 옮긴
서준이 고개를 들어 시계를 보았다. 눈을 가늘게 뜨고 시침
과 분침을 바라보던 그가 이내 웃음을 터트렸다.

"이제 8시다. 꼭 자정은 된 것 같네."

"그러게."

약속이라도 한 것처럼 두 사람 사이에 말이 사라졌다. 잠
시 어색한 기류가 흘렀다. 이리저리 눈을 굴리던 두 사람의
시선이 허공에서 이어지자 도연과 서준은 누가 먼저랄 것도
없이 웃음을 터트렸다.

푸흐흐, 간지러운 소리가 서로를 스쳤다. 서준은 웃음을
겨우 멈추고 말했다.

"네가 무슨 생각 했는지 알 것 같아."

"나도 알 것 같아. 내가 먼저 말할래."

도연은 그를 향해 얼굴을 내밀며 속삭였다.

"예전엔 둘이 있을 때 무슨 말을 했었지?"

서준은 장난 가득한 몸짓으로 그녀의 이마에 자신의 이마를 대며 나직이 말했다.

"그렇게 생각해 보니까, 서로 트집 잡고 물어뜯은 기억밖에 없어서 웃었지?"

이마를 맞댄 두 사람의 입 새로 웃음소리와 함께 와인의 단내가 은은하게 풍겼다.

웃음이 그칠 즈음 서준은 잊었던 뭔가가 생각난 듯 말했다.

"아, 나 너한테 보여 줄 거 있는데."

"뭐?"

"네 방에 있어."

"내 방?"

서준은 그녀의 손을 잡고 몸을 일으켰다. 그에게 붙들려 얼떨결에 일어선 도연이 고개를 갸웃거리며 쫓아 걸었다.

"눈 감아."

"눈은 왜?"

"얼른."

도연은 문고리를 붙잡고 비키지 않는 서준을 보다가 이내 눈을 살며시 감았다.

"뭔데 그래?"

대답 대신 문이 열리는 소리가 들렸다. 도연은 오직 서준의 손에 의지하며 조심히 걸음을 내디뎠다.

　눈을 감고도 갈 정도로 익숙해졌다고 생각했는데, 막상 아무것도 보이지 않는 어둠 속에서 걸어가니 꼭 낯선 어딘가로 가는 듯해 기분이 오묘했다.

　"아직 눈 뜨지 마."

　"도대체 뭔데?"

　달칵하는 소리에 도연이 어깨를 움츠렸다. 보이질 않으니 들리는 것에 민감해졌다. 서준의 발소리가 미세하게 귀를 파고들었다.

　그에게 붙잡힌 두 손을 따라 주춤주춤 이끌리던 다리가 곧 멈추었다.

　"여기 누워."

　"수작 부리는 거야?"

　"아니야. 누워 봐."

　도연은 그가 시키는 대로 침대에 누웠다.

　"이제 눈 떠."

　도연의 눈꺼풀이 차츰차츰 위로 올라갔다. 게슴츠레하게 떠 있던 그녀의 눈이 눈앞에 펼쳐진 광경을 담자마자 금세 동그랗게 커졌다. 눈만큼이나 벌어진 입술 사이로 작은 탄성이 터졌다.

　깜깜한 천장에 금방이라도 흘러내릴 것처럼 은하수가 빛

나고 있었다. 천제 망원경으로 보는 것처럼 선명한 풍경에 도연은 완전히 시선을 빼앗겼다. 은하수가 수놓아졌던 밤하늘에 유성이 지나가고 성운이 반짝였다.

"이거…… 뭐야?"

"네 방에 해 주려고 샀어. 다른 것도 볼래?"

서준이 협탁에 둔 동그란 무언가에 디스크를 갈아 끼우자 천장의 화면이 바뀌었다. 이번에는 혜성과 벚꽃이 함께 어우러져 우주에 봄이 핀 듯했다.

도연은 곧 떨어질 것처럼 선명한 별빛들을 보며 말을 이루지 못했다.

"별이든 달이든, 네가 뭐든 볼 수 있게 해 주고 싶어서."

도연이 상체를 일으키며 천천히 손을 뻗자 서준은 자연스럽게 이끌린 듯 다가와 그녀의 손을 잡았다.

"꽃도 한가득 가져와서 언제든지 볼 수 있게 해 줄게. 할 수만 있다면 나무도."

"여기 오피스텔인데?"

"원한다면 복도 한가운데에 이만한 나무 하나 가져다 놓을 수 있어."

진지한 그의 얼굴에 도연은 웃음을 참지 않았다.

서준은 침대에 걸터앉은 그녀의 앞에 무릎을 꿇고 앉으며 속삭였다.

"다 가지고, 다 보고, 다 할 수 있게, 뭐든 욕심부려도 돼.

지나온 시간이 아쉽지 않도록 매일 즐겁게 해 줄게."

"그럼 나한테 하나만 줘."

도연은 서준을 잡아당겨 그의 손등에 입을 맞췄다.

"너."

은하수의 잔잔한 빛이 전부인 어둠 속에서도 도연의 미소
만은 또렷하게 보였다.

"한서준, 너 하나만."

도연은 무릎을 펴고 일어나 자신에게로 기울어지는 서준
을 막지 않았다.

"가지고 싶은 것도, 보고 싶은 것도, 하고 싶은 것도⋯⋯
너만 있으면 돼."

도연은 그의 등허리에 팔을 두르며 입술이 닿기 직전 나지
막하게 속삭였다.

"사랑해."

불시의 고백이었다. 놀라 굳어 버린 그의 턱에 도연이 조
심스럽게 입을 맞췄다.

"이 말은 내가 먼저 하고 싶어서."

서준은 그녀의 미간에 입을 맞추며 고백에 답했다.

"사랑해. 사랑해."

그의 한쪽 손이 도연의 어깨를 감쌌다.

"난 두 번 말해야지."

도연이 뭐라 대답하기도 전 자연스럽게 포개진 두 입술 사

이로 뜨거운 숨이 흘렀다.

서준은 벌어진 도연의 입술 사이를 가르며 더 깊게 입을 맞췄다. 뜨거운 두 혀가 서로를 스칠 때마다 입안에 남아 있던 와인 향이 진하게 풍겼다. 이제야 술에 취하는 듯 가슴이 뜨겁게 들떴다.

도연의 몸이 넘어가는 동시에 서준의 무릎이 보드랍고 푹신한 시트를 파고들었다. 몸을 겹친 두 사람은 누가 먼저랄 것도 없이 서로의 몸을 부둥켜안았다. 밤이 진해지듯 입맞춤 역시 진해졌다.

말로 하지 않아도 서로의 떨림이 각자의 가슴에 고스란히 전해졌다. 쿵쿵대는 심장 박동이 불규칙적인 리듬을 만들어 냈다.

은하수 아래에서 두 사람의 팔과 다리가 뒤엉켰다. 툭 벗어진 옷가지들이 침대 아래로 떨어지는 소리가 유독 크게 들렸다.

서준은 도연의 몸 마디마디에 입을 맞췄다. 그녀가 지나온 시간의 여백을 채우듯이. 도연은 깊게 숨을 내쉬다가도, 가끔 참을 수 없다는 얼굴로 옅은 소리를 내며 그를 끌어안았다.

서로를 향한 입맞춤과 고백이 마르지 않는 밤이 깊어졌다. 치열한 밤이 끝난 뒤, 두 사람은 생애 가장 달콤한 아침을 맞았다.

가을이 짧게 스쳐 지나간 자리에 겨울이 찾아왔다. 얇은 커튼을 뚫고 들어오는 햇살에 먼저 눈을 뜬 서준은 얼굴을 한 손으로 훑곤 팔을 쭉 뻗어 기지개를 켰다.

어느 정도 정신을 차린 그는 습관적으로 옆을 확인했다. 등을 보인 채 돌아누워 있는 도연은 아직도 깊은 잠에 빠져 있었다.

서준은 이불 밖으로 드러난 그녀의 동그란 어깨에 입을 맞추곤 이마를 기댔다.

"아침이야."

그의 속삭임에도 도연은 미동조차 없었다.

서준은 몸을 살짝 일으켜 그녀를 바라보았다. 어젯밤 새로운 전시 준비로 녹초가 되어 돌아온 얼굴 그대로였다. 완전히 지쳐 잠에 빠진 도연을 보며 서준은 긴 밤, 그녀를 재우지 않은 것에 대한 죄책감을 느꼈다.

"더 잘래? 오늘도 일찍 나가 봐야 한다면서."

"으응……."

도연은 단잠에서 깨어나고 싶지 않은지 인상을 찡그리며 고개를 흔들었다.

시계와 도연을 번갈아 보며 고민하던 서준은 결국 그녀의 목 언저리까지 꼼꼼히 이불을 덮어 주곤 조용히 방을 빠져나 갔다.

"오늘도 아침은 못 먹고 나가겠네."

두 사람은 아직 오피스텔에 살고 있었다. 워낙 꽃이며 나무를 좋아하는 도연을 위해 두 달간 적당한 전원주택을 알아보았지만, 둘의 일이 워낙 바쁜 데다가 서로의 직장에서 적당한 거리에 있는 곳을 찾기란 쉬운 일이 아니었다.

게다가 도연의 미술관에서 전시했던 신인 작가 중 몇몇의 작품이 해외에서 비싼 값에 팔리며 몸값이 껑충 뛰기 시작한 이후로, 그녀의 안목을 알아본 해외 바이어들과 유명 미술관 오너들이 접촉을 시도하면서 도연은 눈코 뜰 새 없이 바빠졌다.

그도 모자라 최근에는 이번에 새로 발굴해 낸 또 다른 신인 작가의 조형 전시회와 겨울 특별전을 동시에 준비하느라 몸이 열 개라도 모자랄 지경이었다.

서준 역시 그보다 더하면 더했지 덜하지 않은 바쁜 일상을 보내고 있었다. 아침 일찍 각자의 직장으로 나가 하루 종일 일에 치이다가, 늦은 저녁 집으로 돌아와 애틋한 조우를 하는 하루하루가 지나가고 있었다.

오늘은 선인장들에게 물을 주는 날이었다. 서준은 가볍게 씻은 뒤 베란다로 나가 바람 소리를 들으며 화분들에게 빠짐

없이 물을 주었다.

그리곤 주방으로 가서 냉장고를 뒤적이던 중, 쿵 하고 무언가 떨어지는 소리에 그럴 줄 알았다는 얼굴로 방문을 바라보았다.

소란스럽게 열리는 문 뒤로 그보다 더 소란스러운 얼굴을 한 도연이 허둥지둥 나오고 있었다.

"나 분명히 깨웠다."

"엄청 늦었어. 큰일 났다."

"그러니까 깨울 때 일어나지."

"늦잠을 잔 원인한테 잔소리 듣고 싶지 않거든?"

바쁜 와중에도 도연은 톡 쏘아붙이곤 화장실로 들어갔다. 서준은 내일 일찍 나가야 한다는 말에도 몇 번이나 도연을 안았던 지난밤을 떠올렸다. 끝끝내 자신을 밀어내지 못하고 등에 감겨 왔던 그녀의 손길이 유독 부드러워, 다른 날보다 더 집요하게 파고들었었다.

"어제는 너무 심했나."

서준은 찬장에서 큰 투명 텀블러를 꺼냈다. 정신없이 서두르는 걸 보아하니 집에서 주스 한 잔 마시고 갈 시간도 없어 보였다.

도연이 씻고 나와 정신없이 출근을 준비하는 동안 먼저 준비를 끝낸 서준은 미리 차 키를 챙겨 현관 앞에 섰다.

"다 챙겼어? 휴대폰이랑 지갑."

"챙겼어."

두 사람은 동시에 문밖으로 나갔다.

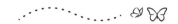

반복되는 일상 속, 계절이 지나고 풍경이 바뀌는 것처럼 그들의 생활도 달라져 갔다.

둘은 더 이상 각자의 방에서 혼자 시간을 보내지 않았다. 한 방, 한 침대에 함께 있는 것이 당연해질 정도로 서로와 시간을 보내는 것에 익숙해졌다.

마땅한 집이 없어 이사를 못 가는 대신, 서준은 도연이 언제든 볼 수 있게끔 베란다에 이런저런 식물들을 옮겨 놓았다. 온갖 종류의 허브, 선인장, 초록색에 꽃잎이 달려 있는 것은 뭐든 가져와 베란다를 빼곡하게 채웠다.

허브를 키우기 시작하면서 도연은 커피 대신 허브차를 즐겨 마셨다. 늦은 저녁, 캄캄한 천장에 은하수를 띄워 놓고 침대에 기대앉아 은은한 허브차를 마시는 것이 요즘 그녀가 가장 좋아하는 일과 중 하나였다.

도연은 전보다 배로 바빠진 만큼 서준이 만들어 준 아침을 먹는 날이 손에 꼽을 정도로 줄어들었다. 밥 대신 자신을 바래다주는 서준의 차 안에서 그가 직접 갈아 준 주스를 마시고, 미술관으로 가는 동안 차 안에서 화장을 하고 출근 준비를 마쳤다.

서준은 몇 주 전부터 도연의 운전기사를 자처했다. 바쁘면 자동차 게임하듯 내달리는 그녀를 알기에 출근 시간까지 바꾸며 출근길을 배웅해 주었다.

"오늘 시흥 가는 날이지? 조심히 가고."

"응. 나 거기서 출발하면 조금 늦을 거야."

"알았어. 전화해."

도연은 차 문을 닫고 가볍게 손을 흔든 뒤 건물로 들어갔다.

그녀의 모습이 사라지길 기다렸다는 듯 서준의 휴대폰이 진동을 울렸다. 그는 통화 버튼을 누르고 귓가에 휴대폰을 가져다 댔다.

"한 주임님. 시흥 도착하셨어요?"

―네. 도착했어요. 차편 보내 주셔서 감사해요.

"아니에요. 같이 못 갔는데 그 정도는 해 드려야죠."

―현장 브리핑받으러 가기 전에 전화 드렸어요. 내용 정리해서 메일로 보내 드릴게요.

"네. 오늘 양해해 주셔서 고맙습니다."

―뭘요. 그럼 끊을게요.

"네. 고생하세요."

전화를 끊은 그는 도연이 흔적도 없이 사라진 건물을 보며 입꼬리를 올렸다.

"아무리 바빠도 그렇지. 자기 생일도 잊냐."

며칠 전부터 오늘까지 지켜본 결과, 도연은 오늘이 자신의 생일임을 완전히 잊은 눈치였다. 서준은 오늘이 무슨 날인지도 모르는 애인을 위해 오늘 하루를 완전히 비워 두었다.

도연이 시흥으로 갈 거라 철석같이 믿고 있는 그의 차는 다시 유턴해 왔던 길로 되돌아갔다.

"서도연 씨가 누구시죠?"

도연이 최종적으로 나온 리플릿을 꼼꼼하게 확인하던 중 캡모자를 쓴 낯선 남자가 뜬금없이 그녀를 찾았다.

"전데요."

"서도연 씨?"

"네."

"서도연 씨께 드리라고 하셔서."

도연은 남자의 등 뒤에서 나오는 엄청나게 큰 장미꽃다발을 보고 눈을 휘둥그레 떴다. 그녀가 꽃다발을 받자마자 캡모자를 쓴 남자는 미련도 없이 급하게 사라졌다.

"우와. 관장님, 갑자기 웬 꽃이에요?"

꽃다발을 품 안 가득 안고 돌아온 그녀를 향해 직원들은 부러움의 눈길을 쏟아 냈다.

도연은 직원들보다 더 의아한 얼굴로 대꾸했다.

"그러게요. 갑자기 어디서 온 거지?"

"남편분이겠죠! 저번에도 엄청 큰 화환 보내 주셨잖아요."

"카드 같은 거 없어요?"

도연은 간이 테이블에 꽃다발을 조심스럽게 내려놓고 꽃 사이사이를 살펴보았으나 카드 비슷하게 생긴 것도 없었다.

"갑자기 뭐지?"

"또 서프라이즈 선물인가 봐요. 좋겠다. 요즘 관장님 보면 저 너무 결혼하고 싶어요."

선망과 부러움이 가득 담긴 눈길에 도연은 부끄럽게 웃었다.

"이것 좀 두고 올게요. 잠깐만요."

도연은 사무실 한쪽에 향긋한 꽃다발을 두면서도 의아한 얼굴이었다.

궁금증을 풀어 주기라도 하듯 타이밍 좋게 전화가 울렸다. 서준인가 싶어 얼른 휴대폰을 꺼내 든 그녀는 예상치 못한 이름을 보고 얼른 전화를 받았다.

"네. 아버님."

—도연아.

이제 아저씨보다 아버님이라는 호칭이 더 익숙해진 태범이었다.

"잘 지내셨어요? 안 그래도 전화 드리려고 했는데 죄송해요. 제가 매번 늦네요."

—바쁜 거 뻔히 다 알고 있는데, 괜찮다. 꽃은 잘 받았니?

"꽃이요?"

도연은 방금 책상에 둔 꽃다발을 바라보았다.

—때맞춰 보냈는데. 아직 못 받았니?

"아뇨, 받았어요. 아버님이 보내신 거예요?"

—그래. 선물로 약소하긴 하지만.

"선물이요?"

휴대폰 너머에서 태범이 의아한 어조로 물었다.

—서준이가 별말 안 해?

"네? 무슨 말을……."

도통 무슨 말인지 알 수가 없어 도연은 고개를 갸웃거렸다.

—아니다. 어련히 알아서 하겠지. 얘기는 나중에 하마. 일 봐.

"네…… 들어가세요, 아버님."

전화를 끊은 뒤에도 도연은 알쏭달쏭한 표정이었다. 꽃다발을 바라보며 곰곰이 생각하던 찰나, 또다시 휴대폰 소리가 울렸다.

—관장님, 오셔서 확인하실 게 있는데요.

"네. 금방 갈게요."

전시 준비 막바지로 일에 몰두하느라, 그녀는 오늘이 무슨 날인지 잠시나마 생각했던 것들을 완전히 잊고 말았다.

지친 몸을 이끌고 겨우 엘리베이터를 탄 도연은 습관적으로 휴대폰을 들어 문자를 확인했다.

점심에 짧게 통화한 이후로 서준은 내내 연락 두절이었다. 시흥에서 올 때가 된 것 같아 문자를 보냈지만, 그마저도 답이 없었다.

도연은 13층을 누름과 동시에 서준의 번호 옆에 있는 통화 버튼을 눌렀다.

연결음은 짧았다. 엘리베이터가 3층에 채 오르기도 전에 서준이 전화를 받았다.

─응. 도연아.

"전화 이제 받네? 바빴어?"

─조금. 어디야?

"나 이제 집 다 왔어. 엘리베이터 안. 너는?"

─나는…… 이제 가려고.

말이 드문드문 이어지는 것을 보니 마무리가 덜 된 것 같았다. 도연은 반대쪽 손목을 들어 시계를 보았다. 벌써 9시가 다 되어 가고 있었다.

"아직 출발 못 했어?"

─응. 생각보다 더 늦어졌네.

"피곤하겠다. 조심해서 와."

도연은 13에서 멈춘 숫자를 확인하곤 엘리베이터에서 내렸다.

"참. 나 오늘 아버님한테 꽃다발 선물 받았다?"

―……꽃다발?

"응. 갑자기 퀵으로 보내 주셨어. 너한테 자랑하려고 했는데, 화병에 꽂아 놓곤 깜빡했네."

타박타박. 어두운 복도에 그녀의 발걸음 소리가 울렸다.

―다른 말은 없었고?

"음……."

도연은 눈을 가늘게 뜨며 오전에 했던 태범과의 통화를 곱씹었다.

"네 얘기를 하시던데. 네가 별말 안 하느냐고. 오늘 무슨 날이야?"

―오늘…….

도연은 서준의 대답을 기다리며 도어록 비밀번호를 눌렀다. 삐리릭, 하는 소리와 함께 잠금이 풀리며 문이 열렸다.

"응?"

대답 없는 그를 향해 재촉하며 안으로 들어서던 도연은 앞에서 느껴지는 기척에 흠칫 놀라 정면을 보았다.

"오늘 네 생일이잖아, 바보야."

통화가 끊어졌다. 도연은 여전히 휴대폰을 귀에 댄 채 멍한 표정을 지었다. 아직 출발조차 못 했다던 서준이 촛불을 붙인 케이크를 한 손에 들고 그녀를 바라보고 있었다. 환하게 웃으며.

"생일 축하해."

도연의 눈동자가 촛불에 일렁였다. 서준은 멍하니 서 있는 그녀에게 이리 오라며 턱짓했다.

"들어와."

도연은 홀린 듯 신발을 벗고 그에게로 다가갔다.

"시흥에 간다더니……."

"설마설마하면서 그저께부터 떠봤는데, 어떻게 당일 저녁이 되도록 모를 수가 있어?"

그가 내민 케이크 위에 제 나이만큼 촛불이 꽂혀 있는 걸 보고 나서야 비로소 오늘이 자신의 생일임을 깨달았다.

도연은 늦게나마 시원스레 웃었다.

"소원 빌어야지."

"좋아."

도연은 촛불 앞에서 두 손을 모았다. 눈까지 꼭 감고 잠시 입을 달싹이던 그녀는 이내 모은 두 손을 아래로 내리고 눈을 떴다.

후우. 그녀의 입술 새로 흘러나온 바람에 흔들리던 촛불들이 모조리 꺼졌다. 도연은 잠이 들 듯 어둠 속으로 사라지는 촛불들을 보며 간절히 바랐다. 이 순간 빈 소원이 부디 이루어지기를.

서준이가 제 모든 하루에 늘 함께하게 해 주세요.

"그래서 아버님이 네 얘길 물어본 거구나."

도연은 태범이 갑작스레 꽃을 보낸 것과 왜 서준의 얘길 물었는지 뒤늦게 알게 되었다. 조각내어 자른 케이크를 한 입 먹고 유리창 너머의 밤하늘을 바라보며 늦은 생일을 즐겼다.

"달다."

편안하게 풀어진 도연의 얼굴 위로 미소가 사라지지 않았다.

서준이 옆에 엉덩이를 붙이고 앉자, 도연은 자연스럽게 그의 어깨 위로 머리를 기댔다. 어둠 속 희미하게 반짝이는 별빛을 바라보며 머리를 부볐다.

"고마워."

"사랑해."

고맙다는 그녀의 말 위로 서준이 고백을 쌓았다. 도연이 환한 미소로 대답을 대신하자 그도 웃으며 말했다.

"눈 감아 봐."

"선물 주게?"

"생일인데 선물도 있어야지."

도연은 조용히 눈을 감고 아이처럼 두 손을 내민 채 선물을 기다렸다.

서준이 그녀에게 준 건 달콤한 케이크 맛이 가득한 키스였다. 고개를 비틀며 온전히 입술을 포갠 그의 입안으로 도연의 웃음소리마저 삼켜졌다.

도연은 그의 뺨을 감싸며 자신을 진하게 빨아 당기는 입술 사이를 혀로 파고들어 그 안을 유영했다. 입술이 닿고 떨어질 때마다 촉촉한 소리가 두 사람의 귓가를 간질였다.

어느새 바짝 맞닿은 가슴 사이로 쿵쿵대는 심장 박동이 울렸다. 깊어지는 키스에 도연의 가슴이 부풀어 올랐다.

서준은 그녀의 손 위에 자신의 손을 포개었다. 보드랍게 느껴지는 그의 온기로 온몸의 힘이 풀어지기도 잠시, 도연은 손가락을 훑어 오는 차가운 감촉에 눈을 깜빡였다. 떨어질 것 같지 않았던 두 입술이 떨어졌다.

"도연아."

서준은 그녀의 네 번째 손가락에 끼워진 반지 위로 입을 맞췄다.

오늘을 위해 준비한, 도연을 향한 선물이었다.

"나랑 결혼해 줄래?"

양쪽 손 네 번째 손가락에 각기 다른 반지가 끼워져 있었다. 하나는 도연이 그에게 주었던 것이었고, 하나는 오늘에서야 그가 그녀에게 준 반지였다.

"이번에는 내가 먼저 청혼할게."

"……"

도연의 두 손을 붙잡은 서준이 그녀의 손등 위로 입을 맞췄다.

"나랑 결혼해 줘."

"바보야. 우리…… 이미 결혼한 사이잖아."

"처음부터 다시."

서준이 작은 소리로 속삭였다.

"이번에는 서로 드레스랑 턱시도도 골라 주고, 사진도 원하는 만큼 찍고, 꼭 부르고 싶은 사람만 불러서. 모두가 축복해 주고 박수 쳐 주는 길을 걸으면서."

서준은 도연과 눈을 맞췄다. 그녀의 눈이 케이크에 꽂았던 촛불처럼 흔들리고 있었다.

"그렇게 결혼하자."

"한서준……."

"해 줘. 그렇게."

도연은 벅찬 숨을 터트렸다. 좀처럼 말을 이룰 수 없었다. 대답을 기다리는 그의 손을 세게 잡으며, 도연은 간신히 소리를 내어 대답했다.

"응."

이보다 더 벅찬 순간이 있을까. 도연은 떨리는 마음을 주체하지 못하고 그의 품에 폭 안겼다. 서로의 등을 꼭 끌어안고 가슴을 맞댄 두 사람은 각자의 심장 소리에 귀를 기울였다.

눈을 감은 두 사람은 어둠이 아닌 반짝이는 불빛을 보았다. 그 불빛이 비치는 곳에 새하얀 웨딩드레스를 입은 도연과 턱시도를 입은 서준이 나란히 서 있었다.

두 사람은 서로의 손을 꼭 마주 잡고 발을 맞춰 걸었다.

세상에서 가장 행복한 연인으로, 완벽한 하나가 되어.

에필로그 1.

지혁은 명온 그룹에서 절대 없어서는 안 될 유능한 비서실
장이다.

일찍이 학창 시절부터 한 회장이 직접 후원한 장학생이었
고, 대학을 졸업하기도 전에 비서로 스카우트한 인재였다.
태범이 나타나기 전까지는 한 회장의 숨겨 놓은 자식이 아니
냐는 기상천외한 이야기까지 돌 정도로 그는 특별한 케이스
였다.

스물셋에 비서로 입사해 실장의 자리에 오를 때까지, 지혁
은 12년 동안 한 회장과 태범의 옆에서 든든한 아군이 되어
주었다.

특히 한 회장이 죽고 태범이 그 뒤를 이어 명온 그룹의 대

표이사가 된 이후부터는, 그와 실질적인 경영 파트너라고 할 수 있을 정도로 엄청난 영향력을 과시했다.

지혁은 명온에서 일한 이래로 결정을 내리는 데 망설이거나 고민해 본 적이 없었다. 그의 판단은 정확했고, 일 처리는 명확했으며, 결과는 언제나 회사의 이익으로 돌아왔다.

"실장님, 왜 말씀이 없으세요?"

"맞아요. 얘기 좀 해 보세요."

그런 지혁에게 첫 번째 위기가 닥쳐왔다. 그는 이 상황을 침착하게 대처하기 위해 목을 한 번 가다듬었다. 우선은 근본적인 문제부터 해결해야 했다.

"두 분 신혼집에 들어갈 가구를 왜 제가 골라야 하죠?"

지혁은 갑자기 사무실에 쳐들어와 각각 들고 온 카탈로그를 내미는 도연과 서준을 번갈아 보았다.

두 사람이 부부로 지낸 지 어느덧 1년이 지나가고 있었다. 만나기만 하면 서로 못 잡아먹어서 안달이었던 그들이 어떻게 부부로 지내나 걱정했던 게 무색할 정도로, 보는 이가 부끄러울 정도로 다정한 연인이 되어 있었다.

싸웠던 것도 철없는 옛이야기라고 여겼건만 한참 잘못된 생각이었다.

"잠깐만, 내 눈에 그것 좀 안 보이게 들어 주라. 보는 것만으로도 끔찍해."

서준이 눈을 찌푸리며 손사래를 치자 도연은 오히려 그에게 종이를 들이댔다.

"뭐가 끔찍해? 네가 고개를 다른 데로 돌려."

"실장님, 쟤가 사겠다는 가구들 좀 보세요. 저 가격에 저런 디자인이 말이 된다고 생각하세요?"

"야. 이거 없어서 못 사는 거거든?"

"그거는 그냥 없어야 되는 거야. 안 사야 되는 거고."

사람은 고쳐 쓰는 거 아니라더니. 지혁은 자신을 사이에 두고 옥신각신 설전을 벌이는 두 사람을 보며 속으로 혀를 찼다. 며칠 전까지만 해도 눈꼴 시릴 정도로 애정 행각을 펼치더니 언제 그랬냐는 듯 서로를 거침없이 물어뜯기 시작했다.

"식물은 환하고 밝은 색깔 좋아하면서 가구는 왜……."

"모던이라는 단어를 모르는 거야, 뭐야?"

"모던은 얼어 죽을. 네가 고른 건 아무 무늬 없는 회색, 검은색이잖아. 아예 상갓집을 꾸미지 그래?"

"그러는 넌 유치원 교실이냐? 왜, 아예 게시판도 만들지 그래? 부직포 오리고 붙여서."

서준은 도연의 시비를 무시하며 지혁에게 카탈로그를 불쑥 내밀었다.

"실장님. 실장님이 생각하시기에도 그렇죠? 명색이 신혼집이면 아기자기하고, 알록달록하고 그래야 되죠?"

"제가 신혼 생활을 안 해 봐서."

도연은 그에 지지 않고 서준을 옆으로 밀치며 지혁에게 다른 카탈로그를 내밀었다.

"아니지. 실장님이 트렌드에 얼마나 민감한 분인데 그런 말도 안 되는 걸. 실장님은 아시죠? 대세는 미니멀리즘이잖아요."

"저는 지금 이 사무실이 미니멀해졌으면 좋겠는데, 그런 의미에서 두 분 다 나가 주셨으면……."

서준과 도연은 어깨를 부딪치며 팽팽하게 힘을 주었다.

"실장님이면 한눈에 척이지. 네가 고른 건 실장님 눈에 들어오지도 않아."

"아니죠? 제가 고른 게 더 낫죠?"

지혁은 뒤로 한 걸음 물러섰다.

"왜 저한테 이런 질문을…… 회장님도 계시잖아요."

"아빠는 무조건 애 편이잖아요. 공정성이 없어요."

일리 있는 서준의 말에 지혁은 고개를 끄덕였다.

"실장님밖에 없어요. 누구 편 안 들고, 공명정대하게 말해 줄 수 있는 사람."

"실장님이라면 어떤 걸로 하실 거예요?"

무서울 정도로 몰아붙이는 두 사람을 번갈아 보던 지혁은 결심한 듯 고개를 끄덕였다.

"저라면."

지혁은 서준과 도연을 지나쳐 문을 활짝 열어젖혔다.

"두 분을 내쫓을 것 같습니다."

확실한 의사 표현을 위해 지혁은 바깥으로 두 손을 뻗으며 공손하고 단호하게 말했다.

"나가 주시죠. 두 분 다."

"내 걸 좀 더 오래 봤어. 역시 모던한 게 낫지."

"황당할 정도로 별로라서 그런 거야. 도대체 어디서 이런 걸 찾아왔나, 해서."

서준과 도연은 지혁의 사무실에서 쫓겨나 복도를 걸으면서도 설전을 멈추지 않았다.

"너는 너무 채도가 없어. 그냥 명암이야. 아침에 일어나서 딱 보이는 게 다 잿빛이라고 생각해 봐. 낭만이 없지."

"회색이 얼마나 아름다운 색인데, 왜 낭만이 없어?"

"아름답기는 개뿔."

"도연아."

다른 목소리가 끼어들자 두 사람이 동시에 뒤를 돌아보았다.

자신을 부른 사람의 얼굴을 확인한 도연이 환하게 미소 짓는 반면 서준은 울상으로 변했다. 그녀는 서준을 슬쩍 흘겨보곤 뒤로 걸어갔다.

"아버님!"

도연이 밝은 목소리로 먼저 태범에게로 다가갔다. 언제 틀

354

툴거렸냐는 듯 해맑게 웃고 있는 그녀를 보며 서준은 혀를 내둘렀다.

"둘이 최 실장 괴롭혔다며? 중간에서 얼마나 시달렸는지, 점심 생각도 없다네."

"괴롭히기는요. 그냥 의견을 물은 것뿐인데."

도연은 지혁에게 그랬던 것처럼 냉큼 태범에게 카탈로그를 내밀었다.

"제가 고른 가구인데, 아버님이 보기엔 어떠세요?"

서준이 부리나케 달려와 두 사람 사이를 가로막았다.

"이건 반칙이지."

태범은 서준이 흔들어 보이는 카탈로그를 대충 훑어보곤 말했다.

"그래도 도연이가 미술관 관장인데, 안목이 좀 더 있지."

"이거 봐! 아빠는 무조건 도연이 편이잖아요."

도연이 서준을 옆으로 밀치며 어깨를 으쓱였다.

"무조건 내 편이 아니라 이건 누가 봐도……."

"아빠는 무효야."

태범은 두 사람을 번갈아 보며 물었다.

"이사가 이번 주 주말인데, 아직도 가구를 못 고른 거야?"

서준과 도연이 반년 동안 벼르고 벼르던 전원주택으로의 이사가 코앞이었다.

새로운 보금자리에 들어가려면 준비해야 할 게 태산일 텐데 서로가 고른 가구를 트집 잡으며 티격태격하는 둘을 보고 있자니 한숨이 절로 나왔다. 짐은 다 쌌는지, 오피스텔은 정리가 된 건지, 물어보고 싶은 것이 많았지만 두 사람은 태범에게 틈을 주지 않았다.

"왜. 아주 벽지고 바닥이고 다 회색으로 칠해 버리지?"

"진짜? 그래도 돼? 당장 전화해서 새로 도배를……."

그의 빈정거림에 도연은 곧장 실천할 것처럼 가방을 뒤졌다. 서준이 기겁한 얼굴로 그녀의 가방을 빼앗아 자신의 어깨에 걸쳤다.

"하라며."

태범은 의견을 조율하지 않는 두 사람에게 넌지시 제안했다.

"어차피 방이 몇 개나 될 텐데, 서로 자기 방에 자기가 산 가구를 들여놓으면 되잖니. 거실에 놓을 건 정해졌다며."

도연 덕에 외국에서 유명세를 탄 작가가 테이블과 거실 장을 원목으로 직접 만들어 주겠다고 했다. 그것에 맞춰 거실에 놓을 다른 가구들을 샀다고 서준에게 전해 들은 것이 지난주였다. 마당은 도연이가 좋아하는 나무랑 꽃들로 잔뜩 채울 거라며 웃던 서준을 흐뭇하게 보고 있었는데, 그 흐뭇함이 무색할 정도로 두 사람은 예전으로 돌아간 듯 으르렁거리고 있었다.

"저희 각자 방 없어요. 침실이랑 서재는 같이 쓰려고요."

서준이 고개를 저으며 단호하게 대답하자 태범은 의아한
듯 물었다.

　"방이 두 개밖에 없어?"

　"아니요. 2층까지 하면…… 여섯 개 정도 돼요."

　태범의 얼굴에 물음표가 떠올랐다.

　"이렇게 싸울 거면 방을 따로 쓰는 게……."

　이번에는 도연이 대답했다.

　"아버님도 참, 부부가 어떻게 각방을 써요. 게다가 저희
신혼인데."

　"방은 같이 쓸 거예요. 침실이든, 서재든."

　취향이 안 맞으면서도 방을 나눌 생각은 하지 않는 두 사
의 태도에 태범은 점점 지쳐 갔다.

　"그러면 둘이 의견을 잘 맞춰서……."

　"아버님, 쟤 안목은 합의할 수 있는 수준이 아니에요."

　"야. 너만 그래? 나도 못 해, 안 해!"

　금세 다시 싸움이 붙었다.

　도연과 서준은 태범과 함께 엘리베이터를 타고, 로비를 가
로질러 밖으로 나가 점심을 먹을 식당을 갈 때까지 유치한
말장난으로 다툼을 이어 갔다.

　태범은 말을 멈추지 않는 두 사람 사이에서 생각했다. 나
도 점심 생각 없다고 할걸 그랬지.

결국 두 사람은 뜻을 맞추지 못하고 이사 날을 맞았다. 거실과 주방은 일찌감치 가구와 가전을 들여와 정리가 된 상태였고, 손님용으로 쓸 2층 방들도 얼추 마무리됐다. 복도에는 도연이 직접 구매한 그림 몇 점이 걸려 있었다.

문제는 앞으로 함께 쓸 침실과 서재였다. 끝끝내 서로의 취향을 존중하지 못한 두 사람은 1년 전 오피스텔에 들어갔을 때처럼 각자 산 가구를 따로 들여놓기로 했다.

먼저 집에 들어온 것은 서준이 주문한 가구들이었다. 팔짱을 끼고 서 있던 도연은 거실로 들어오는 물건들을 보며 눈을 동그랗게 떴다.

"이게 뭐야?"

"뭐가."

서준은 투명스레 대꾸했지만 들어오는 가구들은 그가 고집을 피웠던 물건이 아니었다. 얼마나 알록달록한 것들이 들어오나 벼르고 있었던 도연이 조금 당황한 표정을 지었다.

"왜 이걸 주문했어?"

차례차례 자리를 찾아가는 가구들은 도연이 골랐던, 서준이 잿빛이라며 질색했던 것들이었다.

"네가 이게 좋다며."

"넌 싫다고 했었잖아."

"그래도, 네가 좋아하는 걸로 해 주고 싶어서."

서준이 도연을 보며 말했다.

"넌 이거 살 거라고 그렇게 노래를 부르더니 왜 주문도 안 했어?"

도연의 눈이 배로 더 커졌다.

"그걸 어떻게 알았어?"

"네 휴대폰에 문자 온 거 봤어. 주문 안 할 거냐고."

대답 없는 그녀를 기다리지 않고 서준이 계속 말을 이었다.

"곰곰이 생각해 보니까 이 집에서 내가 좋아할 건 너로도 충분해서…… 그냥 내가 주문했지."

얼굴색 하나 변하지 않고 닭살 돋는 말을 하는 서준 탓에 도연의 얼굴이 새빨갛게 물들었다.

"나도……."

도연이 말하던 차에 초인종이 다시 한번 울렸다.

그녀가 바로 현관문을 열어 주자 조금 전처럼 가구가 줄지어 들어왔다. 회색빛과 동떨어진 알록달록한 옷장과 탁상들이.

이번엔 서준이 당황스런 표정을 지으며 도연을 바라봤다. 가구가 하나씩 자리를 잡아 갈수록 언밸런스의 극치를 달렸다.

"나도, 이 집에 너만 있어도 충분하니까."

도연은 픽 웃으며 중얼거리듯 말했다.

"결국 반반이네."

"뭐…… 나쁘지 않은데?"

서준이 도연을 뒤에서 끌어안으며 그녀의 머리 위에 턱을 가볍게 댔다. 도연의 머리가 위아래로 움직였다.

"생각보다는 괜찮네. 이런 것도."

몸을 겹친 두 사람은 오뚝이처럼 뒤뚱뒤뚱 움직이며 창가로 향했다.

도연이 창틀에 손을 올리자 서준은 그녀를 대신해 창문을 활짝 열었다. 다시 겨울이 오고 있었다.

서준은 양손 약지에 각각 다른 모양의 반지가 자리하고 있는 도연의 손 위로 제 손을 겹쳤다. 양손 약지에 각기 다른 반지가 끼워져 있는 것은 그 역시 마찬가지였다.

서준은 지난겨울을 떠올렸다. 처음부터 다시, 두 사람은 오직 둘만을 위한 결혼식을 올렸다. 서로가 골라 준 드레스와 턱시도를 입고, 서준의 집 정원에서, 가족들이 보는 앞에서 영원한 사랑을 맹세했다. 작고 조용한 결혼식이었지만 기쁨과 행복은 넘쳐흘렀다.

"아빠랑 실장님이랑 내기한 거 알아?"

"내기?"

"누가 고른 가구가 들어오는지 걸고."

처음 듣는 이야기에 도연은 깜짝 놀라 몸을 돌렸다.

"실장님이 그런 내기도 해?"

"말했잖아. 유치하다니까."

도연은 창틀에 등을 기대며 서준의 팔을 부드럽게 감싸 쥐었다.

"뭐 걸고?"

"그것까진 말 안 해 주셨어."

놀람도 잠시, 도연은 흥미진진한 표정으로 또 한 번 물었다.

"누가 이기셨어?"

"둘 다 졌지. 결국 반반씩 들어왔잖아."

"아, 그러네."

"아빠는 너한테, 실장님은 나한테 걸었대. 사실 실장님도 너한테 걸고 싶었는데 아빠한테 선수를 빼앗겼다더라."

도연은 점잖은 얼굴을 한 두 남자가 소소한 내기를 하고 있는 장면을 상상하며 웃음을 터트렸다.

"둘 다 졌으니까, 우리 엄청 비싸고 맛있는 거 사 달라고 하자."

서준은 도연의 어깨를 천천히 안으며 말했다.

"결혼하고는 안 싸울 줄 알았더니 왜 또 그렇게 싸우냐고 하더라."

"우린 아마 계속 싸울 거야."

"티격태격, 옥신각신하겠지."

"유치하게 말꼬리 잡고 늘어지면서."

두 사람이 동시에 웃음을 터트렸다.

"그래도, 난 이게 좋아."

도연은 서준과 눈을 마주치며 웃었다.

"티격태격, 옥신각신. 유치한 걸로 싸우고, 다시 화해하고. 그렇게 살고 싶어."

서준은 그녀를 따라 미소를 지으며 도연의 부드러운 입술을 조심스레 머금었다.

열린 창을 통해 들어오는 바람이 느껴지지 않을 정도로 따뜻한 입맞춤이었다.

닿을 듯 말 듯한 거리를 두고 떨어진 입술 새로 옅은 숨이 흘렀다. 도연은 서준의 입술에 다시 한번 가볍게 키스하곤 빙그레 미소를 지었다.

"가구도 새로 다 들어왔는데 뭐 먼저 써 볼까. 침대? 소파?"

서준은 그녀의 허리를 단단히 안아 들며 짓궂게 말했다. 도연이 도발에 대응하듯 그의 허리를 두 다리로 감싸며 코끝을 가볍게 깨물었다.

"식탁."

간결한 대답에 서준은 웃음을 흘리며 곧바로 도연의 등허리를 안은 채 주방으로 직행했다. 간지럼을 참는 듯한 그녀의 웃음소리가 몇 번 들리더니, 곧이어 야릇한 숨소리가 주방을 홧홧하게 데웠다.

겨울밤은 길었다. 두 사람이 한 몸처럼 뒤엉킨 채 몇 번이
나 서로를 삼켜도 장막 같은 어둠은 두 사람의 침실에 오랫
동안 머물렀다.

서준의 가슴으로 도연의 얼굴이 떨어질 무렵 조용한 새벽
이 찾아왔다. 침대 맞은편, 넓고 길게 난 창밖 너머로 해가
뜨고 있었다. 도연이 품 안으로 더 파고들자 서준은 자연스
럽게 어깨를 다독이며 더 깊은 잠에 들 수 있도록 숨소리를
죽였다.

도연은 한 번 잠들면 땅이 흔들리지 않는 이상 일어나는
법이 없었다. 알람도 5분 단위로 몇 개씩 맞춰 놓곤 했지만
잘 듣지 못하는 날이 부지기수였다.

특히 양껏 잠을 자지 못하는 날은 더 그랬다. 전시 준비로
늦게까지 일을 하거나, 미술관 대외 일로 출장을 다녀온 뒤,
혹은 지난밤처럼 침대에 누워 있는데도 잠을 잘 수 없는 일
이 생길 때면 다음 날은 거의 초주검 상태였다.

함께 침실을 쓰기 시작한 지 얼마 되지 않아 한번은 도연
에게 물었다.

"왜 이렇게 죽은 듯이 자? 가끔은 정말 숨도 안 쉬는 것 같아."

"그동안 잘 못 자서 그런가 봐."

도연의 담담한 대답이 무엇을 뜻하는지 그때는 미처 알지 못했었다. 아주 나중에 서준은 정아를 통해서 그 의미를 알 수 있었다.

두 사람이 서준의 본가에 들렸을 때, 서준은 우연히 정아가 도연에게 무언가를 건네는 것을 보았다. 그 자리에서 바로 묻지 못하고, 집으로 돌아갈 무렵 도연이 자리를 비운 사이 정아에게 물었다.

"어제저녁에 도연이한테 뭐 주신 거예요? 얼핏 보약 같던데."

"보약은 아니고 대추즙. 대표님 건강즙 사면서 같이 샀어. 그런데 괜찮다고 하네. 다행이지."

"대추즙이요?"

"사모님 계실 때부터 종종 챙겨서 먹였거든. 도연이 불면증이 심했잖아. 대추즙이 불면증에 좋다고 해서."

정아는 서준이 이미 알고 있었다고 생각했는지, 머뭇거리지 않고 말했다.

"그 집에서는 정 붙일 것도 없는 데다, 무슨 짓을 당할까 불안

해서 잠도 못 잤었다는데……."

서준은 문득 도연이 오피스텔에 들어왔던 첫날을 떠올렸다. 할 게 많다는 말을 해놓고, 뒤이어 나중에 하자며 방으로 들어갔었던 그녀의 모습을.

"다행이야. 이제는 편안하게 잠도 잘 자서."

자신의 쓰린 속을 알 턱이 없는 정아를 향해, 서준은 고개를 끄덕였다.

"앞으로도 계속 그럴 거예요."

서준은 잠이 든 도연의 얼굴을 하염없이 바라보았다. 편안하게 풀어진 얼굴로 깊은 잠에 빠진 그녀를 보는 시간이 그에게는 가장 행복한 시간이었다.

잠이 든 도연의 살짝 벌어진 입에 조심히 입을 맞추며 따뜻한 온기를 느꼈다.

"사랑해."

키스한 뒤에 고백을 속삭이는 것은 서준이 하루를 시작하는 의식이었다. 아마 도연은 영영 알 수 없을.

서준은 도연의 머리 위에 자신의 머리를 천천히 기대었다.

창밖에는 어느새 눈이 쏟아지기 시작했다.

"첫눈이네."

펑펑 내려 쌓였으면 좋겠다. 쌓인 눈에 발자국 내는 거, 도연이 엄청 좋아하는데.

내리는 기세를 보니 녹아내리지 않고 켜켜이 쌓일 것 같았다. 서준은 눈꺼풀 하나 흔들리지 않고 잠에 빠진 그녀를 바라보며 고민했다.

눈 내리는 걸 보라고 지금 깨울까. 아니면 어느 정도 쌓인 뒤에 깨울까.

잠시 고민하던 그는 후자로 결론을 내리곤, 도연의 어깨를 끌어안았다. 가슴 언저리가 그녀의 숨으로 뜨거웠다.

"눈 내리는 것도 좋지만…… 빨리 봄이 왔으면 좋겠다."

봄이 오면 마당이 꽉 차도록 나무랑 꽃을 심어야지. 앉아서 쉴 수 있는 의자도 놓고, 내친김에 그네 의자도 만들어야지.

눈이 쌓이는 내내, 그는 다가올 봄에 해야 하는 것들을 속으로 나열했다. 전부 도연이 좋아하는 것들, 하고 싶어 했던 것들이었다.

서준은 다가올 봄, 그리고 그 봄 너머 모든 날들 속에서 그녀가 늘 행복하기를 바랐다. 도연이 편안한 하루 속에서 행복을 느끼는 것이, 그에게 가장 큰 행복이었기에.

"사랑해."

도연의 잠이 언제까지나 평온하기를, 웃음이 끊이지 않기를, 행복이 늘 함께하기를 바라며.

　잠이 든 그녀의 귓가에 몇 번이나 사랑을 고백했다.

에필로그 2.

해가 저물기 시작하는 오후, 도연은 대충 묶었던 머리를 풀어 손으로 빗었다. 집에 가서 다시 확인해 보아야 하는 서류를 가방에 넣고, 의자에 걸쳐 놓았던 카디건을 입었다.

그녀가 막 가방을 어깨에 메던 순간 밖에서 누군가가 사무실 문을 두드렸다. 직원들은 다 퇴근했을 텐데. 도연은 고개를 갸웃거리며 짧게 말했다.

"네."

"관장님, 이제 퇴근하세요?"

웬 남자의 목소리였다. 그것도 따라 할 수 있을 정도로 낯익고 익숙한. 의구심이 풀린 도연은 픽 웃으며 문을 향해 걸어갔다.

"이제 퇴근하는데요."

"그럼……."

도연이 문을 활짝 열었다.

"저랑 데이트하시죠."

능글거리는 목소리에 도연은 낮게 웃음을 흘렸다. 서준이 손을 내밀자 톱니바퀴가 맞물리듯 두 사람의 손이 맞물렸다.

"언제 왔어?"

"조금 전에. 전시하는 것도 보고, 커피도 한 잔 마시고."

"너 저녁에 커피 마시면 잠 설치잖아."

서준은 뻔뻔하게 고개를 끄덕였다.

"너도 마셔야 돼."

"뭐?"

"내가 오늘 전시 보면서 계속 생각난 게 하나 있거든."

"이제 감상도 할 줄 알아? 많이 컸네. 한서준."

도연은 서준의 엉덩이를 장난스럽게 토닥이며 말을 이었다.

"그래서, 뭘 생각했는데?"

"산책하러 가자."

전혀 예상치 못한 말에 도연이 눈을 크게 떴다.

"산책?"

서준이 도연을 이끌고 간 곳은 그의 차 앞이었다. 그녀는 엉겁결에 조수석에 타고, 운전석에 앉아 자신의 안전벨트를 매어 주는 서준을 보았다.

"산책하자며?"

"여기서 말고."

"그럼 어디?"

"가 보면 알아."

도연은 눈을 가늘게 뜨고 서준을 보았다. 웃는 얼굴이 범상치 않았다.

"뭐야. 그림 보면서 산책하고 싶다는 생각했어?"

"간단히 말하면 그렇고."

"……그럼 장황하게 말하면?"

차 문이 잠기는 소리가 유독 크게 울렸다. 서준은 빠르게 시동을 켜고 핸들을 꺾었다. 차가 출발하고 나서 그는 느긋한 말투로 말했다.

"그림을 보다 보니까, 너랑 바다든 산이든 가 본 적이 없더라고. 그래서."

"너 지금 설마."

"응, 설마. 강릉까지 갈 거니까 가다가 커피 한 잔씩 마시자."

얼이 빠진 그녀의 얼굴을 흘긋 바라보던 서준은 보란 듯이 속력을 높이기 시작했다.

도연은 단화를 벗고 바지 밑단을 몇 번 접어 사박사박 모래를 밟았다.

서준은 그녀에게 덮어 주기 위해 꺼내 온 담요가 필요하지 않다는 것을 깨달았다. 어느덧 저만치 멀어진 뒷모습을 보며 덩그러니 놓인 단화만 주워 들었다.

도연이 모래를 밟고 지나갈 때마다 발자국 모양이 푹푹 패였다. 서준은 그 옆에 자신의 발자국을 새겼다. 마치 나란히 걸어간 것처럼, 마지막에 다다를 때까지.

"안 추워?"

봄이 성큼 다가온 날씨였지만 늦은 밤, 바다 앞은 쌀쌀했다. 서준이 담요를 내밀며 물었지만 도연은 고개를 저었다.

"시원해."

모래가 엉겨 붙은 도연의 발로 서준이 시선을 내렸다. 그는 물결이 닿지 않는 적당한 곳에 담요를 깔았다.

파도가 넘실거리며 앞으로 밀려올 때마다 그녀는 뒤로 물러서기는커녕 앞으로 더 나아갔다. 출렁이며 다가오는 파도에 접어 올린 바지 밑단이 축축하게 젖어 들었다.

서준이 도연의 단화를 가지런히 내려놓는 사이 그녀가 가까이 걸어와 손을 내밀었다.

"산책하자며?"

아무도 없는 어두운 바다. 두 사람은 손을 맞잡고 바다 가까이 진을 치고 있는 가게들의 조명과 등대에 의존해 천천히 걸음을 옮겼다.

"너도 신발 벗고 걸어 봐."

"싫어. 간지럽잖아."

도연은 묘한 미소를 지었다. 서준은 간지럼에 취약해 살살 건드리는 것만으로도 크게 반응했다. 때때로 그에게 원하는 것이 있을 때마다 간지럼을 태우며 억지로 얻어 내곤 했다.

"뭐야. 손이 왜 또 그 모양이야."

갈고리처럼 만 그녀의 손을 보며 서준이 뒤로 주춤했다. 다정하게 잡고 있던 손은 떨어진 지 오래였다. 도연은 짓궂게 웃으며 그의 셔츠 아래를 단번에 파고들었다.

"야, 야. 서도연!"

서준은 기겁하며 뒤로 물러섰지만, 도연은 쉽게 놔주지 않았다. 한 손으로 그의 허리를 단단히 붙잡고, 다른 한 손은 흐느적거리며 살을 간질였다.

살에 닿는 감촉에 서준이 허리를 뒤틀었다. 밀어내려 힘을 주어도 그녀는 꿈쩍하지 않았다. 괴롭힐 때면 없던 괴력이라도 생기는 건지, 서준은 끈질기게 달라붙는 도연 때문에 어쩔 줄 몰라 했다.

"하지 마. 간지……러워!"

거의 흐느끼다시피 웃는 서준의 웃음소리에 도연은 본격

적으로 허리를 살살 긁었다. 서준은 그녀의 무게를 이겨 내지 못하고 힘이 풀린 채 뒤로 넘어갔다.

"윽!"

모래 위로 넘어져서 다행인지 불행인지 모를 일이었다. 넘어진 충격에 비해 아프지는 않았지만, 자글자글한 모래가 머리카락 사이사이와 옷에 묻어 그를 괴롭게 했다.

"아, 서도연!"

도연은 그를 일으키거나 손을 내밀어 주지 않고 냅다 서준의 신발을 벗겼다. 손에 신발 한 짝씩 들고 몇 걸음 물러서더니 얄밉게 팔을 흔들며 소리쳤다.

"나 잡아 봐라!"

나풀나풀한 몸짓으로 저만치 달아나는 그녀의 모습에 서준은 어이없이 웃으며 작정한 듯 소매를 걷어 올렸다.

"서도연, 잡히면 가만 안 둔다!"

구시대적인 대사를 받아쳐 주기에 적당한 말이었다. 그는 발에 채인 모래가 바깥으로 튀어 나갈 정도로 전력 질주했다.

설렁설렁 뛰던 도연은 뒤에서 느껴지는 그의 기척에 뒤를 흘긋 바라보았다.

"그렇게 뛰는 게 어디 있어!"

도연의 다리에 힘이 실렸다. 바닷가를 느긋이 거닐었던 다정한 연인은 온데간데없이 사라졌다. 잡기 위해, 또 잡히지 않기 위해 전력을 다해 뛰는 두 사람만이 있었다.

"으악!"

도연이 서준에게 잡힌 것은 처음 물에 발을 담근 그 자리에서였다. 서준은 그녀가 도망가지 못하게 허리를 단단히 잡았다.

"야. 무슨 죽자고 쫓아 오냐? 적당히 뛰어와야지."

누구라 할 것 없이 두 사람의 호흡이 거칠었다. 서준은 턱까지 차오른 숨을 몰아쉬며 도연을 꼭 안았다. 어차피 모래도 묻은 데다 뛰어오는 동안 무릎 아래가 다 젖었으니 이판사판이었다.

"어어. 어디로 가?"

도연의 손에서 서준의 신발이 힘없이 떨어졌다.

서준은 도연이 그랬듯이, 그녀의 허리를 끌어안고 바다를 향해 성큼성큼 걸어갔다. 양말이 푹 젖어 질척여도 걸음을 멈추지 않았다.

"앗, 차가!"

머리가 저릿해질 정도로 바닷물이 차가워 도연은 새된 비명을 질렀다. 무릎 위까지 물이 차오르고 나서야 그녀를 놓아준 서준은 피할 새도 없이 손을 모아 물을 끼얹었다.

"야!"

도연이 방어하기 위해 얼굴을 가렸지만 작정한 듯 물을 뿌려 대는 그를 막을 수 없었다.

"너 죽는다!"

도연은 등을 돌려 주춤주춤 물러서면서도 손을 뒤로 휘저으며 막무가내로 물장구를 쳤다. 그 기세에 서준이 머뭇거리자 틈을 놓치지 않고 더 빠르게 손을 휘저었다.

"너 진짜!"

등을 맞댄 두 사람은 지지 않을 기세로 서로를 몰아붙였다. 다정다감한 연인의 사랑스러운 장난이라기보다는 너 죽고 나 죽자는 질긴 싸움에 더 가까웠다.

물 따귀를 맞아 얼얼한 얼굴을 감싸 쥐며 서준은 깨달았다. 10년 넘게 싸워 온 두 사람이 연인이 되었다고 해서 마냥 다정다감할 수 없다는 것을.

"갑자기 왜 웃어?"

난데없는 웃음소리에 도연이 그를 똑바로 바라보았다. 물방울이 군데군데 맺힌 그녀의 얼굴을 바라보며, 서준은 또 한 번 크게 웃었다.

"왜 웃냐고. 바보야."

상상과는 반대가 되어 버렸으니 웃음을 멈출 수 없었다. 그림 속에서 보았던 연인 같은 모양새는 아니었지만, 서준은 좋았다. 언제까지나 그대로였으면 좋겠다고 바랄 정도로.

"좋아서 웃는다. 왜."

서준은 물을 튀길 것처럼 손을 모으다가 물기 어린 도연의 입술을 부드럽게 삼켰다. 벌어지는 입술 새로 미끄러지듯 혀를 넣어 물결처럼 유영했다.

파도가 칠 때마다 흔들리는 도연이 매달리듯 목덜미를 끌어안자 두 사람의 가슴이 빈틈없이 붙었다. 서로의 심장 박동이 느껴질 정도로.

젖은 얼굴에 차가운 바람이 들러붙었다. 두 뺨이 차가운데 비해 맞물려 있는 두 입술은 뜨거웠다. 입안의 온기에 취해 오래도록 키스를 이어 갔다. 밤이 더 짙어질 때까지.

"엣취."

불시에 재채기가 터지자 도연은 손수건으로 입을 가렸다.

"관장님. 감기 걸리셨어요?"

"네. 조금……."

"꽃샘추위에 더 조심하셔야 하는데."

"괜찮아요. 그렇게 심한 정도는 아니……."

엣취, 두서없이 기침이 튀어나와 말을 다 잇지 못했다. 도연은 맹맹한 코 아래를 티슈로 톡톡 두드리며 자리에서 일어섰다.

"저 잠깐 화장실 좀 다녀올게요."

"네."

오늘 같은 날 감기로 고생이라니, 최악이라는 말을 하지 않을 수가 없었다. 화장실로 간 도연은 손수건으로 틀어막느라 립스틱이 번진 입가를 닦아 내고 화장을 고쳤다.

오늘은 명온 복지 재단과 나무 미술관이 처음으로 함께하는, 저소득층 아이들을 위한 미술 교육 사업을 기념하는 바자회 행사 날이었다. 서준과 부부로서의 모습을 보이는 첫날이었기에 가장 완벽해야 했다.

한참 동안 거울에 몸을 비춰 보던 도연은 화장실에서 나와 미술관으로 돌아갔다. 곧 시작될 행사를 위해 직원들은 막바지 준비로 한창이었고, 바깥에서는 벌써부터 기자들이 진을 치고 있었다.

로비로 나간 그녀는 자신을 향해 셔터가 터지는 것을 알았지만, 의식하지 않는 척 무표정한 얼굴로 바자회 물품을 확인했다. 하나씩 꼼꼼하게 리스트를 확인하던 중 바깥이 소란스러워지는 것을 느끼곤 살짝 고개를 돌렸다. 셔터 소리가 얼마나 쏟아지는지 귀가 얼얼해질 정도였다.

분위기를 들뜨게 만든 장본인들을 확인하곤 도연은 미소를 지으며 세 사람을 향해 걸어갔다.

"아버님이랑 실장님도 같이 오셨어요? 바쁘실 텐데."

"그래도 와야지. 행사 준비는 잘됐고?"

"네. 곧 시작하는데 안으로 들어가세요, 아버님."

"감기는 좀 괜찮니?"

"기침 좀 나는 거 빼면 괜찮아요."

강릉에서 돌아온 직후, 도연과 서준은 당연하게도 감기에 걸렸다. 물속에서 추운 줄도 모르고 오래 있었으니 당연한 결과였다. 서로 떨어지지도 않으려 해서 감기는 생각보다 질기게 이어졌다.

"그래도 때맞춰 나아져서 다행이다."

"네."

태범과 나란히 걷던 도연은 한 발 뒤에서 걸어오는 지혁을 보곤 고개를 갸웃거렸다.

"실장님은 출장 있어서 못 온다고 하지 않으셨어요? 화환도 미리 보내 주셔 놓고."

"출장이 미뤄져서요."

그 말에 태범이 너털웃음을 터트렸다.

"미뤄진 게 아니라 미뤘지. 연예인 그 누구야. 그 사람이 바자회에 기부했다며."

"회장님."

지혁이 태범의 말을 막아서듯 그를 불렀다. 그러자 서준이 나서서 태범의 말을 이었다.

"최한별이요. 요즘 실장님이……."

"본부장님."

지혁의 낮은 목소리에 두 부자가 입을 다물었다.

도연은 고개를 반대로 꺾으며 지혁을 살폈다. 얼굴이 은근하게 붉어진 것 같기도 했지만, 부끄러워하고 있다고는 생각하지 않았다.

알 수 없는 세 사람의 기류에 도연이 서준에게 물었다.

"무슨 말이야?"

"있어. 그런 게."

서준은 도연이 더 물어볼 수 없도록 그녀의 손을 잡았다.

"우리는 먼저 들어가마."

태범은 귀가 빨개진 지혁과 함께 안으로 걸음을 옮겼다. 두 사람이 사라지고 나자 서준이 장난스럽게 웃으며 말했다.

"우리 나중에 실장님 엄청 놀려 먹자."

"놀려 먹어?"

"나중에 회사 와서 실장님 책상 한번 봐. 모르고 싶어도 알게 될걸."

서준은 도연과 나란히 걸으며 보폭을 맞추었다.

"끝나고 집에 같이 가자."

"뒷정리하려면 좀 늦을 텐데. 먼저 가 있어."

"기다릴게. 보여 줄 것도 있고."

"보여 줄 거?"

"응. 선물."

서준은 습관적으로 도연의 손등에 입을 맞췄다. 그 순간 셔터가 동시에 파바박, 하고 터졌다.

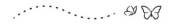

그로부터 반나절이 지난 오후, 중천에 떠 있던 해가 점점 기울어지기 시작할 무렵 도연은 피곤한 몸을 서준에게 기댄 채 집으로 향했다.

집에 거의 도착했을 때 도연은 잊고 있었던 것을 생각해 냈다.

"선물 있다며."

"들어오면 알아."

도연은 의기양양하게 대문을 여는 그의 얼굴을 보곤 의문스럽게 웃었다.

"도대체 뭐길래……."

마당으로 한 걸음을 내딛자마자 웃음이 만연했던 도연의 입가가 가라앉는가 싶더니, 이내 동그랗게 벌어졌다.

"이렇게 해 주고 싶어서 한참을 기다렸어. 아직 완전한 봄은 아니지만…… 그래도."

집으로 걸어가는 길을 제외하곤 온갖 색깔이 넘쳐나는 꽃밭이었다. 새빨간 장미부터 이름 모를 하얀 들꽃까지. 눈이 시릴 정도로 만개한 꽃이 바람에 산들산들 흔들리고 있었다.

"나무도 심었어."

도연은 저만치 앞서간 서준을 보았다. 허리춤까지 오는 묘목 옆에서 뿌듯한 얼굴로 웃는 그를 향해 도연이 천천히 걸어갔다. 가까이 다가갈수록 그녀의 얼굴에 미소가 활짝 피어

났다.

"이걸 어떻게 다 했어? 나무는 또 어떻게 심고."

"배웠어. 어제 너 미술관에서 밤새울 때, 나도 이거 하면서 밤새웠지."

도연은 묘목 옆에 무릎을 굽히고 앉았다. 가까이에서 보니 엉성하기 짝이 없는 모양새였다. 화분에 꽃 한 번 심어 본 적이 없었으니, 이렇게나마 했단 것 자체가 대단할 지경이었다.

나무 앞에 쭈그려 앉은 도연이 맨손으로 흙을 토닥이며 말했다.

"무슨 나무로 심었어?"

"팥꽃나무. 생각해 보니까 그때 처음 반한 것 같아서."

"반해?"

서준은 그녀의 옆에 똑같이 무릎을 굽히고 앉았다.

"네가 할머니 생신 선물로 팥꽃나무 줬을 때."

서준은 눈을 떼지 못했던 그때의 도연을 기억했다. 자신을 두고 속닥대는 어른들 사이에서 어깨를 펴고, 눈을 똑바로 뜬 채 또박또박 말하던 여자애.

"기억나?"

도연은 서준의 어깨에 머리를 기댔다.

"기억나지. 그때 너 나 비웃고 있었잖아."

"내가 언제. 네가 우리 할머니한테 당돌하게 구는 게 재밌어서 웃은 건데?"

"웃기시네. 내 신발 발로 차고 그랬으면서."

"그때는 손으로 주워 주는 게…… 좀 간지러워서 그랬지."

도연이 웃음을 터트렸다.

"너 그때도 그렇게 얘기한 거 알아?"

"알아. 네가 걷어차이기 싫으면 아는 척하지 말라고 한 것도."

"그리고 진짜 한 번 걷어차였었지."

"그 뒤로도 수도 없이."

서준은 도연의 머리 위에 자신의 머리를 기댔다.

"그렇게 걷어차이면서도 꿋꿋하게 아는 척하고, 말 걸고. 그때부터 널 좋아했던 것 같아."

서준은 제 손과 도연의 손에 묻은 흙을 탈탈 털었다. 잔잔한 웃음소리가 그의 귓가를 간질였다.

"계속 신경 쓰고, 궁금해하고, 눈에 보이면 꼭 말을 걸고. 네 뒤를 졸졸 쫓아다니고."

간질이는 웃음소리가 새어 나오는 입술 위로 서준의 입술이 겹쳤다.

"좋아했어, 계속. 그리고 앞으로도……."

"사랑해."

먼저 고백한 도연이 다시 서준에게 키스를 되돌렸다. 꽃향기와 풀 냄새가 자욱한 마당 한가운데에서 두 사람은 오랫동안 입을 맞췄다. 해가 완전히 저물고 밤이 찾아온 뒤에야 두 사람은 나란히 서서 손을 잡았다.

"들어가자."

두 사람은 함께 길을 걷고 계단을 올라 동시에 집 안으로 들어갔다. 따뜻한 조명이 집을 밝혔다.

반쯤 열린 창문 틈으로 바람이 드나들었다. 조용히 들어갔던 바람이 다시 나올 때마다 가느다란 웃음소리도 함께 흘러나왔다.

밝은 집 안에선 언제나 웃음소리가 끊이지 않았다. 서준이 엉성하게 심은 나무가 울창하게 자라고, 그 옆에 다시 묘목들이 하나둘 심어질 때까지. 그리고 그 묘목들이 다시 크게 자랄 때까지.

—*fin*

작가 후기

마지막 장까지 함께해 주셔서 감사합니다.

부디 두 사람의 이야기가 즐거우셨기를 바랍니다.

이 작품의 좋은 길잡이가 되어 주신 담당자님과 한 권의
책으로 나올 수 있도록 도움 주신 출판사 관계자분들.

언제나 제게 큰 힘이 되어 주는 소중한 친구들.

그리고 이 이야기와 끝까지 함께해 주신 독자 여러분들께
진심으로 감사드립니다.

—2017년 11월,

수증기 올림.